다 같이
돌자
　　　동시
　한 바퀴

다 같이
돌자
동시
한 바퀴

이안

동시 평론집

문학동네

동시의 길에서 만난
모든 벗들에게

동시를 둘러싼 이야기들이 적지 않지만 지금까지 가장 탁월하게 다가오는 것은 두 가지다. 이오덕 선생의 "동시는 먼저 시가 되어야 하고, 그 위에 다시 동시로 되어야 한다."는 기준과 권태응 선생의 자화상적 작품 「땅감나무」에서 발견되는, 동시를 쓰는 시인으로서의 자의식이다. 먼저 이오덕 선생의 정의에서 주목하게 되는 것은, 동시가 시에 맞먹는 문학성을 구현해야 하며("동시는 먼저 시가 되어야 하고"), 그것은 다시 한번 동시로 부정되는 시여야 한다는 것("그 위에 다시 동시로 되어야 한다")이다. 다시 말해 동시는 기존 동시 패턴에 대한 시적 거부로써 문학성을 획득하게 되지만, 그렇게 획득된 시에 머물러서는 동시가 되지 못하므로 다시 한번 동시로써 부정되고 극복되어야 한다는 뜻이다. 권태응 선생의 「땅감나무」에서도 시의 세계가 동시의 세계로써 부정되고 극복됨을 확인할 수 있다.

키가 너무 높으면,

까마귀떼 날아와 따 먹을까 봐,

키 작은 땅감나무 되었답니다.

키가 너무 높으면,

아기들 올라가다 떨어질까 봐,

키 작은 땅감나무 되었답니다.

—「땅감나무」 전문

　권태응 선생이 살아생전 편집한 『감자꽃』(글벗집, 1948) 맨 앞에 배치된 작품이다. 땅감은 토마토이다. 그러니까 키 작은 땅감나무에 대비되는, 키 높은 나무는 감나무가 되는 셈인데, 이 작품은 이런 대비를 통해 시인이 시(감나무)를 두고 동시(땅감나무)를 선택한 이유를 작품집 첫머리에서 밝히는 역할을 한다. "까마귀떼"로부터 "아기들"의 세계를 지켜주기 위해서, 아이들에게 맞춤한 동시를 쓰는 시인이 되겠다는 것. 이는 시인이 동시 쓰기를 어떤 사명의식과 연결시켰다는 뜻이겠다.

　이 책에 실린 글들은 대부분 최근 5년 동안 이런저런 지면에 발표한 것들이다. 청탁에 응해 단발성으로 쓴 글도 있지만, 잡지에 분기마다, 또는 다달이 연재한 글이 많다. 잡지에 글을 연재하면서 신간 동시집이나 신작 동시를 좀더 꼼꼼히 살펴볼 수 있었다. 어떤 글이든 비평가의 입장에서가 아니라 독자와 창작자의 입장에서 쓰려고 했다. 부정보다는 긍정에, 불가능보다는 가능에 초점을 두고, 아직 오지 않은 미래의 동시를 불러내려고 했다.

1부에는 최근 발표된 동시들을 동시에 대한 이해와 감상, 창작과 비평의 측면에서 살펴본 글들을 묶었다. 일반 독자들에게는 이해와 감상의 측면에서, 동시창작자들에게는 창작과 비평의 측면에서 일정한 도움을 줄 수 있기를 기대한다. 또한 최근 동시를 분석 대상으로 삼은 만큼 2010년 이후 전례 없이 활기를 띠고 있는 우리 동시의 현재와 그 변화 발전 양상을 한눈에 살피는 데 도움이 될 것이다.

2부의 글들은 2000년 이후 우리 동시의 모습을 좀더 종합적으로 조망할 수 있도록 배치하였다. 그중 「주목할 만한 시선-2012년 동시단의 흐름과 향후 전망」은 현재에도 여전히 유효한 관점으로서, 인적(동시단+시단) 및 질적(개별 작품의 완성도+개성의 창조) 양 측면에서 발전적인 경쟁 상태에 들어선 동시단의 오늘을 살펴본 글이다.

3부에는 2005년 출간된 최승호의 『말놀이 동시집 1』(비룡소)에서부터 최근 출간된 김개미의 『어이없는 놈』(문학동네, 2013)에 이르기까지, 이 기간 동안 동시집으로 제출된 주목할 만한 성과를 다룬 글들을 모았다.

4부의 글들은 김륭, 송찬호, 강정규, 안진영 동시집에 대한 해설이다. 각각의 시인들이 어떤 시적 방법론과 자의식, 동시관을 바탕으로 동시창작에 임하고 있는지를 드러내는 데 초점을 두고 집필하였다.

이제까지 써온 동시 관련 글들은 독자를 향하기 전에 내 자신을 향한 것이었다. 혹여 내가 지금까지 동시비평이란 것을 수행했다고 한다면, 그것은 내 창작이 나아갈 바를 산문적으로 고민한 행위에 지나지 않는다. 그러니 나에게 비평은 창작을 의미 있게 밀고 나가기 위한 하나의 방편이자, 새로운 창작의 전위를 내 안에서 찾아내기 위한 몸부림이며, 아직 오지 않은 시를 맞이하기 위한 준비 단계 같은 것이다. 나에게 비평안(批評

眼)은 감상안에서 연유하는 것이며, 다시 창작안으로 열려야 하는 무엇일 뿐이다.

나는 비평을 모른다. 다만 독자와 창작자로서 최선을 다해 동료 시인들의 작품을 읽어내려고 했다. 그러나 최선을 다하는 것이야말로 얼마나 괴로운 일인가. 매번 스스로의 한계에 마주하여 물고 뜯는 싸움질을 해야 하니 말이다. 열심히 읽고 쓰면서 현재의 부족함을 채워갈 수밖에 없다. 욕심만큼 눈이 밝지 못하고 안목이 부족한 탓에 이 책에서 언급하지 못한 시인과 작품이 적지 않을 줄 안다. 차차 이들을 새롭게 발견하게 되기를 소망한다.

나는 우리 동시의 가능성을 믿는다. 시, 또는 시인에 대한 믿음은 어느 시대에든 철회될 수 없는 것이다. 최근 10년 동안 우리 동시가 보여준 변화 발전 양상은 이런 신념을 더욱 든든히 다져주었다. 그러나 여전히, 언제까지나, 시는 현재의 것이라기보다는 미래의 것이다. 현재는 찰나적 순간의 실현일 뿐이지만 미래는 언제나 다가오는, 다가오지 않은 것으로서 영원하다. 실현되자마자 사라지는 현재가 아니라 결코 다가오지 않을 미래를 지향함으로써 시인은 언젠가 다가올 미래에도 여전히 미래로 읽히는 시를 쓸 수 있다. 아직 오지 않은, 언제까지나 오지 않는 미래를 호명하며 현재를 허기 속에 살아가는 시인의 운명에 경의를 보낸다.

동시가 주는 거부할 수 없는 매력과 동시의 길에서 만난 벗들의 응원, 온기에 이끌려 여기까지 왔다. 언제까지, 어디까지 갈지는 알 수 없지만, 아직 오지 않은 미래를 호명하며 현재를 허기 속에 살아갈 것만은 분명하다. 자기를 덜어내 남편의 부족한 곳을 메워주는 아내 송선미에게, 혹 외로울 수도 있었을 동시의 길을 함께 가는 여러 시인들에게, 김제곤 김찬곤

김환영 탁동철 김륭 유강희 장동이 정유경 등 『동시마중』 전현직 편집위
원들에게, 좋은 작품을 예로 들며 동시 이야기를 할 수 있게 해준, 이 책에
등장하는 멋진 시인들에게, 동시의 길에서 만난 모든 벗들에게 이 책을 바
친다. 끝으로, 부족한 글을 꼼꼼히 매만져 조금이라도 더 쓸모 있는 책으
로 만들어준 문학동네 어린이팀 식구들에게 감사의 인사를 전한다.

2014년 4월
이안

제1부

다 같이 돌자,
동시 한 바퀴

작품은 가슴으로만 쓰는 것도, 손끝으로만 쓰는 것도, 머리로만 쓰는 것도 아니다.
김수영의 말마따나, "시작(詩作)은 '머리'로 하는 것도 아니고
'심장'으로 하는 것도 아니고 몸으로 하는 것이다. '온몸'으로 밀고 나가는 것이다."
작품 감상 역시 마찬가지다. 어느 하나로만 하는 것이 아니다. 아이들이 온몸, 온 감각으로 자라듯,
입으로, 머리로, 눈으로, 가슴으로, 그리하여 온몸, 온 감각으로 끌어당기듯 하는 것이다.

오늘
이 밤엔,

어떤 동시를
읽을까

최근 10년간 우리 동시는 몰라볼 정도로 달라졌다. 무엇보다 동시창작 층이 넓어졌고, 이를 수용할 지면과 출판사가 늘었다. 그만큼 좋은 작품과 동시집이 눈에 띄게 많아졌다. 창작자의 입장에서든 독자의 입장에서든 반갑고 기쁜 일이다.

시장에 팔려 나온 강아지를 보더니
누나가 한 마리 키우자고, 또 떼를 쓴다
마당 있는 집 생기면 키우자고, 엄마는 또 달랜다
누나는 얼른 돈 벌어서 마당 있는 집을,
엄마한테 사주겠다고 큰소리쳤다
그러면 강아지를 두 마리나 사준다고 엄마도 큰소리쳤다
누나가 두 마리는 안 된다고 했다
세 마리는 되어야 한댔다

좋아 세 마리

엄마는 얼른 누나에게 손가락을 내밀었다

크흐흐흐흐

마녀처럼 웃었다

—장영복, 「좋아 세 마리」 전문

아파트에 사는 아이들은 개나 고양이 같은 반려동물을 키우고 싶어한다. 그렇지만 엄마나 아빠는 위생이나 현실적 여건을 들어 이를 허락지 않는다. 여기서 한 발 더 나간 대답이, "마당 있는 집 생기면 키우자"는 것이다. 거절한 것도 아니지만, 그렇다고 들어준 것도 아니다. 엄마의 대답은 한마디로, '로또에 당첨되면', 이런 말이다. 그렇지만 아이들은 신기하게도, 이 면피용 대답에 마음을 놓는다. 지금은 마당 있는 집이 아니니까, 언젠가 마당 있는 집이 생기면 키우자니까. 상황은 대개 여기에서 끝나게 마련인데, 장영복의 「좋아 세 마리」는 한 발 더 가본다.

누나가, "얼른 돈 벌어서 마당 있는 집을,/ 엄마한테 사주겠다" 한 것이다. 완전 대박! 공으로 집이 생기게 된 엄마는 마음이 두 배로 넓어져, "그러면 강아지를 두 마리나 사준다"고 했다. 힘들여 일해 엄마한테 집을 사주기로 한 누나로서는, 강아지 두 마리가 영 성에 차지 않는다. '엄마는 쩨쩨하게 두 마리가 뭐람? 세 마리는 되어야지.' 이쯤 되면 엄마도 밑질 게 없다. "좋아 세 마리". 엄마는 누나랑 손가락 꼭꼭 걸고, "크흐흐흐흐/ 마녀처럼 웃었다". 누나는 금세 마당 있는 집에서 강아지 세 마리랑 졸졸졸 뛰어다니는 꿈에 젖어들었을 테고, 그러기는 엄마도 마찬가지였을 테다.

이 작품은 익숙한 상황을 익숙하게 말하지 않고 거기서 한 발 더 나감으로써 독특한 울림을 만들어내는 데 성공한 작품이다. 시인은 누나와 엄마가 주고받는 흥정을 점층적으로 배치함으로써(이 흥정의 과정은 상상에 현실감을 부여한다. 즉 현실과 상상 사이에 긴장 관계를 형성하여 짧으나마 상상을 현실로 느끼도록 만든다), 그리고 그 중간에 "누나는 얼른 돈 벌어서 마당 있는 집을,/ 엄마한테 사주겠다고 큰소리쳤다"는 의외성을 충돌시킴으로써, 현실의 결핍을 어느새 상상 속 풍요로움으로 바꾸어낸다. 그러면서도 현실의 결핍을 아주 소멸시켜 버리는 것은 아니어서, '로또에 당첨되면' 놀이 끝의 비애를 "크흐흐흐흐" 독자에게 남긴다. 그래서 이 작품은 웃음의 코드가 중심을 이루면서도 단순한 웃음으로 주저앉지 않는다.

정유경의 「까만 밤」은 우리 동시가 도달한 '감각의 현재'를 보여주는 좋은 예다.

빨강, 노랑, 파랑이
폭 껴안아
검정이 되었대.

깜깜한
밤
오늘 이 밤엔

무엇, 무엇, 무엇이
꼬옥

껴안고 있을까?

—「까만 밤」 전문

　단순한 언어로 구성된 작품이다. 그러나 대부분의 좋은 동시가 그렇듯이 작품의 단순함이 거느리고 있는 시의 세계는 결코 좁지 않다. 왜 그럴까? 독자로 하여금 상상을 이어가도록 의문형으로 시를 열어놓았기 때문이다. 아이를 재울 때 이 시를 들려주면 어떨까? 아이의 잠자리가 더욱 포근해질 것 같고, 아이와 세계가 꼼지락꼼지락 이어질 것 같다. "깜깜한/ 밤/ 오늘 이 밤엔// 무엇, 무엇, 무엇이/ 꼬옥/ 껴안고 있을까?" 아이와 함께 상상을 이어가보면 재밌을 것 같다.

　「좋아 세 마리」나 「까만 밤」은 최근 우리 동시가 이룩한, 여러 측면의 문학적 성취 가운데 한 단면을 개성적으로 보여준다. 동시는 다른 장르보다 쉽고 단순해 보이기 때문에, 마음만 먹으면 누구나 쓸 수 있다고 생각하는 경향이 있다. 그러나 막상 쓰려고 들면 생각했던 것만큼 쉽지가 않다. 아니, 훨씬 어렵다. 좋은 시를 쓰는 시인만큼의 시 공부와, 동시 공부가 나란히 쌓이지 않고는 좋은 동시가 나오기 어렵다. 좋은 동시를 만나면 좋은 시를 만났을 때보다 몇 배 더 기쁜 까닭이 여기에 있다.

『동화 읽는 어른』 2012년 3월호

웃음꽃을
터뜨려라,

팡팡!

『동시마중』16호(2012년 11·12월호)는 한 해 동안 국내 잡지에 발표된 동시 가운데 좋은 작품을 골라 '올해의 동시 2012'란 제목으로 묶었다. 그래서 잡지를 준비하는 내내 동시만 읽었다. 좋은 시인과 좋은 작품이 눈에 띄게 느는 걸 확인할 수 있었다. 여러 경향이 눈에 띄었지만, 그중에서도 웃음 코드를 내장하거나 전면화한 작품이 인상적으로 다가왔다.

식물은 뿌리, 줄기, 잎, 꽃, 열매로 이뤄져 있다

뿌리는 식물체를 지지하고 물과 양분을 꾸벅한다

줄기는 꾸벅을 지탱하고 물과 꾸벅이 이동하는 꾸벅

잎은 꾸벅을 이용하여 꾸벅을 꾸벅

꾸벅은 꾸벅과 꾸벅이 꾸벅

꾸벅 꾸벅 꾸벅 꾸벅 신민규 뒤로 나가! 번쩍

—신민규, 「Z교시」 전문

초등 중·고학년 과학 시간쯤 되는 것 같다. 식물의 구조와 기능을 배우는 시간. 작품은 인트로 없이 곧장 선생님의 간략한, 딱딱하고 건조한 설명 문장으로 시작된다. 다분히 비시(非詩)적인! 그런데 다음 문장 끄트머리에서 1차 균열("꾸벅")이 발생하는 순간, 이 비시적으로만 보이던 문장은 돌연 시적 문장으로 깨어난다. 그다음부터는 "꾸벅"이 "꾸벅"을 이용하여 "꾸벅과 꾸벅이" "꾸벅 꾸벅 꾸벅 꾸벅" 자동으로 시를 만들어간다. 6행, "꾸벅 꾸벅 꾸벅 꾸벅"에서 끝냈다면 시가 참 섭섭했을 것이다. 1행의 딱딱하고 건조한 설명 문장에 맞먹는 뭉뚝하고 단단한 막대기 같은 문장이 필요하다. "신민규 뒤로 나가!" 사후적이긴 하지만, 정확한 시점, 정확한 자리, 정확한 이름이다. "신민규" 대신 다른 이름을 넣었다면 재미가 이만 못했을 것이다. 웬만하면 이쯤에서 안심하고 시를 끝낼 수도 있겠다. 그러나 그렇게 했더라면 좋은 시가 되긴 어려웠으리라. 마지막 한방, 정신이 돌아오고 고개가 들리는 "번쩍"이 필요하다. "번쩍"은 2행의 균열("꾸벅")을 봉합하면서 시를 완성한다. 그리고 제목, "Z교시"로 화룡점정. 이 작품에서 시의 눈(詩眼)을 세 가지 고르라면, 2행의 "꾸벅"과 6행의 "신민규 뒤로 나가!" 그리고 "번쩍"쯤 될 것이다.

졸업이구나, 너희들과 헤어지게 되어 아쉽다.

선생님, 그동안 우리들이 속 썩여서 미안해요.

너희들이 속은 무슨 속을 썩여.

그냥 말 좀 안 듣고,

숙제 안 해 오고,

귀청 떨어지게 떠들고,

씸박질 좀 하고,

수업 시간에 뛰쳐나가고,

음, 와장창 유리창 깨고,

다른 선생님한테 걸려서 귀 잡혀 들어오고,

꼬박꼬박 대들고,

봄날 병아리들처럼 비실비실 졸고,

욕 좀 하고,

몰래 침 뱉고,

무릎 까져서 피 질질 흘리고,

음음, 높은 곳에서 떨어져 간 떨어지게 하고,

입 아프게 설명해도 단체로 멍 때리고,

저번에는 참, 다섯 분이 한꺼번에 땡땡이도 치셨지?

아무튼, 고런 일들밖에 없었는걸 뭐.

그러네요.

헤헤헤헤

히히히히

—이창숙, 「깨알 같은 잘못」 전문

  6학년 교실의 1년을 깨알만 하게 요약하면 정말 이 비슷한 모습이 될까. 그럴 것 같다. 이 작품 역시 인트로가 없다. 구저분한 상황 제시 대신 단도직입한다. 마땅한 모습이다. 졸업식 날 모습을 쓴 작품을 찾아 읽으면 얼마나 너저분한 말과 감정으로 넘쳐날 것인가. 이 작품에는 그런 게 없다. 1행과 2행은 의례적인 말이 오가는 대목. 「Z교시」의 첫 문장과 다를 바 없다.

3행에서 4행으로 넘어가면서 "꾸벅"에 해당하는 균열이 발생한다. "너희들이 속은 무슨 속을 썩여."와 "그냥 말 좀 안 듣고," 사이. 그다음부터는 자동이다. "쌈박질"과 "와장창"과 "꼬박꼬박"이 모여 "단체로 멍 때리고" "한꺼번에 땡땡이"치며 시를 만들어간다. 이렇게 자동으로 넘어갈 수 있는 것은 초기 설정이 잘되어 있다는 증거다. 시도 첫 단추를 잘 꿰어야 끝까지 어긋나지 않을 수 있다. 1, 2행의 의례적인 말은 끝부분 "아무튼, 고런 일들밖에 없었는걸 뭐./ 그러네요."와 정확히 들어맞는다. 「Z교시」의 "꾸벅"과 "번쩍", "식물은 뿌리, 줄기, 잎, 꽃, 열매로 이뤄져 있다"와 "신민규 뒤로 나가!"가 짝이 되는 것처럼.

끝 3행, "그러네요."에서 시를 끝냈다면 어땠을까? "헤헤헤헤/ 히히히히"는 사족일까, 아닐까? 당연히 불가피하다. 왜냐? "헤헤헤헤/ 히히히히"야말로 교사의 깨알 같은 뒤끝 작렬에 꼭 들어맞는, 아이들의 깨알 같은 비굴함과 미안함, 헤어짐의 아쉬움을 담은 말이니까. 그런데 다른 행 끝에는 다 붙어 있는 깨알(문장부호)들이 "헤헤헤헤/ 히히히히"에는 왜 없을까? 있어야 할까, 없어야 할까? 그건, 숙제!

신민규와 이창숙은 우리 동시의 엄숙성, 교훈성, 주제 중심의 흐름에 균열을 가하는 건강한 웃음의 상상력을 지닌 시인들이다. 그 웃음이 마냥 가볍기만 한 것은 아니어서 허무 개그로 전락하는 일은 좀체 없다. 이창숙 동시에는 페이소스의 가능성이 엿보이고, 신민규 동시는 동시단의 최연소 시인이 쓴 작품답게 신세대의 감각이 돋보인다. 같은 시인으로서 이들의 재기가 부럽다.

『동화 읽는 어른』 2012년 11월호

시를
줍다

　어떤 말은, 잘만 옮겨 적으면 그대로 좋은 시가 된다. 이 말은, 모든 말이 시가 되는 것은 아니며, 시가 될 말도 제대로 옮겨 적지 않으면 시가 되지 못한다는 뜻이겠다. 어쨌거나 귀에 닿는 순간, '시다!' 싶은 말이 있다. 가령, 4대강 공사 현장에서 한 노인이 이런 말을 하더란다. "물이 언젠가 한 번은 제 길 찾아갈 거구먼!" 듣는 순간, '시다!' 싶었다. 게다가 이 말은, 어려서부터 부모가 짜놓은 계획대로 고분고분 따르던 한 아이가 고2 때부터 크게 엇나가더란 이야기를 하는 자리에서 나온 것이어서 '번쩍!' 하는 바가 더욱 컸다.
　그런데 이 말을 어떻게 놓아야 제대로 시가 될까? 그러자면 시적 효과를 극대화할 맥락이 필요하다. 또한 노인의 말을 그대로 쓸 것인지, 조금 다르게 놓을 것인지, 인트로를 둘 것인지 말 것인지, 제목을 무엇으로 달 것인지, 혹 이와 유사한 소재의 선행 시편이 있지는 않은지 두루 따져보아야 한다. 그러니까 그 자체만으로 좋은 시가 되는 말은, 없다. 물론 잘 옮

거 적은 작품을 보면, 그 모양이 너무나 자연스러워, 시인이 아무런 애도 쓰지 않고 거저주운 것처럼 여겨지기도 한다.

이대흠의 「아름다운 위반」이나 김환영의 「스타」, 김사인의 「다리를 외롭게 하는 사람」이 좋은 예다.

> 기사 양반! 저짝으로 조깐 돌아서 갑시다
> 어칳게 그란다요 뻐스가 머 택신지 아요?
> 아따 늙은이가 물팍이 애링께 그라제
> 쓰잘데기 읎는 소리 하지 마시오
> 저번착에 기사는 돌아가듬마는……
> 그 기사가 미쳤능갑소
>
>
> 노인네가 갈수록 눈이 어둡당께
> 저번착에도
> 내가 모셔다드렸는디
>
> ─「아름다운 위반」 전문

버스 기사가 다리 아픈 노인을 위해 정해진 노선에서 벗어나 집 가까운 곳까지 돌아갔다는 것이 이 시의 팩트다. 시인의 위치는 어디일까. 얼핏 시인은 운전 기사와 노인이 주고받는 말을 버스 안에서 듣는 것처럼 보인다. 2연의 독백을 보면, 운전석에서 아주 가까운 자리일 것이다. 이럴 경우, 거저주운 시에 시인이 적당한 제목을 얹어 완성한 것이라고 볼 수 있다. 이미 다 차려진 시의 밥상에 숟가락 하나 올려놓는 식으로. 그러나 과연 그럴까. 사실은, 실제 목격담이 아닐 수도 있다는 얘기다. 단순히 시인은 이 비슷한 이야기를 누군가에게 전해 들었을 수 있다. 또는 미담류의 기사로 접했을 수도 있다. 그렇다면 이 작품은 거저주운 시가 아니라 단순한 팩트에 적절한 상황을 입혀 정교하게 재구성한 것이 된다. 어느 쪽이든 좋은 시라는 사실이 바뀌는 것은 아니지만.

　　전 항상 괜찮아요
　　안 괜찮아도 괜찮아요.*

　　　　　　　　　　　　*2010년 4월 〈한밤의 TV연예〉 인터뷰 중 '피겨 왕' 김연아가 한 말
　　　　　　　　　　　　　　　　　　　　　　　　　　　—「스타」 전문

　세상에나! 이 자체로 충격적인 말이다. 항상 괜찮고, 안 괜찮아도 괜찮은 사람이 어디 있을까. 그러나 이 말을 김연아라는 세계적인 선수가 했다는 사실을 확인하는 순간, 이 말은 통증을 동반한 실감으로 독자에게 파고든다. 좀더 확장해서 읽으면 이 시는 거대하고도 촘촘한 경쟁 시스템 속에서 안 괜찮아도 괜찮은 것처럼 살아가야 하는 이 시대의 아이들을 떠올리게도 한다. 머리와 다리를 잘라내고 몸통만을 뚝 떼어 올려놓은 말. 이 말에는 피가 스며 있다.

　그나저나 이 작품은 어떤 경로를 거쳐 시로 완성되었을까. 두 가지 가능성이 있겠다. 시인이 주(*)에서 밝힌 바, 텔레비전 프로그램을 시청하다가 김연아가 하는 말을 직접 들었거나, 그것을 기사화한 매체를 통해 간접으로 접한 것이거나. 전자라면 몸통 앞에 인트로를 두거나, 주를 따로 두지 않았을 가능성이 큰데 그렇지가 않다. 그렇다면 후자? 검색을 해보기

로 한다. "전 항상 괜찮아요 안 괜찮아도 괜찮아요"를 검색창에 입력한다. 찾았다. 2011년 12월 6일자 오마이뉴스 기사. 〈공지영 작가님, 진보는 강요 아닌 열병입니다〉라는 제목의 기사에 이 대목이 나온다. "전 항상 괜찮아요. 안 괜찮아도 괜찮아요.(김연아, 2010년 4월 〈한밤의 TV연예〉 인터뷰 중에서)" 그 밑 사진 제목은 "피겨 여왕 김연아"로 되어 있다.

시인은 이 기사를 읽다가 시를 발견한 것이다. 2행으로 시를 짜고, 첫 문장의 마침표를 지운다. 출처를 주(*)로 처리하면서 김연아 앞에 "피겨 여왕" 대신 "피겨 왕"이라는 수식을 달아준다. 그리고 이 말을 시가 되게끔 한 화룡점정의 제목, "스타"! 인트로 없이 날것으로 올려놓은 몸통, 적절히 배치한 제목과 주가 한 몸으로 어울려 잊히지 않는 시가 되었다.

하느님
가령 이런 시는
다시 한번 공들여 옮겨 적는 것만으로
새로 시 한 벌 지은 셈 쳐주실 수 없을까요

다리를 건너는 한 사람이 보이네
가다가 서서 잠시 먼 산을 보고
가다가 쉬며 또 그러네

얼마 후 또 한 사람이 다리를 건너네
빠른 걸음으로 지나서 어느새 자취도 없고
그가 지나고 난 다리만 혼자서 허전하게 남아 있네

다리를 빨리 지나가는 사람은 다리를 외롭게 하는 사람이네

라는 시인데
(좋은 시는 얼마든지 있다구요?)
안 되겠다면 도리없지요
그렇지만 하느님
너무 빨리 읽고 지나쳐
시를 외롭게는 말아주세요, 모쪼록

　　내 너무 별을 쳐다보아
　　별들은 더럽혀지지 않았을까
　　내 너무 하늘을 쳐다보아
　　하늘은 더럽혀지지 않았을까

덜덜 떨며 이 세상 버린 영혼입니다
　　　*이성선(李聖善) 시인(1941~2001)의 「다리」 전문과 「별을 보며」 첫 부분을 빌리다
　　　　　　　　　　　　　　　　　　　—「다리를 외롭게 하는 사람」 전문

　김사인의 시는 좀더 노골적으로 시를 주워다놓고 귀엽고 사랑스럽게 너스레를 떤 경우라 할 수 있다. 이렇게 깜찍할 수가! 한 시인의 됨됨이와 그이의 시에 대한 오마주를 이렇게나 능청스럽게 펼쳐 보이다니.
　시집을 읽다보면 손쉽게 주운 것처럼 여겨지는 시들이 의외로 많음을 발견할 수 있다. 그러나 조금 더 들여다보면 쉽게 옮겨놓은 듯 보이는 작품

에도 시인의 수공이 섬세하게 개입되었음을 확인할 수 있다. 한 작품의 창작 경로를 추적하는 것은, 독자로 하여금 시의 효과를 더 골똘히 따져볼 수 있게 하고, 겸하여 창작방법을 익히는 데도 도움이 된다. 그리고 예민하게 눈과 귀를 열면, 주울 수 있는 시의 재료가 도처에 널려 있다는 것도 확인하게 된다. 마음을 건드리는 것, 그것을 오래 새기면 어느 순간 그것이 시가 되어 돌아오는 기쁨을 맛볼 수 있다.

얼마 전 9급 공무원시험을 보았다면서 졸업생 아이 한 명이 찾아와 이런 말을 놓고 갔다. "저는 말단으로 살다가 말단으로 죽을래요." 위로 올라가려고만 하지 않으면 삶을 더 여유 있게 살 수 있을 것 같단다. 듣는 순간 통쾌하고 유쾌했다. 이 말은 언젠가 시가 되어 내게 돌아올 것 같다.

『동화 읽는 어른』 2012년 6월호

잣나무 씨,
안녕?

　잣나무를 '잣나무'라고 부르는 것과 '잣나무 씨(氏)'라고 부르는 것 사이에는 어떤 차이가 있을까? '잣나무'는 그냥 나와 상관없이 서 있는 나무일 뿐이지만, 뒤에 '씨' 자를 붙여 '잣나무 씨'로 부르게 되면, 잣나무에게 어떤 인격적 요소가 부여된 것처럼 다가온다. 그래서 한결 더 내(그) 가까이 다가온(간) 느낌이 든다. "두더지, 안녕!"이 아니고, "두더지 씨, 안녕!" 그러면 금세라도 두더지 씨가 나에게 무슨 말을 걸어올 것 같지 않은가. 마당가 '소나무'는 그냥 덤덤히 서 있는 나무일 뿐이지만 '소나무 씨'는 나에게 다가와 무언가 자기 이야기를 들려줄 것만 같다. 얼마 전 면 여행을 마치고 집에 돌아왔을 때, 나는 분명 마당가 '소나무 씨'가 이렇게 말하는 걸 들었다. "이안 씨, 그렇게 돌아다녀봤자지?" 나는 이의 없이 수긍했다. "그러게나 말입니다, 소나무 씨."

　당연한 말이겠지만, 이런 호칭은 둘 사이를 좀더 대등하게 교정해 '주체 대 타자'가 아닌 '주체 대 주체'의 수평적 소통, 교유의 관계로 바로잡아주는 것 같다. "하루살이 씨, 당신 생각은 어때요?" 하고 물으면, 잠깐이나마 내가 인간중심주의에서 살짝 비켜선 듯한 느낌이 든다. 그래서 나는 한동안 그가 식물이든 동물이든 곤충이든 이런 호칭을 적용해볼 생각이다. 또는 사람 앞에 동물 이름을 붙여서 '동물 사람'이나 '사람 동물'을 만들어보는 것은 어떨까.

염소 아줌마,
노루 할머니,
토끼 아가씨,

논두렁 밭두렁
찾아다니며
무얼 그리 캐나요?

집에서 기다리는 가족들
저녁에 국 끓여 주려고
나물 무쳐 주려고

나숭개*랑 달랑구*랑 캔다우

*나숭개: '냉이'의 방언   *달랑구: '달래'의 방언

—유강희, 「나물 캐기」 전문

1연 "아줌마" "할머니" "아가씨" 앞에 "염소" "노루" "토끼"가 붙지 않았

다면, 이 작품은 얼마나 밍밍하게 읽힐까. "아줌마" "할머니" "아가씨"가 사람이 아닌 사람, "염소" "노루" "토끼"가 동물이 아닌 동물로 명명되는 순간 비인비수(非人非獸)의, 제3의 환상적인 몸이 태어나면서 범상한 봄날의 풍경이 금세 시의 무대로 탈바꿈하게 된다. 물론 이 도입을 성공적으로 마무리하는 건 마지막 연, "나숭개랑 달랑구랑 캔다우"라는 전라도 방언이다. 냉이나 달래 같은 표준어가 어떤 중심성, 단일성을 표상한다면, 나숭개와 달랑구 같은 방언은 주변성, 그러니까 "염소 아줌마"와 같은 혼종성을 표상하면서 1연과 딱 맞아떨어지는 표현이 된다. 1연에서 "염소" "노루" "토끼"를 빼고, 마지막 연을 '냉이랑 달래랑 캔다'로 고쳐 읽어보면, 이러한 표현이 이 작품에서 얼마나 절대적인 위치를 차지하는지를 한눈에 확인할 수 있다.

이제 여름밤으로 시의 무대를 바꿔보자.

> 반딧불 아줌마
> 손전등 들고 어디 가세요?
>
> 길 건너 외딴집
> 혼자 사는 여치 할머니
> 말동무해 주러 가요
>
> 어디 아픈 데 없나 보러 가요
>
> ──유강희, 「반딧불」 전문

이 작품의 감상 포인트는 어디일까? 두말할 것도 없이 1연 "아줌마"와 2연 "할머니" 앞에 붙은 "반딧불"과 "여치"라는 말이다. 시인은 실제로 반딧불이 어딘가로 날아가는 모습을 보고 이 작품을 착상했을 수도 있고, 어둔 밤길 "손전등 들고" 가는 "아줌마"에게서 날아가는 "반딧불"의 이미지를 보았을 수도 있다. 사실이 어떻든 간에 '반딧불'과 아줌마 또는 반딧불과 '아줌마', '여치'와 할머니 또는 여치와 '할머니'를 결합해놓음으로써 이것이 시가 되었음은 의심의 여지가 없다. "내가 너의 이름을 불러주었을 때 너는 나에게 와서 꽃이 되었"듯이, 반딧불(또는 아줌마)을 "반딧불 아줌마"로 명명함으로써 반딧불은 근사한 시의 모습으로 우리 앞에 오게 되었다.

말이 어떻게 놓이는가에 따라 시가 되고 안 되고가 판가름난다. 말을 어떻게 쓰는가에 따라 주체의 세계 인식이 달라지고, 이제까지 당연하게 맺어왔던 관계에 변화가 온다. 명명되지 않은 것은 인식되지 않은 것이며, 이미 인식된 것은 새로운 명명을 통해 새롭게 태어날 수 있다. 이는 언어의 한계이자 가능성이며, 시의 한계이자 가능성이다. 새로운 인식은 새로운 언어를 낳는다. 마찬가지로 새로운 언어는 새로운 인식을 낳는다. 새로운 언어는 언제나 새로운 시의 질료다. 지금 부르는 이름이 언제나 변치 않는 이름이 될 수 없으므로(名可名非常名, 노자) 인식에도 언어에도 틈이 많다. 그 틈으로 시의 빛이 들어온다.

『동화 읽는 어른』 2013년 7·8월호

어떤
말들이

노래가
되나

    '시어 사전'은 있을 수 있지만 '비(非)시어 사전'은 있을 수 없다. 실제로
『한국현대시 시어 사전』(김재홍 편저, 고려대학교 출판부, 1997)은 있지만, '비
시어 사전'이란 것은 없다. 지금까지도 그렇지만 앞으로도 이런 책은 나오
지 않을 것이다. 왜 그럴까? 시에 금기어는 있을 수 있을지언정 금지어는
있을 수 없기 때문이다. 또한 시의 역사는 금기 위반의 역사이기도 하다.
만에 하나 '비시어 사전'이 나온다면? 가장 먼저, 비시어를 골라 쓴 시들이
쏟아져 나오지 않을까. 적어도 정상사회에서는 이처럼 촌스럽고 우스꽝스
러운 사태가 벌어지지는 않을 것이다. 그러나 다음과 같이 정색을 한 질문
과 맞닥뜨리게 되면, 혹 노래가 될 수 있는 말(또는 대상)이 따로 정해져 있
을지도 모른다는 생각이 들기도 한다.

    줄지어 고개 숙인 해바라기를 보며 생각한다
    어떤 말들이 노래가 되나

거품을 감고 얌전히 누웠는 비누를 보며 생각한다
이런 건 노래하면 안 되나

어떤 말들이 노래가 되나

하늘에 박힌 별
먼 데서 흐르는 물
닭이 낳은 따끈한 알
이런 것들은 아직은 멀고
내 것이 아닌 것들

구겨진 수건을 보다가
시원하게 내려가는 변기 물을 보다가
자꾸만 생각하게 된다

이런 말들은 노래가 되나
어떤 말들이 노래가 되나

　　　　　　　　　　　—송선미,「어떤 말들이 노래가 되나」전문

　　노래가 될 법한, 또는 되지 못할 법한 대상의 목록을 작성한 뒤 시인은
이렇게 자문한다. "어떤 말들이 노래가 되나"-"이런 건 노래하면 안 되
나"-"어떤 말들이 노래가 되나"-"이런 말들은 노래가 되나"-"어떤 말들
이 노래가 되나". 열 마디로 이루어진 다섯 개의 의문형 문장이 A-B-

A-B′-A 식의 연쇄를 이루는 가운데 독특한 메아리를 만들어낸다. 저 반복적인 메아리는 시의 동굴(만약 그런 장소가 있다면)에 갓 들어선 자에게만 입문의 증표처럼, 선물처럼, 화두처럼 들려오는 것인지도 모른다. 그렇지만 밖을 향하지 않음으로써 이 내향적 문장은 오히려 밖으로 번져나간다.

흥미로운 것은, 노래의 대상으로 검토하는 사물이 구체적 한정에 붙잡힌 모습으로 제시된다는 점이다. 보통의 해바라기, 비누, 별, 물, 달걀, 수건, 변기 물이 아니라, ①"줄지어 고개 숙인" → "해바라기" ②"거품을 감고 얌전히 누웠는" → "비누" ③"하늘에 박힌"('뜬'이 아니라) → "별" ④"먼 데서 흐르는" → "물" ⑤"닭이 낳은 따끈한" → "알" ⑥"구겨진" → "수건" ⑦"시원하게 내려가는" → "변기 물"로 구체적 한정 속에 제시되고 있다. 어떤 대상을 특정 언어 맥락 속에서 조건화한 것이 시라고 할 때, 이런 구체적 한정이야말로 단순한 말(혹은 대상)이 어떤 시선의 경로를 거쳐 시로 변모해가는지, 그 변신의 1단계를 보여주는 예라 하겠다. 그러니까 ①에서 ⑦까지의 말들은 모두 좀더 온전한 시로 호출되기를 기다리는, 대기실의 말들이다.

그러나 정작 시인이 간절하게 찾고 있는 것은 '너-나-우리, 모두'의 노래가 아니다. "어떤 말들이 노래가 되나"라는 문장에는 노래를 소유하는, 또는 노래의 소속처인 관형어 '나의'가 생략되어 있다. 따라서 이 문장은 다음과 같이 고쳐 읽을 때 좀더 시인의 의도에 가까워진다. '어떤 말들이 (나의) 노래가 되나'. '내가 부를 수 있는, 나의 노래는 어떤 것인가'. 가령, 3연의 진술.

하늘에 박힌 별
먼 데서 흐르는 물
닭이 낳은 따끈한 알

이런 것들은 아직은 멀고

내 것이 아닌 것들

　"하늘에 박힌 별"이나 "먼 데서 흐르는 물" "닭이 낳은 따끈한 알" 같은 것은 "아직은" 내게서 "멀"어, "내 것이 아닌 것들"이다. 그럼 "내 것"은 무엇인가? 어떤 말들이 나의 노래가 되나? 그것은 "하늘"의 "별"이 아니고, "먼 데서 흐르는" "물"이 아니고, 닭이 방금 낳은 "따끈한 알"이 아니다. 그것은 "줄지어 고개 숙인 해바라기"에 가깝고, "거품을 감고 얌전히 누웠는 비누"에 가깝고, "구겨진 수건"에 가깝고, "시원하게 내려가는 변기 물"에 가깝다. 가까이에서 내가 본 것, 겪은 것이 내 것이고, 그것이 나의 노래가 되리라는 예감이다.

　노래가 되는 말과 노래가 되지 못하는 말이 따로 정해져 있는 건 아니다. 그렇지만 특별히 '나에게' 와서 '나의' 노래가 되는 말과 그렇지 못한 말은 어느 정도 운명처럼 정해져 있는 게 아닐까. 해바라기가 '너-나-우리, 모두'의 노래에 해당하는 말이라면, "줄지어" "고개 숙인"이라는 특정 언어 맥락의 구체적 한정에 붙잡힌 "해바라기"는 '나의' 노래에 해당하는 말이다. '너-나-우리, 모두'의 말에는 번지수가 없다. 특정할 수 없으므로, 이름을 가리면 어느 번지에서 나온 말인지 알 수 없다. 그렇지만 '나의' 노래는, '나-비(非)우리'의 노래라는 이유만으로 고유하다.

　우리 동시에 나의 말로 나의 노래를 써나가는 시인은 많지 않다. 발화의 주체나 대상이 '너-나-우리, 모두'의 공동 번지수인 경우가 많다. 그러나 '비(非)나-우리'에서 '나-비(非)우리'의 말로 돌아서는 순간, 범범(凡凡)은 비범(非凡)으로 바뀐다. '내면아이', 즉 내 안의 상처받은 어린아이를 찾는 것도 한 방법이겠다. 나의 말로 나의 노래를 부르는 시인의 목소리에 다시 귀 기울여보자. 노래 같기도 하고 메아리 같기도 한, 그의 목소리는 아름답다.

한 아이가 걸어왔다.
나에게 노래를 부르며 걸어왔다.

처음 듣는 그 노래를
아이는 먼 데서부터 부르며 온 것도 같고
나는 먼 데서부터 들었던 것도 같은데
이상하게 자꾸 눈물이 났다.

노래를 마치고 아이는
내 품에 안겼다.
안겨서 나를 꼭 안아 주었다.

꿈이었다.

몸을 웅크리고 조금 더 울었다.
아이보다 작아져서 조금 더 울었다.

—송선미, 「한 아이」 전문

『동화 읽는 어른』 2012년 9월호

가자,
브레멘으로!

시집에서 다음과 같은 시를 만나면 가슴이 콩콩거린다. 시에서 동시(동심)의 세계가 읽히기 때문이다.

앵두나무 아래서

딸레를 데리고 가자

쬐그만 아주머니는 두고 가자

바구니에 담아둔 앵두는 뒤엎고

물크러지기 시작한 앵두는 흔들어 떨구고

앵두나무 그늘도 흩어버리자

바늘로 딸레 눈을 찌르고

딸레를 안고 어르며

머리를 빗겨주고

곱게 화장을 시켜 내 각시를 삼자

방울을 흔들면

딸레는 노래하고 춤을 추고

딸레는 눈이 먼 채 밥을 짓고

딸레는 눈이 먼 채 빨래를 하고

그래그래 착하지

딸레는 얼굴도 곱고

딸레는 마음도 이쁘고

딸레는 이제 집에도 못 가고 어떡하나 어떡하나

그래서 둘이는 아들 낳고 딸 낳고 행복하게 살았더래

하는 이야기의 끝처럼 살았으면 싶었지만

아무 날 아무 때 어딘가로 나갔다 돌아오니

딸레도 없고 아이들도 없고

옛날의 앵두나무 아래로 가니

앵두나무는 베어지고

쬐그만 아주머니도 누가 데려갔는지 없고

앵두나무 아래서

방울 혼자 흔들다 나는 울었다

*정지용 「딸레」 변용

—송진권, 「딸레」 전문

　　주에서 밝히고 있듯이 송진권의 「딸레」는 정지용의 「딸레」를 서사적으로 변용한 것이다. '딸레'는 인형이다.

딸레와 쬐그만 아주머니,
앵도나무 밑에서
우리는 늘 셋 동무.

딸레는 잘못하다
눈이 멀어 나갔네.

눈먼 딸레 찾으러 갔다 오니,
쬐그만 아주머니마자
누가 다려갔네.

방울 혼자 흔들다
나는 싫여 울었다.

—정지용, 「딸레」 전문

  역시 정지용의 뼈대에 살을 입힌 자국이 선명하다. 딸레와 쬐그만 아주
머니와 ‘나’가 앵두나무 아래 등장하고, 딸레는 눈이 멀고, 화자가 어디를
갔다 왔을 때, 앵두나무 아래엔 아무도 없어 ‘나’ 혼자 우는 것까지. 송진
권은 정지용의 고향, 충북 옥천 사람이다. 그러니 이 작품을 고향 선배 시
인에 대한 일종의 오마주로 읽어도 좋을 듯하다.
  무엇보다 흥미로운 점은, 송진권에 와서 동심의 시간과 공간(“앵두나무
아래”)이 송두리째 뿌리 뽑혀 아예 사라져버리고 없다는 점이다. 정지용에
게는 동심의 시간과 공간이 그리 크지 않은 격차 속에 존재하는 반면(시

간과 공간은 그대로인 채 소꿉놀이 동무만 어디 가고 없는), 송진권에게 그것은 회복 불가능할 정도로 멀어, 다시는 돌아갈 수도 돌이킬 수도 없는 현재적 사건이 된다. "눈먼 딸레 찾으러 갔다 오니,"가 연속의 시간이라면, "아무 날 아무 때 어딘가로 나갔다 돌아오니"는 단절의 시간이다. 정지용의 화자가 여전히 어린 상태로 시 속에 머무는 반면, 송진권의 화자는 "옛날의 앵두나무"라는 표현에서 알 수 있듯이 이미 어른이 되어버렸다. 더군다나 어른이 되어 들른 유년의 공간엔 "딸레"도 없고, "아이들도 없고", "앵두나무는 베어지고/ 쬐그만 아주머니도 누가 데려갔는지 없"다. 파괴와 망실의 장소가 되어버린 것이다. 정지용은 소꿉동무가 없어진 현실이 싫어 울지만, 송진권은 동심의 시공간 자체가 소멸해버린 것 때문에 운다.

또한 송진권의 경우, 동심의 시공간에서 몹시 자기 파괴적이고 의지적으로("앵두는 흔들어 떨구고" "앵두나무 그늘도 흩어버리자" "바늘로 딸레 눈을 찌르고") 분리되었음도 눈여겨볼 만하다. 이는 우리의 농촌 공동체가 폭력적인 방법으로 해체된 것과 깊이 연관될 터이다. 그렇기에 송진권은 자주, 파괴되기 이전의 시공간으로 돌아가고자 하는지도 모른다. 그의 시에는 "가자"라는 표현이 무척이나 자주 나온다. 「브레멘으로」도 그중 하나다.

자, 이제 브레멘으로 가자
가서 음악대 단원이 되자
조막손이와 청맹과니와 문둥이와
수탉과 당나귀와 개와 고양이와
할머니 할아버지와
아버지 어머니와

다 브레멘에서 만나자

북 치고 소고 들고 상모 돌리며
옹금종금 종금새야
까치비단 노루새야
다동비단 꼬꿀새야
다 브레멘으로
브레멘으로

—「브레멘으로」전문

브레멘은 어디인가. 오랜 세월 주인에 의해 학대받고 버림받은 당나귀, 개, 고양이, 수탉 들이 농장을 떠나 마침내 도착하여 새로운 삶을 노래하는 자유의 땅이 아닌가. 그러니 이를 우리 식으로 해석하면 근대화 과정에서 폭력적으로 해체된 전통 공동체적 시공간이자 성장 과정에서 뿌리 뽑혀 내던져진 동심의 세계, 바로 그곳이다. 화자가 브레멘에서 만나고자 하는 군상들과 그곳으로 향하는 면면들과 이 과정에서 펼쳐지는 가락은 한결같이 전통의 그것을 재현한다. 송진권 동시의 세계, 그가 동시로써 가닿고자 하는 세계인 것이다. 그가 처음 발표한 동시 역시, 다름 아닌 브레멘으로 간다. "강아지풀 수염" 달고 "바랭이풀 우산" 쓰고 우리도 함께 울며, 기쁘게 따라가보자.

멍개흙 동글동글 뭉쳐 경단 빚고
풀꽃 따다 얹어 침 잎에 싸서 가자

너는 강아지풀 수염 아저씨

나는 바랭이풀 우산 아줌마

누운 허수아비 일으키고

잠든 꾸구리 깨워 같이 가자

너는 강아지풀 수염을 달고

나는 바랭이풀 우산을 쓰고

질경이 민들레 따라 까치발 뛰며 가자

풀잎 이슬 받아 세수하고

오동잎 징검다리 건너가자

잠든 시냇물 깨우고

소나기 삼 형제랑 같이 노래하며 가자

풀잎을 잡고 올라와

무지개다리 기어오르는 달팽이를 타고 가자

너는 강아지풀 수염 아저씨

나는 바랭이풀 우산 아줌마

　　　　　—「강아지풀 수염 아저씨랑 바랭이풀 우산 아줌마랑」 전문

『동화 읽는 어른』 2013년 4월호

귀향인의
노래

　고향을 떠나 산 지 어느덧 28년이 지났다. 5, 6년 전까지만 해도 1년에 몇 번, 적어도 한 번쯤은 고향 꿈을 꾸었던 것 같은데, 이제는 꿈에마저 보이지 않는다. 마지막 고향 꿈은 참으로 끔찍했다. 한 집에서 일어난 전기 합선으로 마을의 모든 집들이 불타 없어지는 꿈이었다. 식은땀을 흘리며 꿈에서 깨어나 나는 떠나온 고향을 생각했다. 밤낮없이 같이 어울려 놀기에 바빴던 오가, 홍기, 주덕이, 언년이, 향님이, 경자, 명자……는 지금쯤 어디에서, 어떤 어른이 되어 살아갈까. 동네 아래쪽에 자리잡은 커다란 저수지를 사람들은 '월림못'이라고 불렀다. 한자를 갓 배우기 시작한 나는 '月林'이라는 이름이 제법 근사하다고 생각했던 것 같다. '달숲'이라니, 달의 숲은 대체 어디를 말하며, 어떻게 생겼다는 것일까? 숲 사이로 떨어지는 달빛을 그려보며 상상의 오솔길을 걸어보기도 했다. 때론 우리 마을이 달빛 아래 하나의 숲이란 은유로 읽혀지기도 했다. 고향은 지금쯤 어떻게 변해 있을까.

이슥한 늦여름 밤

달빛 속에 환한,

흑백의 산골 마을

내려다본 적 있나요?

가로등과 집들의 불빛도

달빛 속에 묻혀

반딧불이 같은,

고요한 산골 마을을요.

소쩍새 소리와

철 이른 풀벌레 소리

끊어질 듯 이어지는

마을 뒤 좁은 밭둑길에서

달그림자 밟고서요.

— 장동이, 「달그림자 밟고서요」 전문

　장동이는 '귀향'('귀농'이 아니라) 시인이다. 중학 무렵 떠난 고향을 사십 중반이 되어서야 다시 찾았다. 몇 년에 걸쳐 단출하게 살림집을 짓고 혼자 감당할 만큼 논농사 밭농사를 지으며 긴 겨울밤이면 마을 어른들과 어울려 술 내기, 음식 내기 화투를 치기도 한다. 마을 어른들은 시인의 어릴 적 동무의 아버지 어머니거나 아저씨 아주머니쯤 되는 이들로, 대부분 칠십을 훌쩍 넘겼다. 축대가 무너지면 달려가 든든히 쌓아주고 보일러가 터지면 야물게 고쳐주며 아픈 사람이 있으면 급히 병원에 데리고 간다. 마지막 가는 길을 배웅해주는 것도 그의 몫이다. 동네 할머니들과는 또 어찌 그렇게 살갑게 지내는지, 어쩌다 찾아간 나에게 뽀뽀의 현장을 들키기까지 하였다. 그런데 정작 좋아하는 쪽은 할머니들이었다. 나는 할머니의 그 쪼그라진 볼이 수줍게 볼그레지는 걸 보고야 말았다. 혹, 살갑다는 말이 '살 가까이'에서 오지 않았을까, 그런 생각도 잠깐.

「달그림자 밟고서요」는 다시 돌아온 고향, 농촌마을의 밤 모습을 서정적으로 그린 작품이다. 자기 동시의 현장에 대한 최초의 개요적 보고서라고 할 이 작품은 농촌 삶의 실상이 달빛이라는 감상적 소재에 다소 가려져 있긴 하지만, "끊어질 듯 이어지는" 우리 농촌의 실상을 한 편의 음각화로 보여준다. "끊어질 듯 이어지는"이라는 말은 영속성의 측면에서 어떤 위기감을 불러일으킨다. 지금까지 가까스로 이어지고는 있지만 머지않아 끊어지고 말리라는 안타까움의 뉘앙스가 이 표현에는 들어 있다. 어떤 분야든 그것을 이어받는 후속세대가 존재하지 않는다면 단절은 불가피하다.

장날 대합실서 말이래.

차 기다리며 보니까

지대로 걸어 댕기는 성한 인간이 없데!

일깡일깡거리지, 쩔푸덕펄덕대지

다 꼬부라지고 삐뚜룸한 늙은이뿐이래.

또 이래 둘러보니까

우째 그리 청승맞게 하고 있는지

쪼굴치고 앉고 삐딱하게 서서

아이구, 시상이 왜 이럴꼬?
다 쪼구랑방탱이에다
병신 팔푼 가튼 거뿐이래.

—장동이,「윤경임 할매」전문

밥 먹는 기 그렇다네.
똥은 옆에 두고 먹어도
사람 옆에 두고는
그냥 못 먹는다고.

여덟 살 무렵일 거야.
젖먹이 동생을 둘러업고
연산댁 집엘 툭하면 가.
그러면 그 집 할매가
"사람 옆에 두고
우째 그냥 먹노?" 하면서
두 손 요래 붙여 벌린 데다
식은 밥 소복하게 덜어 주고
된장 국물을 조금 부어 줘.
그럼 국물이 손가락 새로 흘러.
그래도 울매나 맛있는지 몰라.
그게 또 먹을 기라고

업힌 기 뒤에서 버둥거리면

몇 알 입에 넣어 주고.

그러이, 얼릉 순갈 들어 봐!

—장동이, 「지동 할매」 전문

　두 편 다 할머니의 말을 그대로 받아쓴 형식으로 되어 있다는 점에서 일종의 '주운 시' 계열에 속한다고 볼 수 있다. 어떤 측면에서 시인은 세상에 숨어 있는 이야기에서 그 노래됨, 시됨을 측량하여 이를 재바르게 시로 끌어안는 사람이라고 할 수 있다. 육, 칠, 팔십이 넘은 할머니 할아버지들은 저마다 한 편의 장편소설이요, 수십 편의 시를 간직한 시집이다. 게다가 이들 세대는 가난과 전쟁 등 고난의 한국현대사를 온몸으로 헤쳐가며 살아왔다. 삶의 갈피마다 수많은 이야기가 도사려 있는 세대인 만큼 털어서 이야기 한두 자락 안 나올 사람이 없다. 녹음기를 들고 다니며 아직은 "끊어질 듯 이어지는" 이들의 이야기를 더 늦기 전에 받아 적어야 한다.

　「윤경임 할매」는 화자인 윤경임 할매가 "장날 대합실"에서 본 것을 시인에게 들려주는 식으로 되어 있다. 본 것의 모습이 경북 문경 지역 말에 힘입어 직접적이며 구체적으로 형상화되었다. "일깡일깡거리지, 찔푸덕펄덕대지" "쪼굴치고 앉고 삐딱하게 서서" 같은 사투리 입말의 가락은 외지인으로서는 좀처럼 포착하기 어려운 고향의 언어, 그 자체다. "쪼구랑방탱이"에다 "병신 팔푼" 같은 "다 꼬부라지고 삐뚜룸한 늙은이뿐"인 장날, 그 속에 윤경임 할매가 있고, 날로 쇠락해가는 우리 농촌의 오늘이 있다.

　「지동 할매」는 "똥은 옆에 두고 먹어도/ 사람 옆에 두고는/ 그냥 못 먹는다"는 교훈을, 어린 시절 가난 속에서 겪었던 일화를 통해 감동스럽게 현재화("그러니, 얼릉 순갈 들어 봐!")한다. 시의 대상과 주체가 같은 공간에서 '함께 어울려' '살아가며—존재한다'는 점은 장동이 동시의 특징이자 다른 농촌동시와 구별되는 개성이다.

흔히 이제까지의 농촌동시는 주체의 시각과 언어가 아니라 다소 몇 발짝쯤 비켜 서 있는 관찰자의 그것으로 그려지는 게 보통이었다. 이들 삶의 직접성 대신 농경문화적 전통에서 유래된 삶의 지혜, 교훈, 해학이 간접적, 파편적으로 제시되거나, 혼자 사는 노인, 버려진 빈집, 자연, 친가나 외가 쪽에 맡겨진 아이 등이 주요 소재가 되어왔고, 그렇기 때문에 농촌동시는 내부자의 시선이 아니라 외부자의 시선이라는 한계를 지닐 수밖에 없었다.

한편, 귀농인과 귀향인은 다르다. 귀농인의 눈이 과거와 차단된 현재의 눈이라면, 귀향인의 눈은 현재를 통해 과거에 이르고 과거를 통해 현재를 맞이하는, 여러 시간의 차원을 거느린 겹눈이다. 요컨대 귀향인은 현재의 어떤 사태를 구체적인 내력과 맥락 속에서 다시금 겪게 되는 사람인 것이다. 또한 고향을 떠나 산 2, 30년 동안의 단절기는 고향에만 살았던 사람과는 다른, 귀향인만의 객관적인 정서와 이질적인 거리를 확보케 한다. 장동이 동시에서 농촌동시의 색다른 지점과 개성이 발견되는 것은 이 때문이다.

녀석은 2학년 겨울방학 때 우리 곁을 떠났어. 방학이 끝나자 어쩌다 그랬는지, 교장 사택 아궁이에 들어가 얼어 죽었다는 소문이 돈 거야. 학교에서 우리 마을로 돌아오는 길옆 산자락에 녀석을 묻었다는 이야기도 들렸지.

그 뒤로 학교에서 돌아올 때면, 꼭 누가 "정삼이 나온다!" 소릴 지르는 거

야. 그럼 우리는 죽어라 뛰어 그 산자락을 벗어나야 했지. 이른 봄이면 그 산
자락이 참꽃으로 붉게 물들고, 오뉴월이면 아까시나무 가지 휘어지게 꽃이
피어도 우리는 눈길조차 줄 수 없었어.

시간은 쉼 없이 흘러 우리는 이제 어른이 되었지. 비록 절름발이였지만 녀
석이 지금까지 살았으면 어떤 어른이 되었을지는 아무도 몰라. 유명한 시인이
되었을 수도 있고, 세상을 떠들썩하게 할 큰 도둑이 되었을지도* 모르지.

모처럼 고향에 내려와 난 녀석을 생각하고 있어. 소리 소문 없이 이 세상
에 왔다가 흔적도 없이 사라지는 숱한 목숨들처럼, 녀석은 잠시 우리 곁에 머
물다 떠났지. 녀석이 묻혔을 산자락은 길이 넓어지면서 조금 잘려 나갔지만
예나 지금이나 그대로야.

나무들이 자라고 이른 봄이면 참꽃이 피어. 초여름이면 아까시나무도 꽃
을 피우겠지. 가을이면 사람들은 버섯을 따겠다고 그 산자락으로 들어갈 거
야. 겨울이면 눈도 내려 쌓이겠지. 사람들 피해 가며 산짐승들은 짝을 지어
사랑도 하고 귀여운 새끼도 낳아 기를 거야.

*최승호 시「무인칭의 죽음」한 구절을 빌려 와 풀어 썼음

—장동이, 「내 친구, 정삼이」 전문

이 작품은 일차적으로, 가난한 집안에 절름발이로 태어나 너무도 짧은
생을 비극으로 마감한 어린 시절의 동무, 정삼이를 애도하는 것으로 다가
온다. 그러나 더 넓게는 시인이 "소리 소문 없이 이 세상에 왔다가 흔적도

없이 사라지는 숱한 목숨들", 그러니까 우리네 곁의 수많은 '정삼이들'을 애도하고 있다는 것을 알 수 있다. 후반부에 이르러 정삼이로 대표되는 약자는 "사람들 피해 가며" "짝을 지어 사랑도 하고 귀여운 새끼도 낳아 기"르는 산짐승들로 확장된다. 그러니 우리가 이 작품을 "소리 소문 없이 이 세상에 왔다가 흔적도 없이 사라지는 숱한 목숨들"을 향한 연민과 애도, 위로와 사랑의 메시지를 담은 노래로 읽는 것은 결코 과잉된 해석이 아니다.

장동이는 신인이지만 자기 동시의 지점을 분명하게 찾아가고 있는 이다. 경북 문경시 산북면 가좌리 고향 마을이 장동이 동시의 공간이며, 그곳에서 '함께 어울려' '살아가며-존재하는' 사람과 자연의 모습이 당분간 그의 동시의 주요 내용이 될 것이다. 결코 크다고 할 수 없는 작은 고향 마을에서 이어져온 사람들의 삶과 이야기, 지역어의 견실한 복원, 오늘날 농촌 실상에 대한 생생한 보고(報告), 시와 동시의 자연스런 결합을 그의 첫 동시집에서 만날 수 있다면, 우리 동시로서도 크나큰 성취를 얻는 셈이 될 것이다.

『동화 읽는 어른』 2013년 6월호

동시조의
세계

 시조 하면, 뭔가 낡았다는 인상을 갖기 쉽다. 그 생성과 지속이 600년이 훌쩍 넘도록 오래된 만큼 해묵은 틀과 낡은 언어를 떠올리게 되는 탓이다. 그래서 표어처럼 시들한 말에 지레 질려 일찌감치 시조의 세계와 담을 쌓아버린 이도 많을 줄 안다. 나 역시 시조와는 교과서 시절부터 멀어져서 그것을 구시대의 유물쯤으로 치부하며 살아왔다. 나아가 3·4, 4·4조의 4음보나 7·5조의 3음보와 같은, 우리 시의 전통으로 자리 잡은 가락의 방식을 의도적으로 회피해야 조금이라도 구투에서 벗어나 현대에 가까워지는 것이라는 생각마저 갖게 되었다. 그러니 현재에도 여전히 유효한, 시조의 가능성에 대해 제대로 숙고해본 적이 없을 수밖에.
 어린이가 읽을 수 있게, 시조와 동시를 결합한 것을 동시조라 한다. 원로 시인 정완영(1919~2016) 선생이 1979년에 낸 『꽃가지를 흔들 듯이』(가람출판사)가 우리나라 최초의 동시조집이다. 이후 선생은 여기에 『엄마 목소리』(토방, 1998) 『가랑비 가랑가랑 가랑파 가랑가랑』(사계절, 2007) 『사비약 사

비약 사비약눈』(문학동네, 2011)을 보태어 내셨다. 나는 과문하여 『가랑비 가랑가랑 가랑파 가랑가랑』을 뒤늦게 읽고서야 고등학교 졸업 이후 처음으로 시조만의 매력을 생각해보게 되었다.

> 염소는 수염도 꼬리도 쬐꼼 달고 왔습니다
> 울음도 염주알 굴리듯 새까맣게 굴립니다
> 똥조차 분꽃씨 흘리듯 동글동글 흘립니다.
>
> —「염소」 전문

풀밭에 노는 염소 한 마리가 생생하게 보이는 듯하다. 울음을 "새까맣게" 굴린다고 했으니 흰 염소 아닌 검정 염소겠다. 초장에서 이미 범상치 않은 표현과 마주치게 된다. "쬐꼼"이 아니라면, 염소의 그 쬐깐한 수염과 꼬리를 어찌 담을 수 있을까. '조금'과 "쬐꼼"은 그 맛이 소꼬리와 염소 꼬리의 길이만큼이나 차가 난다. 중장 역시 소리에 색을 입히는 솜씨가 압권이다. 울음소리를 새까맣다고 말할 수 있는 건, 귀로 말미암음인가 눈으로 말미암음인가. 종장에서는 염소의 "쬐꼼"한 생김새와 새까만 울음소리가 "분꽃씨"만치나 작고 단단하게 통합되면서, 그 "쬐꼼"하고도 기름진 것이 "새까맣게" "동글동글" "흘리듯" 전환됨을 알 수 있다. 말의 굽이가 적지 않은데도 산만하지 않고, 흐름은 자연스레 한 굽이를 휘돌아 나간다. 보통의 세 줄짜리 시와는 다른, 묘한 맛이 난다. 어디에서 오는 맛일까.

알다시피 시조는 초장-중장-종장의 3장, 6구, 45자 내외, 종장 첫 음보 세 글자 고정이라는, 단순하지만 엄격한 형식 제한을 받는 정형시이다. 그런데 이런 외적 형식을 다 지켰다고 해서 무조건 시조가 되는 것은 아니다. 형식을 채우는 언어가 그 안에서 자유롭게 살아 있느냐가 시조 성립의 관건이 되는 것이다. 또한 초장과 중장의 현상 배치가 종장에 와서 극적으로 전환되면서("뚱조차") 내면화되는 마감 구조야말로 시조만의 특징이자 묘미라고 할 수 있다. 그러니 그 안에서 마치 형식을 입고도 안 입은 듯이, 시조라고 밝혀 놓지 않으면 시조인 것을 미처 알아챌 수 없을 정도로 자연스레 표현하기란 여간 어려운 일이 아니다. 「염소」에서 종장의 극적 전환이 급격하지 않고 비교적 완만하게 처리된 것은 어린이 독자에 대한 시인의 배려라고 하겠다.

> '바다'는 우리 집 강아지 예쁜 이름이에요.
>
> 제주에서 건너왔다고 이름은 바다지만
>
> 사실은 아주 조고만 섬이에요. 순둥이예요.
>
>
> 언니가 집에 있으면 배 들어온 부두지만
>
> 엄마가 집을 비우면 불 꺼진 항구예요.
>
> 바다는 눈을 감아요. 등대처럼 귀만 세워요.
>
> —「바다」 전문

강아지 '바다'가 "조고만 섬"으로, 이어 "배 들어온 부두" "불 꺼진 항구" "등대"로 변용-확장-전환되면서, 강아지의 동(動, "배 들어온 부두")과 정(靜, "불 꺼진 항구"), 정중동(靜中動, "등대처럼 귀만 세워요.")의 모습이 2연 안에 자연스레 실현되었음을 확인하게 된다. 「바다」와 같은 연시조의 경우 종장부의 극적 전환이 각 연마다 이루어진다고 볼 수 있는데, 1연에서는 중장과 종장 사이("바다지만/ 사실은")에서 한 번, 2연에서는 초장과 중장 사이("부두지만/ 엄마가"), 중장과 종장 사이("항구예요./ 바다는")에서 연속으로 이루어지면서 시상이 내면화되었다고 하겠다.

시조의 묘미는 엄격을 요하는 정형시임에도 초장과 중장에서 글자 수의 가감이 가능하고, 정완영 선생의 표현대로 종장에 와서 "물굽이가 한 바퀴 감았다가 다시 풀어져 흐르는 듯하는 변용"이 실현되는 지점에서 찾을 수 있다. 선생의 말에 따르면, 시조의 형식과 내용은 "옛날 밤을 새워가면서 잣던 할머니의 물레질, 한 번 뽑고(초장) 두 번 뽑고(중장), 세번째는 어깨 너머로 휘끈 실을 뽑아 넘겨 두루룩 꼬투마리에 힘껏 감아주던 것(종장)"에서 연유한 바, 이것이 바로 "초-중-종장의 3장으로 된 우리 시조의 내재율"이라는 것이다. 그러니까 시조의 내재율이란, 물이 흘러가는 것과 같은 자연스러움, 일상의 반복적인 노동 가운데 저절로 우리 몸에 스며든 가락 같은 것, 그 무한한 몸과 언어의 흐름 가운데 내면화된 어떤 것이라고 하겠다. 이 자체로 언어에 대한 오랜 숙련 과정을 요한다고밖에 볼 수 없는데, 그 과정은 틀을 입으면서도 벗는 모순의 극복 과정과 다르지 않을 것이다.

정완영 선생의 동시조에는 전래의 우리 시조가 지닌 매력과 가능성이 넉넉히 담겨 있다. 『사비약 사비약 사비약눈』에서도 이를 느낄 수 있는데, 우리말의 맛이 순연하게 살아 있어 우리 민족 고유의 내재율이라는 것을 체험하기에 적합하다. 거기에는 "서리 묻은 달 같은" 어떤 향과 정신과 자태가 "타고난 모양새대로" "울퉁불퉁" "수수한 바람소리로/ 온 방 안에 앉아 있"다(「모과」). 동시와는 다른, 동시조만의 맛을 느끼게 하는 한 편을 더 소개하며 이 글을 마친다. 초-중장의 현상 배치가 종장에 이르러 어떤 극적 전환을 거치면서 내면화되는지를 살펴보는 것이 감상의 초점이다.

　　귀뚜리 울음소리에 또랑또랑 별이 뜨고

　　귀뚜리 울음소리에 대롱대롱 이슬 맺고

　　오소소 꽃씨는 추워서 씨방 속에 숨습니다.

—「귀뚜라미 울음소리」 전문

『동화 읽는 어른』 2013년 11월호

성적 금기에
도전하다

"어제 〈전설의 고향〉 봤어?"
"아니. 자느라 못 봤어."
"에이, 자지 말고 보지."
"아냐, 자다 깨서 보고 잤어."
"에이, 보지 말고 자지."

이렇게 대답하나 저렇게 대답하나 똑같이 듣게 됐던 말. 초등학교 5학년 무렵이었던 것 같다. 지금 생각하면 유치가 찬란할 따름이지만 그때는 시급히 해결해야 할 주요 관심사여서, 침을 꼴깍꼴깍 넘기며 국어사전을 찾아보지 않을 도리가 없었다. 눈, 코, 입, 귀, 손, 발의 기능을 좀더 명확히 이해하기 위해서 국어사전을 뒤적여본 적이 한 번도 없었던 것을 떠올리면, 이 두 단어에는 분명 오줌 누는 것 이외의 다른 기능이 숨겨져 있을 것이라는 본능적 호기심이 발동했던 것 같다.

ㅂ

ㅈ

ㅆ !

국어사전을

뒤적이는데,

엄마가 문을 열었다

얼른 감췄다

—강정규, 「사춘기 1」 전문

이 작품을 만났을 때 처음 든 생각은, '강정규 선생님도?'였다. 그런데 강정규 선생님은 나보다 많이 늦으셨나보다. 제목이 '사춘기'인데, 예의 국어사전에 따르면 사춘기를, "육체적·정신적으로 성인이 되는 시기. 성호르몬의 분비가 증가하여 이차 성징(性徵)이 나타나며, 생식 기능이 완성되기 시작하는 시기로 이성(異性)에 관심을 가지게 되고 춘정(春情)을 느끼게 된다. 청년 초기로 보통 15∼20세를 이른다."고 정의해놓았기 때문이다. 흥미로운 것은, 이런 호기심의 정서가 요즘 아이들과 호흡하기에는 다분히 시대착오적이라는 점이다. 물론 요즘 아이들도 "사춘기"라는 제목과 "엄마가 문을 열었다/ 얼른 감췄다"라는 진술을 통해 "ㅂ/ ㅈ/ ㅆ"의 정체가 어렴풋이 어떤 금기의 단어라는 것을 추측해낼 수는 있지만, 어른세대의 경험에서와 같이 그것이 즉각적으로 이해되지는 않을 것이라는 생각 때문이다. 실제로 이 작품을 초등학교 5학년 아이들에게 읽혔을 때, 아이들은 '내숭'이 아니라 정말 모르겠다는 어리둥절한 표정을 지었는데, 그것은 이 아이들이 바야흐로 성적 호기심을 '문자'가 아닌 '영상'으로, 그러니까 구체적 실물로써 해소하는 세대이기 때문일 것이다.

> 오줌이 누고 싶어서
> 변소에 갔더니
> 해바라기가
> 내 자지를 볼라고 한다.
> 나는 안 비에줬다.

—이재흠, 「내 자지」 전문

백창우가 곡을 붙임으로써 더 널리 알려진 작품으로, 이오덕 선생이 엮은 『일하는 아이들』(청년사, 1978. 고침판은 보리, 2002)에 실려 있다. 쓴 날짜는 1969년 10월 14일로 나와 있고, 경북 안동 대곡분교 3학년 어린이가 쓴 것이다. 이 작품은 제목에서부터 "자지"라는 말이 나와서 그렇지 성을 소재로 한(성적 호기심을 다룬) 작품은 아니다. 감상 포인트는, 초등학교 3학년 아이가 썼다는 점, 해바라기가 사람처럼 표현되었다는 점, 그래서 해바라기에게 보여주지 않았다는 점이다. 만약 이 작품을 5학년이나 6학년 아이가 썼다면 어땠을까. 감흥이 이만큼은 되지 못했을 것이다. 3학년 아이가 이런 생각이나 느낌을 갖는 것은 자연스럽다 하겠지만, 그보다 높은 학년 아이라면 독자에게 다른 느낌으로 다가오겠기 때문이다. 독자는 초등학교 3학년 아이의 발육 상태와 마음의 흐름을 떠올리면서 이 작품을 감상하게 될 테니 말이다. 자기의 성을 해바라기에게도 보여주지 않을 만큼 소중하게 인식하고 있다는 점에서 이 작품은 기피할 것이 아니라 성교육의 도입부로 삼기에 맞춤하겠단 생각도 해보게 된다.

엄마랑 텔레비전을 봤다

엄청 예쁜 여자랑 남자가
껴안고 뽀뽀하는 장면이 나왔다

그런데 갑자기
내 자지가 땅땅해졌다

엄마가 알까 봐
손으로 누르는데도 자꾸 땅땅해졌다

내 맘도 모르고
자꾸만 땅땅해져서 자지가 미웠다

—박성우, 「텔레비전」 전문

동시 분야만 놓고 볼 때 박성우만큼 '성 금기'를 과감하게 위반하는 시인은 아직까지 없다. 그러나 말이 위반이지, 그것이 성인문학에서 말하는 금기 위반과 같이 특정 소재를 둘러싼 사회적 합의나 상식에 맞서 전복적 상상력을 발휘한다거나 그로부터 어떤 사회적 파장을 불러일으킬 만한 것은 아니다. 그저 성적 호기심이나 성적 현상을 드러내는 정도, 다시 말해서 금기의 위험 수위를 넘어서지는 않는다는 말이다. 남자아이에게서 흔히 나타날 수 있는 성적 현상(발기)을 드러냈다는 것 말고 달리 특기할 만한 것이 이 작품에는 보이지 않는다. 그렇기는 박성우의 청소년 시집 『난 빨강』(창비, 2010)에 실린 「몽정」, 남자 청소년의 자위를 소재로 한 「문 잘 잠가」 역시 마찬가지다. 어른 화자의 비유의 목소리가 아닌 어린이나 청소년 화자의 직접 말하기 방식을 취하고 있다는 점 역시 세 작품의 공통점인데, 이는 이 작품을 읽는 어린이 또는 청소년 독자에 대한 시인의 배려라고 할 수 있다. 요컨대 발기나 몽정이나 자위 같은 것이, 독자인 '나'에게만 나타나는 특이 현상이 아니라, 성장 과정에서 나타나는 자연스럽고도 일반적인 현상이라는 사실을 들려줌으로써, 혹 이 현상에 직면한 아이가 갖게 될지 모를 일말의 죄의식을 꺼뜨려주고 싶다는 시인의 배려심이 작동했으리라는 뜻이다.

> 할아버지 참 바보 같다
> 불알이 다 보이는데
> 쭈그리고 앉아서 발톱만 깎는다
> 시커먼 불알
>
> ─김창완, 「할아버지 불알」 전문

시작한 김에 국어사전에서 '불알'을 찾아본다. "'고환05(睾丸)'을 일상적으로 이르는 말. 늑불02." 할 수 없이 '고환(睾丸)'을 찾아본다. "〈의학〉 포유류의 음낭 속에 있는 공 모양의 기관. 좌우 한 쌍이 있으며, 정자를 만들고 남성 호르몬을 분비한다. 늑신낭." 몹시 건조한, 이 단어가 속한 '의학' 분야처럼 사실적 정의다. 한마디로, 불알이란 이런 것이다. 그러나 그것이 특정 문맥에서 사용될 때는 문맥적 독서가 불가피하다.

김창완(아시다시피 '산울림'의 일원이자 탤런트, 그 김창완 맞다)의 '불알' 역시 "할아버지 불알"이라는 특정 문맥 안에서 이해될 수밖에 없다. 먼저, 무엇이 보이는가. 할아버지 불알이 보인다. 어떻게? 시커멓게. 그렇다. 그것이 전부다. 그럼 이 시의 화자는 할아버지 불알을 어떻게, 어떤 눈과 마음으로 바라보는가. 안쓰럽게! 왜 안쓰럽게 바라보는가. 할아버지가 "시커먼 불알"이 "다 보이는데"도 "쭈그리고 앉아서 발톱만 깎"기 때문이다. 할아버지에게서는 이미 몸과 의식 모두에서 '성'이 빠져나갔다. 그러므로 그것이 노출되어 있는데도 아랑곳하지 않을 수 있는 것이다. 이것은 어떤 무념이나 무심의 경지를 말하는 것이 아니다. 성에 대한 본능적 부끄러움마저 다 빠져나가고 만 늙은 몸에 대한 연민을 말하고 있는 것이다. 초등학교 3학년 이재흠 어린이의 「내 자지」에는 있는 것(자기 성에 대한 소중함, 부끄러움)이 김창완의 「할아버지 불알」에는 없다. 쓸쓸하지 않은가.

　모든 금기가 그런 것처럼, 성에 관한 금기 역시 입에 올려 말하는 순간 별것 아닌 것이 된다. 금기 위반은 금기로부터 해방되고자 하는 욕망에서 나온다. 그러나 말하지 않는 금기는 음지에서 더 깊은 음지를 지향하며 아예 못돼 먹은 음흉이 된다. 이 음흉들은 대낮에도 검은 선글라스를 끼고 골방에 틀어박혀 거짓과 저주, 왜곡의 악성 댓글을 달며, 도청 미행 감시 협박 추행 폭행 감금의 어두운 그림자가 된다. 금기를 입에 올려 말할 때, 이제껏 금기가 확보한 것처럼 보였던 기존의 거짓 권위가 해체된다. 그런데 위에 든 작품들이 과연 성적 금기를, 위반이라는 이름에 걸맞게 위반한 것이라고 말할 수 있을까? 그렇게 생각한다면, 그건 우리의 성의식이 현재의 어린이나 청소년의 그것에 비해 지나치게 뒤떨어져 있다는 증거이겠다. 요는, 성적 금기에 대한 위반을 확장하자는 것이 아니다. 위의 작품들을 동시에서 금기시되어왔던 소재 확장 정도로 읽을 순 있어도 어린이 청소년의 성을 둘러싼 우리 사회의 법률, 명령, 약속 따위의 내용을 위반한 것으로까지 보기는 어렵다는 말이다.

『동화 읽는 어른』 2013년 9월호

더 많은 틈이
필요해

① "합격은 성공의 어머니"

② "10분 더 공부하면 배우자가 바뀐다!"

③ "그 등수에 잠이 오냐?"

'한양대학교 2012학년도 신입학 전형 수시 2차 인문계 논술 문제 오후 1'의 (나) 제시문으로, 우리나라 고등학교 교실에 실재하는 급훈들이란다. 논제는, 제시문 "(가)의 논지를 요약하고, 이를 바탕으로 (나)의 각 급훈을 분석, 평가한 다음, (다)의 문제의식을 참고하여 바람직한 급훈을 만들고 그 프레임을 설명하시오."였다. 제시문 (가)의 요지는, 인간은 인식의 틀인 프레임을 통해 세상을 바라보는데, 그것은 사실 그 자체가 아니라 어디까지나 왜곡된 것이라는 점. 따라서 언어가 사용된 의도와 맥락에 주목하면 프레임의 이데올로기를 추론할 수 있고, 나아가 언어의 본질적 속성인 은유는 기존의 지배적 관념에 대한 저항력을 발휘할 수 있으므로, 어떤 프레임으로 세상을 보느냐, 프레임을 어떻게 구성하느냐에 따라 개인과 집단의 사고와 인식이 달라질 수 있다는 것이다. (다)는 평소 30센티미터까지 뛰어오르던 벼룩을 실험 용기에 집어넣고 15센티미터 높이에 투명한 유리 덮개를 덮자 여러 차례 시행착오를 거친 벼룩들이 더는 머리를 부딪지 않으려고 덮개를 치운 뒤에도 그 높이까지만 뛰어오르더라는 것. 그러니까 자기가 속한 프레임 안으로 인식이나 활동 폭이 수렴된다는 뜻이겠다. 한 번 생각해보시기 바란다. 기존의 지배적 관념(급훈 ① ② ③, 15센티미터 높이에 설치된 유리 덮개)에 대한 저항력을 발휘할 수 있는 급훈으로 무엇이 좋을지.

안진영의 「소풍 가는 길에서」는 기존의 지배적 관념을 두고 맞서는 두 목소리를 들려준다.

너 왜 자꾸 거기로 가는데?

거기가 길이야?

멀쩡한 길 놔두고 왜 하필이면 그 길로 가니?

그냥요

그냥 한번 걸어 보고 싶어서요

—「소풍 가는 길에서」 전문

소풍 가는 길에서 종종 목격할 수 있는 장면이지 싶다. 대열에서 벗어나 옆길로 새는 아이. 그런데 이 아이는 한두 번 그런 게 아닌 모양이다.

불러들이면 어느새 또 나가 있고, 다시 애써 들여놓았다 싶으면, 어라? 잠깐 새 또 어딜 간 거야? 이 아이는 "왜 자꾸" "멀쩡한 길 놔두고" "그 길로" 새는 걸까. 담당 교사라면 절로 이런 말이 나올 것 같다. "거기가 길이야?"

1연은 "길"에 대한 기존의 지배적 관념, 즉 "멀쩡한 길"로 아이들을 이끌어가야 한다는 교사의 고정관념을 드러낸 것처럼 보인다. 그런데 찬찬히 들여다보면 그렇지가 않다. 비슷한 말이 세 번 되풀이되는 가운데, 단순히 길에 대한 고정관념을 드러낸 것처럼 보였던 말들이 조금씩 틈을 가진 말로 바뀌어 다가온다.

1연에서 발화자는 자기도 모르게 "길"에 대한 고정관념(1행, "거기"는 길이 아니라는)을 청자에게 자동으로 드러내지만, 점차 그 말은 "길"에 대한 발화자 자신의 의심(2행, "거기가 길이야?" 즉, 어쩌면 거기도 길일지 몰라. → 3행, "멀쩡한 길 놔두고 왜 하필이면 그 길로" 즉, 멀쩡하지는 않지만 거기도 길이라는)으로 새김질되며 나아간다. 1~3행이 같은 말의 단순 되풀이가 아니라 의미의 범주를 확보하며 점층적으로 다가오는 것은 이런 까닭에서다. 신기하게도, 그렇기 때문에 1연의 발화자는 청자를 향해 말하면서 동시에 자기를 향해 말하는 사람이다. 2연과 3연의 아이 말이 좀더 많은 여운을 거느린 울림으로 읽히는 데는 이런 이유가 있다. 그러므로 "그냥요// 그냥 한번 걸어 보고 싶어서요" 이 말은 어쩌면, 아이의 말이 아니라 발화자 자신의 내면의 목소리일 수 있다. 만약 이 작품을 세 줄로 구성했다면 어땠을까? 1연의 2행과 3행을 빼고 읽어본다.

너 왜 자꾸 거기로 가는데?

그냥요

그냥 한번 걸어 보고 싶어서요

전체적으로 시가 쪼그라든다. 원작품에서 볼 수 있었던, 길의 의미에 대한 새김질뿐만 아니라 아이의 말이 거느린 여운도 함께 사라져버린다. 당연히 1연과 2연 사이, 2연과 3연 사이에서 발생한 잔잔한 해방감도 찾아볼 수 없다. 더욱 큰 손실은, "길"의 완고한 프레임에 대한 점층적 성찰과 동요(動搖)를 목격할 수 없다는 점이다. 그러므로 '3행-1행-1행'의 연 구성은 이 작품에서 불가피하다.

기존의 프레임을 내려놓는 순간 그것은 순식간에 허깨비가 된다. 허깨비는 사라지면서 이제까지와는 전혀 다른, 새로운 인식의 지평을 우리 앞에 펼쳐 보인다. 주미경의 「놀이터에서」는 기존 프레임("책가방")을 내려놓는 순간의 솟구치는 해방감을 시원스레 그려낸 작품이다.

책가방 하나

벗어 놓았을 뿐인데

하늘로

저절로

솟구친다

　　　　　　　　　　　　　　　　　　　　　　—「놀이터에서」 전문

"멀쩡한 길"과 "책가방"이라는 프레임에 아이들을 여지없이 가둠으로써 우리는 아이들에게서 수많은 다른 "그 길"의 가능성과, 무엇보다도 생동하는 아이들의 "하늘"을 빼앗고 있는 건 아닌지. 그나저나 승자독식과 성공 이데올로기로부터, 그것이 주는 일상의 억압과 모멸로부터, 기존의 지배적 관념에 균열을 가해 아이들을 협소한 프레임에서 구해낼 수 있는 급훈으로는 무엇이 좋을까.

『동화 읽는 어른』 2012년 4월호

도미노의
첫 팻말을

건드리다

삶은 도미노 팻말의 연쇄 작용과 같다는 생각이 들 때가 있다. 삶의 매 순간이 각각 하나의 도미노 팻말이며, 앞 팻말의 작용에 따라 그다음 팻말이 연쇄에 연쇄를 거듭하여 지금 이 순간에도 또 하나의 팻말을 쓰러뜨리고 있는 것 아닌가 하는. 어쩌면 삶은 현재 시점에서 도미노의 연쇄를 역순으로 짚어갈 때 자신을 현재에 이르게 한 최초의 스위치, 최초의 동인(動因)을 발견함으로써 비로소 해명될 수 있는 것인지도 모른다. 김유진의 「보라색 머리핀 하나 사고 싶었는데」는 자신의 현재를 설명할 수 있는 최초의 스위치는 무엇일까를 곰곰 생각해보게 한다.

보라색 머리핀을 사고 싶었어. 가게 앞을 지날 때마다 유리창 너머 머리핀을 바라보았지. 누가 먼저 사 가면 어쩌나 마음 졸이며 말이야. 어느 날 드디어 머리핀을 살 수 있었어. 머리핀을 꽂은 거울 속 내 모습이 예뻐. 가슴이 두근댈 정도로. 머리핀 하나로 행복했지. 그런데 보라색 머리핀에 어울리는 옷이 없네. 얼른 보라색 옷을 샀어. 보라색 옷에 어울릴 보라색 구두를 사고 보라색 구두에 어울릴 보라색 양말도. 보라색 가방과 모자도 샀지. 갑자기 필요한 게 너무 많아졌어. 보라색 장갑, 목도리, 수영복, 반지, 목걸이, 시계, 손지갑 참, 우산과 장화도 빼놓지 말아야지. 이제 내 몸에 걸친 모든 게 보라색이 되었어. 살짝 말하지만 속옷까지. 보라색 테두리에 보라색 렌즈인 보라색 안경도 꼈으니 눈에 보이는 모든 게 보라색이야. 나도 온 세상도 보라색인 거야. 보라색 머리핀 하나 사고 싶었을 뿐인데. 그저 보라색 머리핀 하나 샀을 뿐인데.

—김유진, 「보라색 머리핀 하나 사고 싶었는데」 전문

랩으로 읊어도 좋을 만큼 쉽고 경쾌하며 속도감 있는 문체, 시의 입구에서 출구까지가 기분 좋은 산책에 적당할 만큼의 내리막으로 짜여 있어, 시의 화자가 그 진술의 내리막길을 재잘거리며 걸을 적에 보라색 머리핀 사이로 몇 올의 머리카락이 바람에 살랑이는 것이 보일 듯하다. 그러나 조금 자세히 들여다보면 이 작품은 '지나다'와 '바라보다'의 구조, 그것이 신체든 의식이든 간에, 이동과 멈춤의 틀 안에서 호흡되고 있음을 알게 된다. 네 번째 문장, "어느 날 드디어 머리핀을 살 수 있었어."까지는 '살까, 말까' 사이에서 이루어진 이동과 멈춤, 무수한 망설임이 반복되었음을 요약적으로 제시한다. 그다음, "머리핀을 꽂은 거울 속 내 모습"부터 "어울리는 옷이 없네."까지는 멈춤, "얼른 보라색 옷을 샀어."부터 "이제 내 몸에 걸친 모든 게 보라색이 되었어."까지는 욕망의 연쇄와 확산을 보여주는 이동, "살짝 말하지만 속옷까지."는 이제껏 외부로 향하기 급급했던 시선을 내부로 거두어들이는, 좀더 깊은 차원의 멈춤, 그에 이어지는 두 문장은 자기와 세상을 둘러보는 장면을 입체화한다는 점에서 이동(그러나 앞서와 달리 구심력을 지닌), 마지막 두 문장은 이동의 결과를 성찰하는 멈춤으로 구성돼 있다. 그러니까 이 작품에서 보여주는 이동과 멈춤의 반복 구조는, 소망 혹은 욕망의 실현을 중심에 놓고 외부와 내부가, 확산과 수렴이 반복되는 구조이기도 하다. 이러한 구조는 어떤 소망의 채택이 나와 이 세계에 불러일으킬 파장, 그리고 이 모든 변화를 불러온 그것("보라색 머리핀")의 의미를 캐묻는 내용에 적합하다. 마지막 두 문장이 큰 여운으로 남는 것은 이러한 이동과 멈춤의 반복 구조가 빚어낸 점층의 효과라고 볼 수 있다.

그런데 이 작품은 정작 무엇을 말하는 것일까. 메시지가 강한 듯 보이지만 메시지의 내용이 그리 명확히 다가오지는 않는다. "보라색 머리핀 하나 사고 싶었을 뿐"이고, "그저 보라색 머리핀 하나 샀을 뿐인데" "나도 온 세상도 보라색"이 되었다는 이 사태가 궁극적으로 전달하고자 하는 메시지는 무엇일까.

여기서 "보라색 머리핀"은 자기 자신도 미처 몰랐던 자기 존재의 관건, 일테면 도미노의 첫 팻말에 해당한다. 그것이 건드려지는 순간, 자신과 자신을 둘러싼 세계가 걷잡을 수 없이, 전면적으로 재편된다. 그 결과가 부정적인가 긍정적인가는 중요하지 않다. 시인은 그걸 말하려는 게 아닌 듯하다. "그저" "하나" "뿐"이라는 표현에서 알 수 있듯, 시인은 조금도 의심할 필요 없이 사소한, "보라색 머리핀" 같은, 그러나 결정적인 사태로 자신을 이끌어갈 존재의 스위치에 주목하고, 이로부터 파생되는 존재와 세계의 재편 과정을 압축적으로 펼쳐 보일 뿐이다. '그것'을 건드림으로써, 집어 듦으로써, 밀어냄으로써, 끌어당김으로써, 회피함으로써, 끊음으로써, 참여함으로써, 마주침으로써, 비껴감으로써 우리는 각각 이렇게 엄청난 나비효과의 주인공이 되었다. 그래서 독자는 생각하게 된다. 나의 "보라색 머리핀"은 무엇인가.

"그저 보라색 머리핀 하나 샀을 뿐인데" "나도 온 세상도 보라색"이 된 것처럼, 한번 선택은 만회할 수 없다. 그것은 어긋난 대로 길을 만들며, 제 나름의 이야기를 써나갈 것이기 때문이다. 이 글이 이런 모양이 된 것도 "보라색 머리핀 하나" 때문이 아니겠는가. 나아가 김유진에게 이 작품은 자기 시세계를 요(凹)에서 철(凸)로 변화시키는 "보라색 머리핀 하나"가 될지도 모른다. 시력(詩歷)이 그리 오래된 시인은 아니지만 이 작품에서는 김유진의 이전 시와 뚜렷이 갈라지는 지점이 보이고, 애써 추구할 만한 지점을 갖추고 있는 것으로 다가온다.

그런데 제목 「보라색 머리핀 하나 사고 싶었는데」에서 멈칫, 다시 멈추게 된다. 본문의 마지막 두 문장으로 이동해본다. "보라색 머리핀 하나 사고 싶었을 뿐인데. 그저 보라색 머리핀 하나 샀을 뿐인데." 샀다는 뜻일까, 사지 않았다는 뜻일까. 제목으로 다시 이동해본다. "보라색 머리핀 하나 사고 싶었는데". 그래서 샀다는 뜻일까, 사지 않았다는 뜻일까. "보라색 머리핀 하나 사고 싶었는데" 이러저러한 사태가 예견되어 사지 않았다는 뜻인 것도 같고, "사고 싶었"던 건 "보라색 머리핀 하나"였는데 그에 맞추어 이만저만한 것들을 하나둘 사 모으다보니 "나"뿐만 아니라 온 세상이 보라색으로 보여 난감하다는 뜻인 것도 같다. 본문에서는 샀다는 뉘앙스에 가깝고 제목에서는 사지 않았다는 뉘앙스에 가깝다. 사지 않았다면 내다보는 것이고, 샀다고 하면 돌아보는 것이지만, 돌아보면서 내다보는 것이고 내다보면서 돌아보는 것이라고 읽어도 무방하겠다. 그러니 제목 "보라색 머리핀 하나 사고 싶었는데"와 마지막 두 문장, "보라색 머리핀 하나 사고 싶었을 뿐인데." "그저 보라색 머리핀 하나 샀을 뿐인데."는 시인이 의도적으로 궁리해 배치한, 정교한 모호성이라고 보아야 할 것이다. 그것의 효과는 독자의 시선을 제목에서 본문으로, 본문에서 제목으로 이동하고 멈추게 하며 다시 이동하게 한다는 것, 그리하여 시의 손쉬운 독해를 지연시킴으로써 독자의 시선을 좀더 오래 시에 머물게 한다는 것이다.

『동화 읽는 어른』 2013년 10월호

똥개도
백 마리면

범을 잡는다

김응의 두번째 동시집 『똥개가 잘 사는 법』(창비, 2012)이 눈에 띈다. 4년 전 선보인 첫 동시집 제목이 『개떡 똥떡』(청개구리, 2008)이었으니, 시인이 유난히 '개'와 '똥' 자를 편애함일까? 다만 이번엔 '개'와 '똥'의 자리가 바뀌어 '똥개'가 주인공이 되었다.

김응의 『개떡 똥떡』과 『똥개가 잘 사는 법』 사이에는 어떤 같음과 다름이 놓여 있을까. 표지, 머리말, 작품, 해설, 그림까지 꼼꼼히 비교해보는 것은 두번째 동시집을 읽는 색다른 재미다.

말 나온 김에 두번째 동시집의 제목으로 쓰인 단어들을 조금 더 들여다보자. '똥개가 사는 법' 아니고 "똥개가 잘 사는 법"이다. 그냥저냥 목숨이나 이으며 살아가는 법 아니고, 마음껏 의미 있게 잘 살아가는 법이다. '잘사는' 아니고 "잘 사는"이다. '잘살다'와 '잘 살다'는 아주 다른 말이다. '잘살다'는 '부유하게 살다'라는 뜻의 동사로, 한 단어다. 반면 '잘 살다'는 '잘'이라는 부사와 '살다'라는 동사가 결합된, 두 단어다. '잘사는' 것과 '잘 사는' 것은 다르다는 악센트가, "똥개가 잘 사는 법"에는 들어 있다. 부사 '잘'의 뜻은 열 가지나 된다. "[1]옳고 바르게. [2]좋고 훌륭하게. [3]익숙하고 능란하게. [4]자세하고 정확하게. 또는 분명하고 또렷이. [5]아주 적절하게. 또는 아주 알맞게. [6]아무 탈 없이 편하고 순조롭게. [7]버릇으로 자주. [8]유감없이 충분하게. [9]아주 만족스럽게. [10]예사롭거나 쉽게." "똥개가 잘 사는 법"에서 "잘"은 몇번째에 해당하는 '잘'일까?

　　　돈 한 푼 없는 똥개는
　　　사료도 못 얻어 먹고
　　　신발도 못 얻어 신고
　　　개집에서 쫓겨났대

　　　돈 한 푼 없는 똥개는
　　　그냥 똥개로 살기로 했대

　　　돈 한 푼 없는 똥개는
　　　사료 대신 뼈다귀로
　　　신발 대신 맨발로
　　　세상을 누비고 다녔대

　　　돈 한 푼 없는 똥개는
　　　마음껏 똥개로 살아갔대

　　　　　　　　　　　　　　—「똥개가 잘 사는 법」 전문

아주 적은 수의 단어를 공교한 반복과 변화 주기, 대구의 방식으로 배치하여 의미의 겹을 늘리고 파장을 키워낸 작품이다. 각 연 1행("돈 한 푼 없는 똥개는")은 그 자체로 하나의 운(韻)이 되고 눈이 되어, 시를 밀고 나간다. 말하자면 국수 반죽을 둥글고 반드럽게 펴나가는 국수방망이 같은 역할. 그러나 국수방망이의 단순한 반복운동으로부터 생성되는 의미의 영토는 결코 좁지 않다. 1연과 3연을, 그리고 2연과 4연을 잇대놓고 변화의 내용을 좀더 들여다보면, 작은 변화가 얼마나 큰 의미 차이를 불러오는지 알수 있다.

　　　돈 한 푼 없는 똥개는 (돈 한 푼 없는 똥개는)
　　　사료도 못 얻어 먹고 (사료 대신 뼈다귀로)
　　　신발도 못 얻어 신고 (신발 대신 맨발로)
　　　개집에서 쫓겨났대 (세상을 누비고 다녔대)

　　　돈 한 푼 없는 똥개는 (돈 한 푼 없는 똥개는)
　　　그냥 똥개로 살기로 했대 (마음껏 똥개로 살아갔대)

"돈 한 푼 없는 똥개"라는 이유로 "사료도 못 얻어 먹고/ 신발도 못 얻어 신고/ 개집에서 쫓겨"난 신세가 된 똥개는, 더이상의 인정 투쟁을 그만두고 "그냥 똥개로 살기로" 마음을 바꿔먹는다. 그다음부터 아주 다른 삶을 살게 되었으니, "사료 대신 뼈다귀로/ 신발 대신 맨발로/ 세상을 누비고" 다니며 "마음껏 똥개로 살아갔"다는 것이다.

똥개는 잡종 개를 가리키는 말이지만, 여기서는 당연히 장삼이사 뜨내기들의 통칭으로 쓰였다. 그러니까 "돈 한 푼 없는 똥개"란, '자본주의 체제에서 상품으로 인정받을 만한 스펙을 제대로 갖추지 못한 사람'을 가리킨다. 그런데 이런 스펙을 통해 얻게 되는 삶의 내용이란 것이 참으로 구차스럽기만 하다. 1, 2연에서 똥개가 힘겨운 스펙 쌓기 즉, 인정 투쟁을 통해 살고자 하는 삶은 고작 식("사료"), 의("신발"), 주("개집")를 얻는 것 외에 다른 것이 아니었다. 다만 '얻어먹는' 구걸은 겨우 면해 "얻어 먹는"(얻다+먹다)다는 것뿐이다. '돈, 한 푼 없는, 똥개'든 '돈 한 푼, 없는, 똥개'든 '돈한푼없는똥개'든 자본주의 사회에서 맨 앞에 놓이는 것이 돈이라는 사실은 바뀌지 않는다. 그러니 각 연 첫 행에 "돈 한 푼 없는 똥개"가 잇달아 반복되는 것은 결코 우연이 아니다. 어찌 보면 '돈 ← 한 푼 없는 ← 똥개'는 자기 앞자리에 놓인 돈을 운명적으로 쫓아가야 하는 자본주의적 인간의 도식처럼 보이기도 한다. 자본주의 사회에서 돈을 따라가면 돈의 똥개밖에 될 게 없다. 그렇다면? 시인은 비자본의 길로 돌아설 때 똥개의 자유가 가능하다고 말한다.

「똥개가 잘 사는 법」은 임길택의 「나 혼자 자라겠어요」나 정유경의 「하루살이」, 박혜선의 「사춘기」와 같이 동물이나 곤충을 빌려다 인간의 자유를 이야기한다. 그러나 신자유주의 양극화가 정점을 이룬 1:99 사회에서의 '선택'을 말한다는 점에서 뚜렷한 차이를 보인다. 네 작품을 비교 감상해보시기 바란다.

한 시인의 두번째 동시집을 읽는 것은 첫 동시집 다시 읽기라고도 할 수 있다. 첫 동시집 다시 읽기를 통해 그 사이 시인의 '무엇'이 '어떻게' 달라졌는지를 알 수 있고, 그럼에도 공통되게 유지되는 것은 무엇인지 찾아볼 수 있다. 같음과 다름 찾기. 동시의 참맛을 맛보고 즐길 수 있는 좋은 방법이라 하겠다. 다시 앞으로 돌아가서, 질문에 대한 답을 찾아보자. "똥개가 잘 사는 법"에서 "잘"은 국어사전 풀이의 몇번째에 해당하는 '잘'일까?

『동화 읽는 어른』 2013년 3월호

바보야,

문제는
속도야!

중학교 성적이 석차 상위 2퍼센트 안에 들어야 입학할 수 있는 것으로 알려진 경북지역 자율형사립고에서 전교 1등도 했던 고교생이 아파트에서 뛰어내려 스스로 목숨을 끊었다.

지난 25일 오후 4시 37분께 부산 해운대구 한 아파트에서 권 아무개(16·고2) 군이 바닥에 떨어져 있는 것을 아파트 경비원이 발견해 경찰에 신고했다. 이 아파트 20층 옥상에는 권 군의 옷과 신발, 휴대전화가 가지런히 놓여 있었다. 권 군은 투신하기 직전인 오후 4시 34분께 어머니에게 스마트폰 채팅 어플리케이션인 카카오톡으로 "제 머리가 심장을 갉아먹는데 이제 더이상 못 버티겠어요. 안녕히 계세요. 죄송해요."라는 내용의 글을 보냈다.

2013년 3월 28일 한겨레에 실린 기사 〈명문 자사고 전교 1등 투신〉이다. 투신 직전 옷과 신발, 휴대전화를 가지런히 정돈해놓으며 열여섯 어린 소년은 무슨 생각을 했을까. 이어지는 기사를 보면, 권 군이 화목한 가정에서 자랐고, 모범적인 학교생활을 했으며, 따라서 주변의 기대와 부러움을 한 몸에 받았으리라는 점을 확인할 수 있다. 그러나 겉으로 보이는 것과 달리 권 군은 "머리가 심장을 갉아먹는" 극심한 스트레스에 내몰려 오래도록 아프고 고독했을 것이다.

통계에 따르면 15~19살 청소년의 전체 사망 중에 자살이 차지하는 비중은 2000년 15.5퍼센트에서 2009년엔 28.2퍼센트로 급증해 사망 원인 1위라고 한다. 여러 원인이 있겠지만, 가장 큰 원인은 우리 모두가 인간으로서 감당할 수 없는 속도에 내몰려 있다는 사실에 있을 것이다. 그것도 한시적이지 않은, 요람에서 무덤까지.

우리는 마치 한번 달리기 시작하면 호수에 빠져 죽을 때까지 멈추지 못하는 '가다라의 돼지'를 닮았다. 어떤 인디언 부족은 한 시간쯤 말을 달린 뒤에는 멈추어 서서 자기 영혼이 몸의 속도를 따라오기를 기다린다고 한다. 또한 영국의 자동차 산업이 미국에 뒤진 계기가 최대 시속에 제한을 두었기 때문이라는 주장도 있다. 머리와 심장이, 이성과 감성이, 몸과 영혼이 조화를 이루지 못할 때, 사람이든 동물이든 정상적인 삶의 경로에서 이탈하게 된다.

나무 위에 사는
나무늘보가 열심히 나뭇가지를 타면
한 시간에 겨우 구백 미터를 간다.

달팽이는
한 시간에 일 미터도 못 간다.

아무리 경쟁을 붙여도 소용없다.

자기 속도를 넘길 때는

높은 데서 갑자기

툭,

떨어질 때뿐이다.

　　　　　　　　　　　　　　　　　—남호섭, 「아무리」 전문

　과연 달팽이가 한 시간에 1미터도 못 가는지는 알 수 없지만(달팽이는 시
속 0.048킬로미터, 그러니까 한 시간에 48미터를 간다는 조사 결과가 있다), 문제
는 그게 아니라, 나무늘보와 달팽이가 자기에게 적정한 속도로 살아간다
는 것이다. 우리가 시속 120킬로미터의 속도로 살아간다고 한들 "한 시간
에 일 미터도 못" 가는 달팽이보다 과연 더 많은 것을 감각하며 살아간다
고 말할 수 있을까. 나무늘보와 달팽이뿐 아니라 인간을 제외한 모든 존재
가 자기 속도의 한계 안에서 살아가며, 그 한계를 넘는 순간 위험해진다.
그런데 대체로 생명체가 자기 속도의 한계를 넘는 때는 일종의 위기 상황,
즉 외부의 충격에 의해 비자발적 강제를 받는 때다. '가다라의 돼지'들도
자발적 의지가 아니라, 예수의 명에 따라 마귀들이 몸속에 침입해 들어오
자 호수를 향해 내달리기 시작한 것이다. 그러니 과잉 속도는, 개인의 의지
나 욕망 이전에 그것을 부추기고 압박하고 강제한 외부적 힘의 결과다.

　오늘날 한국 사회에서 그 외부란, 신자유주의적 시장질서 아래서 어떻
게든 살아남아야 한다는 강박의 구조화를 말한다. 지금의 십대와 이십대
는 1997년 아이엠에프 구제 금융의 강퍅한 시장논리를 내면화하며 자란
세대다. 이들이 초등학생일 때 '~에서 살아남기' 시리즈가 널리 읽힌 것은

결코 우연이 아니다. 때맞춰 특목고, 자사고, 국제고가 줄을 잇고 국제중까지 세워짐으로써 살인적 경쟁의 압박을 받는 연령대가 초등학교 저학년까지로 낮아진 점은, "심장"(생명체로서의 속도)이 "머리"(경쟁 속도와 구조)에 갉아먹히는 비극을 더 일찍부터 불러오게 된 근본 원인일 것이다.

　"상상력은 기억을 예언으로 전환시키는 능력"(로베르토 웅거)이란 말이 있다. 우리는 이미 일일이 꼽을 수 없을 정도로 많은 비극적 기억을 갖고 있다. 그런데 그 비극적 기억(전쟁이든 독재든 자살이든)이 좀처럼 극복되지 않고 계속 현재화되는 이유는 무엇일까. 그것은 우리가 "기억을 예언으로 전환시키는" "상상력"을 갖고 있지 못한 때문이 아닐까. 아무리 단순해 보일지라도, 시는 "이 세계를 드러내면서 다른 세계를 창조"(옥타비오 파스)할 때 더욱 빛난다. 남호섭의 「아무리」는 소박하나마(아니, 그렇기에 오히려 더) 기억 또는 사실("이 세계")을 드러내면서 그것을 생명적 예언("다른 세계")으로 전환시키는 상상력을 보여준다. 그 전환은, "아무리 경쟁을 붙여도 소용없"는 경쟁의 바깥에 우리가 머물 때, 시장의 광포한 속도에 휩쓸리지 않고 생명체로서의 속도를 지켜갈 때 비로소 이루어질 수 있다.

『동화 읽는 어른』 2013년 5월호

온몸으로
쓰는

동시

싸이 옵빠 가라사대, "귀를 움직이는 가창력은 기술이고, 마음을 움직이는 가창력은 예술이라." 기술과 예술, 귀와 마음! 성악가 니콜라 포포라나 안톤 델모타 같은 이도 이와 비슷한 취지의 말을 했다. "기술이 완성되는 데에서 예술은 시작된다." "기술을 넘어서야 비로소 노래는 음악이 된다." 뉘앙스의 차이는 있지만, 기술이 예술로 이행해가기 위해서는 일정 수준 이상의 기술 습득이 불가피하며, 기술에 머무는 기술이 아니라 예술로 월경하는 기술이 될 것을 촉구한다는 공통점이 있다.

『논어』의 첫 문장 "학이시습지불역열호(學而時習之不亦說乎)"에 나오는 "습(習)"을, "조삭비야(鳥數飛也)"로 풀어놓은 것을 보고 무릎을 친 적이 있다. '익힌다(習)는 것은 새끼 새가 죽기 살기로 날갯짓을 연습하는 것과 같다'라니. 모든 공부의 시발점이자 종착점이라 할 만하다. 죽기 살기로 날갯짓을 익힌 뒤 날아오른 새가 어느 날 갑자기 비행법을 잊고 추락하는 장면을 떠올리기란 쉽지 않다. 내가 혹은 당신이 창작과 비평, 감상의 골짜기를 외롭고 고단히 헤매고 다닌다면 이는 모두 조삭비야의 과정을 충분히 겪어내지 못했기 때문이겠다. 그러니 날아다니는 새여, 너희는 모두 비행 학교의 위대한 졸업생들이다.

'습작'의 '습' 역시 이와 다르지 않다. 습작기에는 누구나 많이 읽고 많이 생각하고 많이 쓰고 많이 버리기를 반복한다. 좋은 시를 대학노트 몇 권 분량으로 필사한다거나, 존경하는 선배 시인의 전집을 송두리째 외운다거나, 우리 시 문학사의 명편을 골라 일목요연하게 편집한다. 또한 조사와 부사, 온점과 반점의 유무, 행갈이의 변화, 산문적 배치와 운문적 배치의 차이, 어미의 변화, 드러내기와 감추기, 호흡의 완급, 상승과 하강, 비유와 거리 조절 등 시를 구성하는 모든 요소에 예민하게 반응하는 훈련을 한다. 이러한 과정을 거치면서 자연스럽게, 그러나 혹독하게 시인의 몸과 감각이 만들어진다. 보는 눈이 트이고 쓰는 힘이 조절된다. 기법과 함께 시관(詩觀)이 생성되며, 우리는 모두 각자 서로 다른 시인이 되어가는 것이다. 과장을 좀 섞으면, 마음 가는 대로 써도 시법(詩法)에 어긋나지 않는 종심(從心), 그리고 객관의 단계에 이르는 것이 시작(詩作)의 최종 목표라고 해야겠지만, 다행히도 그에게 그런 단계는 오지 않는다.

왜 그럴까? 원융과 무애의 자재로움은 도인의 것이지 시인의 것이 아니기 때문이다. 그러므로 시인이 취할 것은 권위와 우상에 대한 파괴밖에 없다. 부처를 만나면 부처를 죽이고 조사를 만나면 조사를 죽일 것(殺佛殺祖). 당신이 만약 시인의 작품에서 평화와 위안을 얻을 수 있다면, 그것은 시인이 그것을 추구했기 때문이 아니라, 그렇지 못한 세상과 애써 불화했기 때문이다. 그것은 마치 지극한 비애(悲)로써만 사랑(慈)에 이를 수 있다는 자비(慈悲)의 변증법과 닮았다. 오, 어쩐지 수많은 시인의 얼굴에서 평화보다는 불화의 내심이 읽히더라니. 당신은 이렇게 항변할지도 모른다. 세상에는 그렇지 않은 시와 시인이 훨씬 많다고. 맞는 말이다. 과연 세상에는 그렇지 않은 시와 시인들이 넘쳐난다.

그러나 이것은 당연히 있어야 할 입장의 차이에서 연유한다. 창작자든 감상자든 비평가든, 자신이 획득한 만큼의 안목과 시관으로써 세상에 널린(혹은 아직 오지 않은) 시(관)와의 미학적 투쟁을 전개하는 한, 이러한 입장 차이는 불가피하다. 기술이냐 예술이냐의 문제 역시 이런 관점에서 바라볼 수 있다. 말하자면 가장 높은 층위의 감동(感動)은 마음의 느낌(感)을 몸의 움직임(動)으로까지 밀고 나가는 것일 테지만, 또한 심금을 울리지 않고서 어찌 사람의 손끝 하나 움직일 수 있을까마는, 그것만이 최고라는 주장에는 선뜻 동의하기 어렵다. 가슴의 감동 못지않게 인지적 충격이나 제도 및 관습으로부터의 해방, 기법의 신선함이나 사유의 발랄함, 새로운 감각이나 감수성에서 오는 감동 또한 무시할 수 없다. 오직 귀보다는 마음, 머리보다는 가슴, 기술보다는 예술이 중요하다는 인식은 어느 정도 근본주의적 도그마를 닮았다. 우리 동시가 여전히 예술 작품으로서 자질이 부족해 보인다면, 그 원인 가운데 하나는 분명 기술, 기법에 대한 다양한 실험과 탐구, 관습적 패턴에 대한 의심이 충분히 이루어지지 않은 데 있을 것이다.

작품은 가슴으로만 쓰는 것도, 손끝으로만 쓰는 것도, 머리로만 쓰는 것도 아니다. "가슴으로도 쓰고 손끝으로도"(안도현) 쓰는 것이다. 김수영의 말마따나, "시작(詩作)은 '머리'로 하는 것도 아니고 '심장'으로 하는 것도 아니고 몸으로 하는 것이다. '온몸'으로 밀고 나가는 것이다." 작품 감상 역시 마찬가지다. 어느 하나로만 하는 것이 아니다. 아이들이 온몸, 온 감각으로 자라듯, 입으로, 머리로, 눈으로, 가슴으로, 그리하여 온몸, 온 감각으로 끌어당기듯 하는 것이다.

어떤 이는 시를 '쓴다' 하고, 어떤 이는 시가 '써진다' '찾아온다'고 하며, 또 어떤 이는 시를 '만든다'고 한다. 이 가운데 어떤 경로로 창작된 시가 가장 좋은 것일까. 단언키 어렵다. 다만 이 모두가 함께 작용하는 가운데 나온 작품이 가장 좋으리라는 추론은 가능하겠다. 그러나 시에 무슨 정답이 있을까. 동시는 시보다 수용자(어린이)의 문제를 항상 중요하게 다루어왔지만, 동시 역시 개별 시인의 시관의 지배를 받는다는 점은 분명하다. 문제는 '손끝'이냐, '가슴'이냐가 아니다. 각자의 시관이 있느냐 없느냐다. 무엇이냐다. 자신의 시관을 정립하고 이를 부단히 갱신하며 밀고 나가는 것은 우리 동시의 다양성을 구성하려는 소중한 노력이다. 존중받을 필요가 있다. 이런 풍토가 조성되지 않으면 적극적으로 실패하는 동시는 좀처럼 나오기 어렵다.

예술 없는 기술은 있을 수 있지만, 기술 없는 예술은 있을 수 없다. "기술이 완성되는 데에서 예술은 시작"되고, "기술을 넘어서야 비로소 노래는 음악이 된다." 맞는 말이다. 기술은 경시할 것이 아니라 완성하면서 넘어서야 하는 것이다.

머릿속에 개미들이 산다. 꼬물꼬물 기어 다닌다. 지금까지 배운 글자들이 꼬리에 꼬리를 물고 개미처럼 기어 다닌다. 날개를 달고 후닥닥 도망간 개미도 있지만 오늘 하루도 나를 위해 끙끙 열심히 일한 개미들.

받아쓰기 공책 속에 집을 지은 개미들은 쿨쿨 맛있게 잠들었지만, 일기는

썼어? 엄마한테 붙잡힌 일기장 속의 개미들은 아직 일이 남았다. 꼬부랑꼬부
랑 돋보기 쓴 할머니가 되어 머릿속을 기어 다닌다.

하얗게 머리가 센 여덟 살 개미들.

—김륭, 「개미는 여덟 살」 전문

비유적 표현을 벗겨내고 보면, 여덟 살 아이가 밤늦도록 공부에 혹사당
한다는 게 이야기의 전부다. 동시의 소재로서도 새로울 것이 없다. '글자=
개미'라는 비유 또한 그리 새롭다고 볼 수 없다. 그러나 새롭다. 왜 그럴까?
첫 문장과 두번째 문장, "머릿속에 개미들이 산다."와 "꼬물꼬물 기어 다닌
다."가 공부에 대한 아이의 강박관념을 "머릿속" "개미"로 실물화해서 보
여주기 때문이다. '머릿속에 개미들이 사는 것 같다'가 아니라 "산다."라는
단정적 표현이 주는 효과다. 세번째 문장에 이르러 독자는 아이가 느끼는
강박의 실체가 "지금까지 배운 글자들"이며, 머릿속을 기어 다니는 것이
정작은 개미가 아니라 글자라는 걸 확인한다. 이때부터 독자는 글자와 개
미의 기이한 합체물이 여덟 살 아이의 머릿속을 이리저리 헤집고 돌아다
닌다는 망상에 끌려가게 되는 것이다. "엄마한테 붙잡힌 일기장 속의 개미
들"은 "꼬부랑꼬부랑 돋보기 쓴 할머니"가 될 정도로 졸음을 참아가며 애
쓰지만, "하얗게 머리가" 세도록(밤이 깊어질 때까지) 검은 개미가 흰 개미
가 되는 탈색의 처지를 벗어나지 못한다. 시인은 항변한다. 여덟 살 아이의
삶을 이토록 고단하게 내몰아도 되는가!
　최승호의 '말놀이 동시집' 시리즈 이후 동시단에서 방법적 실험을 가장
왕성하게 펼쳐 보이는 이는 단연 남호섭과 김륭이다. 얼핏 남호섭은 예술주

의자(?)의 '가슴'으로, 김륭은 기술주의자(?)의 '머리'와 '손끝'으로 동시를 '쓰'('만드')는 것 같지만, 이는 사실도 아닐뿐더러, 가능하지도 않다. 남호섭은 남호섭대로, 김륭은 김륭대로 자기 동시관에 따른 방법론을 충실히 이행하고 있을 따름이다. 남호섭이 가슴으로만 동시를 쓴다거나, 김륭이 머리와 손끝으로만 동시를 쓴다고는 생각할 수 없다. 남호섭 동시는 가슴 못지않게 머리와 손끝의 감각도 재바르며, 김륭 동시는 머리와 손끝의 감각 못지않게 가슴이 뜨겁다. 귀와 마음, 손끝과 가슴, 기술과 예술은 분리되기 이전에 온몸, 온 감각으로 온전히 통합되기를 요구한다.

『동화 읽는 어른』 2012년 10월호

양파를
기다리며

그의 기술은 중심 비껴가기, 노리는 건
겨냥하는 듯하면서 과녁 맞추지 않기

그가 마음 쏟는 건 뻔한 것 피하기
그가 쓰는 기교는 피하는 법 달리하기

다른 이들은 이해할 수 있도록 던지지만
그는 한순간 오해가 일어나도록 던진다

하나 지나침은 없다 난폭한 탈선을 피해
그저 벗어나는 것처럼 보이도록 할 뿐

의사소통을 하지 않으려는 게 아니고 하긴 하되

타자로 하여금 너무 늦게 알아채도록 하는 것

——로버트 프랜시스, 「투수」 전문

「투수」는 시에 관한 시다. "그"는 시인이고, "타자"는 독자다. ①시인은 "뻔한 것"을 피하고 매번 "피하는 법"을 "달리하"는 사람이다. ②단일한 의미로 "이해"되기보다는 여러 겹의 "오해가 일어나도록" 쓰는 걸 좋아한다. ③그러나 "지나침" 또한 경계하여 "난폭한 탈선을 피해" "그저 벗어나는 것처럼 보이도록 할 뿐"이다. ④"타자로 하여금 너무 늦게 알아채도록 하는 것"이 시인의 의사소통법이다.

요컨대 시인은 상투를 싫어하여 매번 새로운 시도를 하는 사람(①)이며, 시와 대상의 관계를 일대일로 짜기보다는 일 대 다(多)로 짜는 것을 즐기는 사람(②)이다. 시의 권역을 존중하기에 아예 시가 아닌 곳으로 벗어나지는 않으나, 다만 이제까지의 시에 대한 합의가 미처 챙기지 못한 지점을 새롭게 가리키면서 시와 비시의 경계에 서려는 사람(③)이다. 시인은 이렇게 쓴 자신의 시가 독자에게 빤하게 읽히기를 바라지 않는다. 그렇기는커녕 최대한 느리게 읽히기를 바란다(④).

일부 서정시나 동시에서 반복적인 지겨움을 느낀 적이 있는 독자라면, 그 원인이 이렇지 못한 데서 온 건 아닌지 살펴보시기 바란다. 그런 것이라면 당신은 이미 시의 고급 독자일 가능성이 크다. 당신도 이미 시인만큼이나 시를 사랑하여 "뻔한 것"의 손쉬운 "이해"보다는 "벗어나는 것처럼 보이"는 "오해"에 매혹된 자이기 때문이다. 당신은 자기 앞에 놓인 시가 자기 전부를 시시콜콜 고백하지 않고 도도하게 돌아앉아 있는 것이 사랑스럽다. 그것은 마치 「양파」의 속내를 닮았다.

양파는 정말 특별하다

양파는 속이 없다

철저히 양파 자체이고

속속들이 양파일 뿐이다

겉모습도 양파답고

속 깊은 곳까지 양파스럽다

그러므로 양파는 두려움 없이

자신을 들여다볼 수 있다

(……)

양파는 겉과 속이 일관된 존재

잘 만든 피조물

한 꺼풀 벗기면 또 한 꺼풀

큰 양파 속에 작은 양파가 들어 있다

또 한 꺼풀 벗기면 또 한 꺼풀이 나온다

중심을 향해 연주되는 둔주곡

동일한 음으로 되살아나는 메아리

—비스와바 심보르스카, 「양파」 부분

반복적 읽기에 무뎌지기는커녕 "한 꺼풀 벗기면 또 한 꺼풀"을 보여주면서 시간의 풍화를 견디는, 단일한 해석에 미끄럼을 타면서 "철저히 양파 자체이고/ 속속들이 양파일 뿐"인 시는 어떻게 가능할까. 「양파」에 그 답의 일단이 있다.

그런데 독자로서의 어린이를 염두에 두지 않을 수 없는 동시의 경우에도 이 관점을 적용할 수 있을까? 물론이다. 시와 동시의 차이를 섬세하게 고려한다면, "양파" 같고 또다시 "양파" 같은 동시가 얼마든지 나올 수 있다.

> 호박 덩굴 아랫길에서
> 달팽이를 만난다
> 둥근 집 등에 지고 오늘 이사 가는구나?
> 아니요, 학교 가는 길인데요
>
> 나팔꽃 아랫길에서도
> 달팽이를 만난다
> 학교 가는구나?
> 아니요, 학원 가는 길인데요
>
> 토란잎 아랫길에서
> 달팽이를 또 만난다
> 학교 갔다 와서 학원 가는구나?
> 아니요, 오늘은 이사 가는 길인데요
>
> ─송찬호, 「달팽이」 전문

「달팽이」는 달팽이에 대한 상투적 인식(각 연 3행)을 매번 미끄럽게 피해 간다. 쉽게 이해되기보다는 오해되는 방식(각 연 4행)을 택한다. 그러면서도 소재와 시어를 다루는 방식에서 동시, 또는 어린이 독자에 대한 배려가 바탕에 깔려 있다(각 연 1행은 달팽이를 자주 볼 수 있는 곳이고, "학교" "학원"은 어린이의 생활 범주다). 3행의 질문은 매번 4행의 답변에 의해 미끄러져 넘어지며 의미 포획을 지연시킨다. 단순히 유머를 얻는 것에서 이 시에 대한 감상을 마무리할 수도 있지만, 그러기엔 숨겨둔 것이 너무 아깝다. 언어(3행)와 대상(4행) 간의 불일치를 이런 식으로도 보여줄 수 있다는 것이 놀랍다. 이렇게 미끌미끌하고, 도도하며, 무한 겹의 의미 확장성을 지닌 달팽이는 처음 본다. 송찬호의 달팽이는 "내가 그의 이름을 불러"준다고 해도 "나에게로 와서" 고분고분 "꽃이 되"어주지 않는다. 단일한 의미망에 포획되지 않는 것, 이것이 송찬호의 동시 전략이다.

지금으로선 송찬호를 제외하고, 선뜻 이 관점에 부합하는 시인이나 작품을 들기가 쉽지 않다. 이는 우리 동시에 이 같은 문제의식이 오랫동안 결핍되어왔기 때문일 것이다. 그 중심에는 시인이 시 정신에 앞서 어린이 독자를 지나치게 의식한 탓도 있을 것이다. 지금까지 우리 동시가 "중심"을 "비껴가기"보다 "과녁 맞추"기에 급급했던 것도 이 때문이겠다. "한 꺼풀 벗기면 또 한 꺼풀"이 드러나는 양파, "속속들이 양파일 뿐"이어서 "속이 없"는 양파, 그렇기 때문에 언제까지고 "중심을 향해 연주되는 둔주곡" 같은 양파, 가 나는 기다려진다.

『동화 읽는 어른』 2012년 7·8월호

동시성에서
비동시성으로

　'비동시성(非同時性)의 동시성(同時性)'은 서로 다른 시대에 존재하는 사회적 요소들이 같은 시대에 공존하는 현상을 가리키는 개념이지만, '시인은 언제까지나 신인이 아니면 안 된다'는 명제를 설명하는 말로도 적합하다. 이미 등단한 시인들로 구성된 문단을 동시성(현재)의 범주로 놓는다면, 동시성의 미적 합의를 깨고 새롭게 밀고 나간 지점을 비동시성(미래)의 범주라 할 수 있겠다. 이런 관점에서 보면 시인은 동시성의 미적 합의를 깨고 나와 비동시성의 자리로 자신을 부단히 밀고 나가는 존재이며, 그리할 때 이미 시인인 그에게서 비동시성의 신인이 출현하게 된다. '비동시성(과거)의 동시성(현재)'이 아닌, '동시성(현재)의 비동시성(미래)'이 탄생하는 것이다.

　대개의 시인은 동시성에 대한 부정과 염오로부터 비동시성으로 이행해간다. 말하자면 시인은 동시성에서 비동시성으로, 끊임없이 자신을 밀고 나가면서 언제까지나 비동시성의 신인이기를 갈망한다. 그러므로 동시성에서 비동시성으로 나아가는 시인에게는, 어쩔 수 없이 얼마간, 동시성의 낡음과 비동시성의 새로움이 동거하는 시기가 존재하게 된다. 남호섭의 「설날 오후」와 「축구」는 이러한 동거기의 이물감을 선명하게 보여주는 사례다.

> 설날인데
> 앞집 할아버지 화났다.
>
> 아들이 주고 간 용돈
> 그새 어디 둔지 몰라 찾고 있는
> 할머니한테도 화나고
>
> 또 까먹고 간
> 손자 장난감에도 화나고
>
> 고속도로 꽉 막혔다는
> 뉴스에도 화나고
>
> 세배 마치자마자
> 텅 빈 집 안,
>
> 할아버지 마음에 드는 건
> 하나도 없다.
>
> ―「설날 오후」 전문

코트디부아르 국가대표 드로그바는 텔레비전 카메라 앞에 섰다. 2005년 10월, 조국이 처음으로 월드컵 본선 진출을 확정한 날이었다. 승리의 소감을 말하던 드로그바가 갑자기 생방송 카메라 앞에 무릎을 꿇었다.

"여러분, 일주일 동안만이라도 무기를 내려놓고 우리, 전쟁을 멈춥시다."

그 뒤, 정말 남북으로 갈라져 싸우던 코트디부아르에 총소리가 들리지 않았다. 4년 만에 찾아온 평화였다.

바로 이웃나라 라이베리아에는 2005년 12월에 외다리축구팀이 만들어졌다. 최고 스타는 데니스 파커, 열여섯에 군인이 되어 오른쪽 다리를 잃었다. 14년 동안 나라는 온통 전쟁터였고 소년들도 서로 적이 되어 싸웠다. 마음속에 미움만 가득하던 데니스가 이젠 총을 놓고 축구하러 간다. 한 골 넣을 때마다 외다리로 껑충껑충 춤을 추고 치켜든 목발은 하늘을 찌를 듯하다.

또, 그 이웃나라 시에라리온에도 외다리축구팀이 있다. 최고 스타는 역시 소년병 출신 세코 주레, 열여섯에 다리를 잃었다. 외다리로 구걸하고 거리 싸움꾼으로 시간을 보내던 세코와 친구들이 공을 찬다. 11년 동안 아군과 적군으로 싸우던 사람들이 서로 어울려 축구를 한다. 그들에게도 이젠 꿈이 생겼다.

서아프리카의 세 나라, 오랜 내전으로 세계에서 가장 못사는 나라들. 한때 이곳은 프랑스와 미국과 영국의 노예 사냥터였다. 사람 사냥꾼들은 황금과 상아도 약탈했다. 그들이 버리고 떠난 땅에는 가난과 싸움만이 남았다.

그 속에서도 사람들은 축구를 한다.

—「축구」 전문

　「설날 오후」가 동시성의 범주에 속하는 작품이라면, 「축구」는 비동시성의 범주에 속하는 작품이다. 「설날 오후」가 나쁜 작품이 아닌 것은 분명하지만, 그렇다고 남호섭이라는 이름에 걸맞을 만큼 좋은 작품이라고 보기도 어렵다. 굳이 남호섭이 아니더라도, 자식들이 모두 돌아간 설날 오후의 허전함을 이 정도로 표현할 수 있는 시인은 지금 우리 동시단에 얼마든지 있다. 이름을 가렸을 때 선뜻 시인을 특정할 수 없는 작품이라는 것이다. 이 작품이 동시성의 범주에 속한다고 보는 이유다.

　반면 「축구」는 비동시성으로 건너가는 데 성공한 작품이다. 200자 원고지 두 장 분량의 잘 짜인 신문 칼럼을 읽는 듯하면서도, 대중 스포츠인 축구를 소재로 전쟁의 참혹함, 열강의 침탈과 내전으로 점철된 서아프리카 세 나라의 역사, 지독한 가난과 불구의 비참 속에서도 희망을 놓지 않는 한 생은 계속되리라는 메시지를 감동적으로 엮어냈기 때문이다. 요컨대 「설날 오후」의 남호섭이 동시성의 시인이라면, 「축구」의 남호섭은 비동시성의 '신인'이다. 마찬가지로 이 계열에 속하는 「동주와 몽규」(『어린이와 문학』 2010년 4월호) 「새는 자유롭게」(『동시마중』 2011년 9·10월호) 역시 '신인'의 작품이라고 할 수 있다.

　그런데 거기까지다. 동일한 창작방법의 반복은 어렵사리 획득한 비동시성을 다시 동시성으로 환원하는, '비동시성의 역설'을 불러오게 마련이다. 최승호의 『말놀이 동시집 1』(비룡소, 2005)이 구현했던 비동시성이, 2~5권에 이르면서 얼마나 빠르게 동시성으로 수렴되어갔는지를 우리는 보았다.

최승호의 동시 작업은 '말놀이 동시집' 시리즈의 완간으로 완료되었지만, 그와 달리 앞으로도 동시를 꾸준히 써나갈 시인들은 '동시성 → 비동시성 → 동시성'의 딜레마를 어떻게 풀어갈 것인가.

김수영은 이에 다음과 같이 답한다.

> 시인은 영원한 배반자다. 촌초(寸秒)의 배반자다. 그 자신을 배반하고, 그 자신을 배반한 그 자신을 배반하고, 그 자신을 배반한 그 자신을 배반한 그 자신을 배반하고…… 이렇게 무한히 배반하는 배반자. 배반을 배반하는 배반자…… 이렇게 무한히 배반하는 배반자다. (……) 시인은 모든 면에서 백치가 될 수 있지만, 단 하나 시인을 발견하는 일에서만은 백치가 아니다. 시인을 발견하는 것은 시인이다. 시인의 자격은 시인을 발견하는 데 있다.
>
> ―「시인의 정신은 미지(未知)」부분, 『현대문학』 10권 9호

> 나는 20여 년의 시작(詩作) 생활을 경험하고 나서도 아직도 시를 쓴다는 것이 무엇인지를 잘 모른다. 똑같은 말을 되풀이하는 것이 되지만, 시를 쓴다는 것이 무엇인지를 알면 다음 시를 못 쓰게 된다. 다음 시를 쓰기 위해서는 여태까지의 시에 대한 사변(思辨)을 모조리 파산(破算)을 시켜야 한다. 혹은 파산을 시켰다고 생각해야 한다.
>
> ―「시여, 침을 뱉어라」부분, 『시여, 침을 뱉어라』(민음사, 1975)

배반과 파산. 언제까지나 동시성에서 비동시성으로, 경력의 시인에서 무의 신인으로 살아갈 수 있게 하는 불변의 힌트다. 우리의 문제는, 동시에 대해 너무나 많은 것을, 너무나 잘 안다고 생각하는 데서 기인한다. 일체

의 배반이 없고 일체의 파산이 없다는 데서 기인한다. 김수영의 말마따나 언제나 시작(始作)이지 않으면 안 되는 시작(詩作)에, 진지한 시작(始作)이 없다는 데서 기인한다.

『동화 읽는 어른』 2012년 12월호

제2부

경계의
안과 밖

시가 아니라 동시이기 때문에 가능한 지점들에 예민하게 주목하고 그것에 가까이
다가서려는 노력을 통해 동시는 시의 이상(理想)에 이를 수 있다. 그것은 "아이들이 읽으면 동요가 되고,
젊은이들이 읽으면 철학이 되고, 늙은이가 읽으면 인생이 되는 그런 시"의 상태가 아닐까 한다.
시는 그 난해성으로 인하여 좋은 시가 모두 이런 역할을 해낼 수 있는 건 아니다.
그러나 좋은 동시는 이 역할을 해낼 수 있다. 이것이야말로 시보다 넓은 동시의 경계이자 가능성이다.

경계를 넘어

또 다른 시로
태어나는

시와 동시?

동시와 시의 경계를 한마디로 잘라 말하는 건 쉽지 않다. 누군가 이론
으로 그 경계를 명확히 가를 수 있다고 말한다면, 나는 그를 이론가가 아
니라 지적 사기꾼이라고 말하겠다. 원로평론가 유종호는 "사실 동시와 보
통 시를 구별하기는 쉽지 않다. 훌륭한 동시는 모두 어엿한 시로 읽힌다.
(……) 어른들도 재미있게 읽을 수 있는 동시야말로 정말로 훌륭한 작품이
라는 뜻도 된다. (……) 다시 말해서 어른들이 외면하는 아동문학은 대체
로 어린이에게도 외면받게 마련이다. 어린이와 어른이 함께 즐겨 읽는 아
동문학이야말로 진정한 아동문학"이라고 했다.(유종호의 전체 글은 『동시마
중』 2010년 7·8월호 「어엿한 시」를 참고할 것) 이렇게 말한다고 해서 내가, 동
시와 시에 아예 경계를 두지 말자거나 그런 것을 염두에 두지 않는 게 낫
다고 말하는 건 아니다. 그 경계를 오가는 예들을 얼마든지 찾아낼 수 있

으니, 그것을 통해 새로운 경계를 모색해보자는 것이다.

 나는 첫 시집『목마른 우물의 날들』(실천문학사, 2002)을 묶으면서 동시 두 편도 함께 넣었다. 「첫눈」(도둑고양이/ 발자국 까맣게/ 오시네// 넉 점박이 열두 점박이/ 천만 점박이// 도둑고양이/ 발자국 하얗게/ 오시네)과 「아버지 고향」(어젯밤 꿈에 고향엘 갔는데/ 집 앞 냇물에/ 버들치가 아주 여러 마리 놀고 있어./ 어찌나 반갑고 고맙던지/ 가까이 가 웅크리고 앉았지./ 그런데 자세히 보니까/ 그건 버들치가 아녔어/ 버들치 그림자였지./ 더 신기했던 건/ 두 손으로 손바가지를 만들면/ 이 그림자 물고기들이 고대로 들어와서/ 곰실곰실 노니는 거라./ 할머니 보여 드리려고/ '어머이, 이것 봐유, 이 물고기 좀 봐유!'/ 소리치며 집으로 달려가다가 그만.// 잠이 깼지 뭐냐!// 지금은 충주댐/ 물에 잠겨 갈 수 없는 아버지/ 고향 이야기/ 곰실곰실 손이 가려워지는/ 꿈 이야기)이라는 작품이었는데, 시로도 읽혔으면 하는 바람에서였다. 첫 동시집『고양이와 통한 날』(문학동네, 2008)을 낼 때는 이 두 편을 다시 가져와 동시집에 실었다. 어린이 독자들이 읽어주기를 바랐기 때문이다.

 송찬호의 네번째 시집『고양이가 돌아오는 저녁』(문학과지성사, 2009) 맨 끝에 실린 「산토끼 똥」(산토끼가 똥을/ 누고 간 후에// 혼자 남은 산토끼 똥은/ 그 까만 눈을/ 말똥말똥하게 뜨고/ 깊은 생각에 빠졌다// 지금 토끼는/ 어느 산을 넘고 있을까?)은 처음에 동시로 쓴 작품이고, 그의 첫 동시집 표제작 「저녁별」(서쪽 하늘에/ 저녁 일찍/ 별 하나 떴다// 깜깜한 저녁이/ 어떻게 오나 보려고/ 집집마다 불이/ 어떻게 켜지나 보려고// 자기가 저녁별인지도 모르고/ 저녁이 어떻게 오려나 보려고)은 다섯번째 시집에 실을 계획이었다고 한다. 안도현의 경우, 시집『그리운 여우』(창비, 1997)에서는 「봄비」(봄비는/ 왕벚나무 가지에 자꾸 입을 갖다댄다/ 왕벚나무 가지 속에 숨은/ 꽃망울을 빨아내려고), 「그 겨울

밤」(한숨 자고/ 고구마 하나 깎아 먹고// 한숨 자고/ 무 하나 더 깎아 먹고// 더 먹을 게 없어지면/ 겨울밤은 하얗게 깊었지), 「3월에서 4월 사이」(산서고등학교 관사 앞에 매화꽃 핀 다음에는/ 산서주조장 돌담에 기대어 산수유꽃 피고/ 산서중학교 뒷산에 조팝나무꽃 핀 다음에는/ 산서우체국 뒤뜰에서는 목련꽃 피고/ 산서초등학교 울타리 너머 개나리꽃 핀 다음에는/ 산서정류장 가는 길가에 자주 제비꽃 피고)가 동시이기도 한 시로, 동시집 『나무 잎사귀 뒤쪽 마을』(실천문학사, 2007)에서는 「여치집」(여치를 잡아/ 여치집 속에 가뒀더니// 여치 소리만 뛰쳐나와/ 찌릿찌릿 찌찌 찌릿/ 풀밭에서 우네), 「눈사람」(눈썹 검다 눈사람/ 눈물 없다 눈사람/ 눈이 왔다 눈사람/ 눈길 간다 눈사람// 눈에 묻혀 사라진/ 길을 연다 눈사람), 「억새」(억만 군사들이 모두/ 칼을 쥐고 있다// 꺾으면/ 손을 벤다)가 시이기도 한 동시로 꼽힐 수 있다. 이것을 단지 동시와 시에 대한 경계의식이 부족한 탓이라고 한다면 나로서는 할 말이 없다.

이번엔 좀더 색다른 경우, 일테면 동시에 발을 들여놓지 않은(아직 동시집을 내지 않은) 시인의 시집에서 고른 시 한 편과, 시에 발을 들여놓지 않은(아직 시집을 내지 않은) 시인의 동시집에서 고른 동시 한 편을 놓고, 그 둘의 동시됨과 시됨을 가늠해보자.

> 얼마나 먼 곳까지 헤매다 왔는지
> 문턱에 툭 떨어져
> 벌벌 기어
> 구멍 속으로 들어가는 꿀벌
>
> —정용주, 「집 앞」 전문

「집 앞」의 동시됨을 시비할 사람은 없을 것 같다. 흔히 동시의 자질로 어린이(그 어린이가 몇 살의 어린이를 말하는지는 모르겠다. 시인에 따라, '평균의 어린이'에게 좀더 높은 수준의 동시를 보여주고 싶다는 생각을 할 수도 있지 않을까. 최승호가 아주 낮은 연령대의 어린이를 생각하면서 '말놀이 동시'를 썼듯이 말이다)도 이해할 수 있는 쉬움, 단순함, 그림, 가락 등을 꼽는데, 이 작품이 여기에서 벗어나 있다고는 결코 말할 수 없기 때문이다. 단순하지만 제목과 함께 들여다볼수록 울림이 점점 커지는, 시로 읽어도 좋고 동시로 읽어도 좋은 작품이다.

꼬막 조개 속에
꼬마 새우 한 마리가 들어가 앉았네

"야!
무슨 이야기 듣다가
여기까지 따라왔어?"

—김환영, 「운명」 전문

김환영의 「운명」은 일단 제목이 '동시답지' 않다고 할는지 모른다. '운명'의 뜻을 어린이가 선뜻 이해할 수 있겠느냐고 말이다. 이런 이의 제기에 대해 거꾸로 나는, 과연 어린이가 '운명'의 뜻을 모를까 묻고 싶다. 혹 모른다 쳐도, 왜 그 추상의 어린이 독자가 다 아는 말로만 동시를 써야 할까. 미처 모르던 것을 한 편의 동시를 읽고 알게 된다면, 그래서 어린이 독자의 성장에 조금이라도 도움이 된다면, 그것이야말로 바람직한 일 아닌가. 만약

'동시다움'에 갇혀 이 작품의 제목을 '조개와 새우' 이렇게 했다면, 이건 작품 전체를 주저앉힐 만큼이나 몹시도 왜소한, 심지어 나쁘기까지 한 작명이 되었을 것이다. 그렇다면 실재하는 구체적인 어린이 독자는 이 작품을 어떻게 읽었을까. 충북 충주 대림초등학교 아이들의 목소리에 귀 기울여 보자(2009년 12월 28일).

꼬마 새우가 귀엽지만 불쌍하다. 조개한테 잡아먹혔겠다. 조개는 마음씨가 좋지는 않은 것 같다. ─지승후, 2학년

새우가 따뜻할 거 같고, 새우가 곧 죽을 것 같고, 꼬막은 새우가 무거울 것 같고, 새우가 좀 불쌍하기도 하다. ─김희원, 2학년

새우가 꼬막 안에서 캑캑거리다 삶자 아 뜨거 아 뜨뜨 하면서 폴짝폴짝 뛰는 게 느껴진다. 조개는 속이 매스꺼운 게 느껴진다. ─김보형, 3학년

어린이 독자가 이 정도로 이해했다면, 동시로서 일단 성공이라고 하겠다. 그럼 이 작품을 좋은 동시이자 좋은 시라고 생각하는 나는, 이것에서 무엇을 떠올렸을까. 그건 바로, '운명'과 '인생'이다. 화자는 조개와 새우의 운명적 연결 고리를 "이야기"에서 찾는다. 여기서 "이야기"는 사람을 매혹케 하는 모든 것을 함축한다. 그것은 사람을 감동시키는 누군가의 삶일 수도 있고, 한마디 말일 수도 있고, 일상의 이야기마당일 수도 있다. 그러니 오늘 우리는, 동시가 주는 어떤 매혹에 깊이 빠져 여기에 모여 있는 것이다! 이 "이야기"가 어떻게 전개되고 어떻게 끝날지, 나로서는 조금도 짐작

하지 못하겠다. 나는 승후와 희원이, 보형이가 언젠가 그 "운명"의 순간과 마주칠 것이라고 믿는다.

읽는 순간 어린이에게 곧바로 100퍼센트 이해되고 넘어가는 동시가 좋은 동시일 수도 있지만, 그만큼 나쁜 동시일 수도 있다. 반복적 읽기에 무뎌지지 않으면서 읽을 때마다 새록새록 새롭게 다가오는 동시, 오랜 시간이 흐른 뒤에야 비로소 가슴에 하나의 의미로 온전히 안겨오는 동시, 그런 동시도 있을 수 있는 것이다.

경계의 현실

출판사 어린이책 편집자의 다음과 같은 고백은 우리가 관념적으로 동시의 경계를 어떻게 설정하고 있는지를 생각해보게 한다.

> 다른 글을 볼 때는 그러지 않는데, 유독 '동시'라고 이름 붙여진 걸 볼 때면, 성분부터 따져 묻게 됩니다. 동심 몇 프로에 리듬 몇 프로, 어휘는 적당한지 내용 수준은 아이들이 이해 가능한지. 그런데 그 '적절한 비율' '적절한 수준' '적절한 내용'은 뭘까요? 누군가 묻는다면 스스로도 대답 못할 기준을 머릿속에 그려놓고, 동시를 읽을 때마다 그 틀 안에서 분류하고 때로는 틀 밖으로 몰아내기도 했습니다.
> ―「어떤 말들이 노래가 되나」 부분, 『동시마중』 2011년 5·6월호

이러한 고민은 동시집 편집자뿐 아니라 시인, 평론가, 독자가 두루 마주

칠 수 있는 것이라 하겠다. 그런데 이와 같은 고민을 풀기가 생각만큼 쉽지 않다. 이것에 답하기에 앞서 세세히 따져보아야 할 것이 무척이나 많다. 일테면 동심이란 무엇인가, 동시 독자인 어린이의 연령, 시적 감수성, 독서력을 어느 정도로 상정할 것인가, 동시의 내용과 소재, 표현의 수위는 어느 정도가 적절한가, 동시의 난해성을 어느 정도까지 수용할 것인가, 동시의 주인은 어른인가 어린이인가, 어린이가 읽을 수 있는 쉬운 시는 다 동시로 볼 수 있는가, 동시와 시의 경계를 의식하지 않고 쓰는 것과 경계를 설정해놓고 그 안에서 쓰는 것 중에 어느 쪽이 더 좋은가……. 대부분 한마디로 단정하기가 쉽지 않다.

어쩌면 이러한 질문에 까다롭게 답을 구하기보다는 '동시는 이러저러한 것'이라는 일반적 통념에 기대어 동시를 바라보는 것이 한결 수월할뿐더러 안전하다고도 볼 수 있다. 하지만 이런 태도야말로 새로운 동시의 출현을 오랫동안 억압해온 원인이기도 하다. 동시에 대한 일반적 통념에 기댈 때 새로운 접근과 실험, 문제의식을 내장한 작품이 나오기는 어렵다. 물론 그럼에도 불구하고 이제까지의 우리 동시 문학사에는 동시 문법에 충실하면서도 빼어난 동시가 적지 않게 제출되어왔다. 그러나 만약 동시에 대한 일반적 통념에 도전하는 시인, 평론가, 기획·편집자가 더 많았더라면 우리 동시는 이제까지보다 더욱 다양한 모습의 동시를 가졌을 것이 분명하다.

동시와 시의 경계에 대한 발언 중 지금까지 가장 정확한 지점을 짚었다고 생각하는 것은, 이오덕의 말이다. "동시는 먼저 시가 되어야 하고, 그 위에 다시 동시로 되어야 한다"는 것이다. 앞의 동시가 뒤의 동시로 가자면, 동시가 갖추어야 할 문학예술로서의 품격이 요구된다는 말이다. 그러면서도 이오덕은, "앞의 동시는 시로 부정되고, 시는 다시 동시로 부정되어야 한다"고 했다.(그의 말을 더 듣고 싶다면『창작과비평』1974년 겨울호에 실린 「동시란 무엇인가」를 참고할 것) 옳은 말이다. 그곳이 바로 동시의 자리인 것이고, 그것을 통해 동시는 시와 부단한 접면을 형성하면서도 비로소 시와 별개로 존재하는 하나의 양식이 될 수 있다. 그런데 여기에서 말하는, 시가 동시에 의해 부정되어 비로소 동시로 되는 지점은 어디인가? 그 둘 간의 나노적 차이를 한마디로 말할 순 없을 것 같다. 다만 이렇게는 말할 수 있겠다. '나는 동시다운 게 뭔지 안다.'

그럼 이런 경우는 어떨까? 그 경계를 굳게 지키지 못하고 시로 슬쩍 올라가버렸거나 동시로 살짝 내려왔다면? 결과적으로 어느 쪽이든 잘된 것 아닌가? 의도하지는 않았지만, 동시로 쓰다가 시가 되어버린 것을, 혹은 시로 쓰다가 동시가 되어버린 것을, 시로도 동시로도 읽을 수 있을 테니 말이다. 그런 시가 동시집에 몇 편 실렸다면 어린이 독자에게도 좋은 일 아닌가? 그 '덜 동시다운' 아슬한 맛에 문득 골똘해질 수도 있을 테니까. 대표적으로 임길택이나 남호섭이 동시다운 게 무엇인지 몰라서, 동시의 안전한 경계를 몰라서, 그 경계를 오간 게 아니란 거다. 남호섭이 쓴 「이소선」과 「동주와 몽규」는 동시인가, 시인가? 분명한 것은 이 두 작품이 우리 동시의 경계를 한껏 확장해놓았다는 점이다.

동주와 몽규는 두만강 건너 아름다운 명동촌, 명동소학교부터 단짝이었다. 중학생 동주는 축구 잘하고 재봉틀로 옷도 고쳐 입을 줄 알았던 멋쟁이. 나라 빼앗겨 말도 빼앗긴 시절 홀로 밤마다 우리말 시를 썼다.

몽규도 중학생 때 신춘문예에 당선되고, 임시정부 김구 선생 찾아가 군사

훈련까지 받은 소년 독립운동가. 대학생 돼서도 둘은 한 교실에서 공부하는 가장 든든한 동무면서 맞수였다.

일본에서 공부할 때 몽규는 일본 경찰에 끌려갔다. 나흘 뒤에 동주도 잡혀갔다. 그들에게 붙여진 죄명은 치안유지법 위반, 조선독립운동 혐의였다.

그리고 같은 감옥에서 둘은 죽었다.
"저놈들이 강제로 주사를 맞으라고 해서 맞았다가 이 모양이 됐어요. 동주도⋯⋯"

시체를 찾으러 온 동주 아버지를 만나 몽규는 말을 잇지 못했다. 그런 그도 십구일 뒤에 죽었다. 여섯 달 뒤면 해방이었다.

동주와 몽규는 사촌이었다. 아름다운 명동촌 같은 고향집에서 세 달 간격으로 태어나 스물아홉 해를 살았다. 둘이었으나 꼭 하나로 살았다.

　　　　　　　　　　*동주: 윤동주(1917~1945)　　*몽규: 송몽규(1917~1945)
　　　　　　　　　　　　　　　　　　　　　　　　　　　　　—「동주와 몽규」 전문

경계들

경계의 안과 밖을 오가는 이들을 간단하게나마 소개하고자 한다. 최승호는 동시에 대한 문제의식을 '말놀이 동시집' 시리즈에 다 풀어놓았다. 그만한 문제의식을 품고 그것을 뭉텅이로 전면화했다는 것 자체가 소중하다. 비룡소의 '동시야 놀자' 시리즈 가운데 윤석중, 박목월, 최승호를 빼면 2011년 8월 현재 여덟이 남는다. 이들은 특정 연령대에 맞추어(추상의 어린이 독자 범위를 좀더 구체로 좁혀서) 각 권마다 한 가지씩 주제를 정하고 한 자리에 모였다. 덕분에, 독자들은 신현림, 최명란, 김기택, 이기철, 이근화, 함민복, 안도현, 함기석 동시를 구경할 수 있었다. 최승호 동시를 비롯한 '동시야 놀자' 시리즈를 통해 우리 동시가 적지 않은 독자군을 얻었으리라고 말하면 턱없는 소리일까.

한편 자신의 첫 동시집 머리말에서 밝혔듯 "시골 할머니가 입고 있던 빨강내복처럼 몸에 착 달라붙어 있는 관습적인(?) 상상력에서 조금이라도 멀리 달아나" "울퉁불퉁 이야기가 있는 동시를 쓰고 싶었고 아이들보다 먼저 엄마 아빠에게 읽어주고 싶었"다는 김륭의 도전이 앞으로 어떻게 이어질지 궁금하다. 그의 동시가 쉽거나 싱거워지지 않기를 바란다. 또한 금기와 미답의 영역에 도전하는 박성우도 눈여겨볼 만하다.

이밖에도 기존 동시의 틀을 크게 벗어나지 않으면서 그 안에서 충분히 자기만의 개성을 펼쳐 보이는 이들이 있다. 이정록, 유강희, 정유경, 성명진이다. 이정록에게는 자기만의 웃음과 재치, 해학의 코드가 있다. 그것이 앞으로 무엇을 만나 어떤 모습으로 나오게 될지 기대를 갖게 한다. 유강희도 자기만의 동시미학을 보여주는 작품을 꾸준히 선보이고 있다.

정유경과 성명진에게는 흔히 볼 수 없는 독특한 아이 캐릭터가 있다. 정유경은 「비밀」에, 성명진은 「실눈이」에 그것을 담았다.

동네에선 알아주는 싸움 대장

수업 시간엔 못 말리는 수다쟁이
동수 장난이 하도 심해 혀 내두른 아이들도
수십 명은 되지, 아마?
난 도무지 이해가 안 가, 그런 동수를
좋다고 쫓아다니는 여자애들.
아무래도 제정신이 아닌 것 같아.

참 한심해.
좋아할 남자애가 그리도 없나?
아! 생각만 해도 머리가 아파.

—「비밀」 전문

내 눈은 실눈,
내 별명은 실눈이.

듣기 싫어도 실눈이, 애들한테 항의해 봐도 실눈이,
속상해 미치겠다.
엊그제 전학생이 왔다.
제일 먼저 눈에 띈 건 작은 눈,
어쩌나 작은지 벌써 실눈이라고
부르는 애들이 생겨났다.
별명을 잃게 돼 다행인데

참 이상하다.

은근히 아쉬운 거다.

잃고 싶지 않은 거다.

애들아, 내가 진짜 실눈이야.

저 애에겐 다른 별명 붙여라.

여치눈이나 모기눈.

—「실눈이」전문

다른 경계는 없을까?

동시의 경계를 어떻게든 기존 동시 관념 안에 가두려는 주장에서 얻을 수 있는 것은 그리 많지 않다. 그보다는 더 많은 농담과 무책임이 유익할 수 있다. 모처럼 찾아온 활기를 좁은 틀에 서둘러 가두려 하기보다는 더 많이 열려 있는 자세로 제대로 맞이하는 게 낫다. '이런 것이 무슨 동시야?'가 아니라, '이런 동시도 있을 수 있구나!' 하는 인식의 전환이 필요하다. 예컨대 동시의 화자를 어린이로 할 것인지, 어른으로 할 것인지에 대한 절대적 기준은 있을 수 없다. 작품의 특성에 따라 시인이 자유롭게 선택하면 될 일이다. 중요한 것은 동시가 우리의 행복한 문학 유산이자 미래를 향해 열려 있는 가능성이라는 사실이다.

시가 아니라 동시이기 때문에 가능한 지점들에 예민하게 주목하고 그것에 가까이 다가서려는 노력을 통해 동시는 시의 이상(理想)에 이를 수 있다. 그것은 "아이들이 읽으면 동요가 되고, 젊은이들이 읽으면 철학이 되고, 늙은이가 읽으면 인생이 되는 그런 시"(괴테)의 상태가 아닐까 한다. 시는 그 난해성으로 인하여 좋은 시가 모두 이런 역할을 해낼 수 있는 건 아니다. 그러나 좋은 동시는 이 역할을 해낼 수 있다. 동시는 어린이부터 청소년, 노인까지를 독자층으로 한다. 이것이야말로 시보다 넓은 동시의 경계이자 가능성이다.

어떤 동시는 동시이면서 시로 올라가고 어떤 시는 시이면서 동시로 내려온다. 둘 다 진경이다. 동시로 보자면, 동시가 시와의 경계를 넘어 또 다른 시로 태어나는 순간이다. 그 지점을 보고 싶다.

『어린이와 문학』 2011년 8월호

존재의
형식을

탐구하다

문학은 현실을 반영하면서 현실 너머를 가리킨다. 그럼으로써 독자로 하여금 현실을 환기하게 하고 재인식케 한다. 현실을 반영하면서 현실 너머를 가리키는 동시는 존재의 형식에 대한 질문으로 독자를 이끌어간다. 잊고 지냈던, 그러므로 망각 상태로 존재했던 어떤 근원을 떠올리게 하거나, 우리네 삶의 현실을 구성하는 구조와 마주치게 한다. 가령, 김환영의 「울 곳」은 울고 싶으나 어느 한 곳 울 데 없이 살아갈 수밖에 없는, 이 시대 수많은 사람들이 처한 존재의 형식에 대한 폭넓은 공감을 호출한다.

할머니 어디 가요?

—예배당 간다

근데 왜 울면서 가요?

―울려고 간다

　왜 예배당 가서 울어요?

　　―울 데가 없다

―「울 곳」 전문

　　과연 전후좌우를 둘러봐도 울 데가 없다. 자식 앞에서 울 수도 없고, 아내 앞에서 울 수도 없고, 그렇다고 늙으신 부모를 찾아가 펑펑 울어댈 수도 없다. 하루에도 몇 번씩 울음이 차오르는 날 많았으나 속이 뻥 뚫릴 만큼 시원히 울어본 적 없다. 이 참았던 울음은 어디로 가서 무엇이 되려나. 내면 어딘가로 내려가 어떤 병인(病因)이나 되지 않을지. 이는 꼭 어른들만의 이야기가 아니리라. 피겨 선수 김연아의 말처럼, 이 시대의 아이들 역시 "전 항상 괜찮아요. 안 괜찮아도 괜찮아요."를 성공하는 사람의 당연한 모토인 양 여기며 살아가고 있으니 말이다. 김환영이 김연아의 이 말을 그대로 받아 「스타」란 제목으로 시화한 것은, 그것이 우리 시대의 병인을 짧고도 정확히 담아내고 있다고 보았기 때문일 것이다. "안 괜찮아도 괜찮"다고 자기를 억압하며 산 삶이 궁극으로 가닿는 곳은 어디일까. "안 괜찮"은 것들은 어디로 가서 무엇이 될까.

　　다시 「울 곳」으로 돌아가보면, 3연-4연-5연의 흐름이 일반적인 논리 흐름과는 다르게 배치돼 있다는 것을 알 수 있다. 즉 4연 "울려고 간다"는, 3연의 질문과 얼핏 맞지 않아 보인다. 연결어미인 '-려고'는 '어떤 행동을 할 의도나 욕망을 가지고 있음'을 나타낼 때 쓰는 말이기 때문이다. 이미

경계의 안과 밖　117

울고 있으면서, 울려고 간다니? 이를 일반적인 논리 흐름으로 재배치하면 이런 모양이 될 것이다. '할머니 어디 가요?' → '예배당 간다' → '예배당엔 뭐 하러 가요?' → '울려고 간다' → '근데 왜 예배당 가서 울어요?' → '울 데가 없다'. 원문보다 말의 흐름이 훨씬 매끄럽고 자연스럽다. 그렇지만 시적 효과는 원문만 못하다. 왜 그럴까?

할머니는 이미 울면서 집을 나섰다. 이미 "울면서", "(더) 울려고 간다"는 대답에는 아직 터지지 못한 울음더미가 할머니 가슴속에 겹겹 쌓여 있음을 암시한다. 그러니 3연의 질문과 4연의 대답은 이미 울고 있는 울음에 더 많은 울음을 덧쌓으면서 6연의 대답 "울 데가 없다"의 외로운 설움을 절정으로 뭉쳐내기에 알맞다. 또한 할머니의 대답에 공통으로 사용된 종결어미 '-ㄴ다'에서 느껴지는 건조함(무엇엔가 잔뜩 퉁퉁 부어 있는 듯한) 역시, 울 곳 없는 이의 설움을 더 구석진 자리로 몰고 가면서 울음의 압력을 높이는 구실을 한다. 그런데 이렇게 현실의 결핍("울 데가 없다")을 드러내면서도 그것을 좀더 근원의 자리까지 몰고 간다면 어떤 모습이 될까.

김사인의 시 한 편을 읽어본다.

> 누구도 핍박해본 적 없는 자의
> 빈 호주머니여
>
> 언제나 우리는 고향에 돌아가
> 그간의 일들을
> 울며 아버님께 여쭐 것인가
>
> —「코스모스」 전문

"언제나"라니. 이 말에는 "고향"과 "아버님"이 표상하는, 본향을 향한 존재의 간절한 그리움이 담겨 있다. "그간의 일들"은 생을 입은 자로서 누구나 겪었을 법한 온갖 설움과, "고향에 돌아가" "아버님"을 뵈올 때까지 묵묵히 견뎌내야 할 앞날의 설움까지를 포함한 말일 것이다. "울며 아버님께 여쭐 것인가"라는 말을 통해 「코스모스」의 화자 역시 울 곳 없는 삶을 살아가고 있음을 확인하게 된다.

그런데 두 작품 간 전체적인 뉘앙스는 몹시 다르다. 그것은 성소("예배당", "고향" "아버님")를 향해 가는 이의 내면 정보가 문면에 얼마만큼 제시되었는가와 관계될 것이다. 독자로서는 단지 "울 데가 없"어 "울려고" "예배당 간다"는 할머니에게서 더이상의 내면 정보를 얻을 수 없다. 독자 자신의 처지("울 데가 없다")가 할머니를 통해 번쩍! 확인되는 데서 오는 동병상련의 공감은 확보할 수 있지만, 그것이 그 이상의 어떤 것으로 폭넓게 확장되는 것은 아니다. 반면 「코스모스」에는 "누구도 핍박해본 적 없는 자의/ 빈 호주머니"라는 구체적인 내면 정보가 주어져 있다. 이 같은 진술에는 "우리"가 "고향"과 "아버지"라는, 존재의 본향에서 출향, 혹은 유배당한 자라는 인식이 깔려 있고, 그리하여 '코스모스(cosmos, 조화)'를 상실한 존재형식(카오스, chaos, 혼돈)과, 그것의 회복으로서 '코스모스'를 간절히("언제나") 지향하는 데까지 나아가게 한다. 그런데 "누구도 핍박해본 적 없는", 그래서 선인(善人)이라고 볼 수밖에 없는 이들이 대체로 "빈 호주머니"인 채 살아가는 까닭은 무엇인가.

박철과 박성우의 진단을 들어본다.

아빠 책상에서 본 삐뚤빼뚤 낙서

'행복은 만들어 가는 것이 아니라,

되찾아 오는 것이다

어딘가에 있을, 애초에 우리의 것을'

왜 아빠는 맨날

이렇게 알쏭달쏭한 말만 할까

— 박철, 「낙서2」 전문

넌 이빨 됐다 뭐 할 거니?

도대체 이빨이 몇 갠데

쥐새끼한테 깡그리 뜯어 먹혔어?

— 박성우, 「강냉이, 너」 전문

둘 사이에는 분명한 차이가 존재하지만, 코스모스("행복", "강냉이")를 도난당하거나("행복은" "되찾아 오는 것") 강탈당한 것("깡그리 뜯어 먹혔어?")으로 인식한다는 공통점이 있다. 박철이 낙원 상실의 뉘앙스를 풍긴다면, 그래서 좀더 심리적, 종교적, 철학적 냄새를 풍긴다면, 박성우는 작품 전체가 알레고리로 읽힐 만큼 정치적 뉘앙스를 풍기며 다가온다. 어쩔 수 없이 이명박 정부("쥐새끼")에 속절없이("이빨"을 제대로 써보지 못하고) 유린당한 우리 민주주의("강냉이")의 현실을 연상하며 읽게 되기 때문이다. 중요한 것은, 우리가 코스모스가 부재한 일상적 위기 상황 속에 존재하며, 따라서 이의 회복(구원)을 간구하지 않으면 안 될 만큼 다급한 처지에 내몰려 있다는 것이다.

유강희의 짧은 시 두 편은 이에 대한 요약적 보고서다.

> 개와 고양이가
> 다른 우리에 갇혀
> 서로 바라본다
>
> ―「삼례장날」 전문

> 7층 풀잎 끝에서
> 훌쩍, 뛰어내렸다
> 천국으로 갔겠지
>
> ―「이슬」 전문

「삼례장날」이 코스모스를 상실한 이들의 존재형식이라면, 「이슬」은 이의 비극적, 극단적 존재형식이다. "다른 우리에 갇혀", 그러니까 각자 고립된 채 살다가 "7층 풀잎 끝에서", 그러니까 위험할("7층") 뿐만 아니라 연약한 삶의 토대 위("풀잎")에서 더는 버티지 못하고 "훌쩍," "천국으로" 이월해가는 존재의 비극적 형식. 유강희의 「이슬」에 와서 우리는, 생의 설움을 "빈 호주머니"로 버티며 코스모스의 회복을 간구하던 "언제나"의 자리가 사라졌음을 문득 확인하게 된다. 사태가 이렇게 된 데에는, 우리 사회가 '나 이외에는 아무도 돌보지 마라!'는 신자유주의로 급격히 이행해간

데 직접 원인이 있을 것이다.

　김창완의 시를 놓아본다.

　　흙도 안 묻은

　　길에 떨어져 있는 아기 신발 한 짝

　　아무리 크게 울어도

　　아무도 안 쳐다본다

—「잃어버린 신발」 전문

　태어나자마자("흙도 안 묻은" "아기 신발") "길에 떨어져" "아무리 크게 울어도" "아무도 안 쳐다"보는 "아기 신발"의 자리야말로 신자유주의 체제에 내던져진 인간의 존재형식이다. 그래서 이들은 자본과 권력이 던져준 "대본 읽기"를 강요받으며 자신의 몸과 영혼을 체제에 알맞은 형태로 구부려 간다. 모난 돌로 찍혀 정 맞지 않기 위해, '이 모두가 내 탓이오, 내 탓이오, 내 탓이오!'를 내면화해가는 것이다.

　박월선의 시를 읽어본다.

　　세 번 꺾고

　　네 번 꺾어

　　삼각형이 되고

　　사각형이 된다면

　　달처럼

　　둥근 원은

몇 번을 꺾었을까

안으로

안으로

또 얼마나 꺾었을까

— 「둥글다는 것」 전문

　얼핏 삶의 경험으로부터 체득한 미덕이자 권장할 만한 삶의 기술로 다가오는 바 없지 않지만(그래서 제법 그럴싸한 철학의 그림자를 드리우는 듯 보이기도 하고, 혹여 그렇게라도 하지 않으면 언제라도 "훌쩍," "천국으로" 내던져지는 비극을 맞이하게 될지도 모르는 현실의 다급함을 반영하는 것으로 읽히기도 하지만) 다른 한편 (체제가 허용하는) 둥근 존재가 되기 위해 "안으로/ 안으로" 자신을 꺾고 꺾어야 한다는 강박으로 읽히기도 하는 것은, 우리를 둘러싼 체제의 강퍅함 때문이겠다. 그런데 과연 우리가 이렇게 개인적 생존술을 연마하는 것만으로 잃어진 '코스모스'를 회복할 수 있을까. 나아가 존재의 형식에 대한 참다운 이해에 이를 수 있을까.

　조하연의 대답을 들어본다.

10cm 자로 100cm 선 그으려면

끊어지지 않게

흔들리지 않게

열 번을 움직여야 하지만,

30cm 자로는

서너 번이면 된다.

자가 길어질수록

선은

덜덜덜 떨지 않았다.

—「이해」 전문

 "자"는 세계에 대한 인식능력, 세계를 바라보는 안목을 은유하는 것이 겠다. 그럴 때 "10cm 자"가 "30cm 자"로 바뀌는 것은 개인의 인식 능력과 안목이 확장되고 성장하는 것을 뜻하는 것이 되지만, 나는 이 "10cm 자"를 "다른 우리에 갇혀/ 서로 바라"보며 고립적으로 존재하는 개인의 한계를 가리키는 것으로 읽고 싶다. 그럴 때 "자"의 확장은 고립된 개인들의 연대를 암시하는 것이 된다. 갇힌 "우리"가 우리의 "울 데", "예배당"이 되고, "고향"과 "아버지"가 되고, "어딘가에 있을, 애초에 우리의 것"이 되고, "달처럼/ 둥근 원"이 될 수 있을 때, 우리는 더이상 이 거대한 세계 앞에 "덜덜덜 떨지 않"고 맞설 수 있는 "애초"의 '이해'에 이르게 될지도 모른다. 이것이 당신과 나, 나와 당신, 우리의 존재형식이 되기를 소망한다.

『동시마중』 2013년 9·10월호

달팽이를
그리는 방법

5+1
—같은 소재, 다른 세계

국어사전은 '달팽이'를 어떻게 설명할까. "우렁이와 비슷한데 네 개의 가로무늬가 있고 등에는 나선형의 껍데기가 있으며, 두 더듬이와 눈이 있다. 살에는 점액이 있고 난생이며 암수한몸이다. 논밭의 돌 밑, 풀숲에 사는데……."로 나와 있다.

'달팽이'만큼 동시에 자주 등장하는 소재도 흔치 않다. 왜 그럴까? 무엇보다 사는 곳이 "논밭의 돌 밑, 풀숲"처럼 사람 사는 곳 주변이어서 쉽게 눈에 띄고, 생김새가 귀엽고 앙증맞으며 유순하고 신기해 보여 창작자와 독자에게 두루 친근감과 호기심을 자아낸다는 점을 들 수 있겠다. 부드러운 몸을 싸고 있는 나선형의 단단한 껍데기(달팽이 '집'), 느린 움직임, 기어간 자리에 점액질의 흔적을 남기는 생태적 특성, '달'+'팽이'의 이름 등이 달팽이 동시의 착안점으로 작용한다.

원형

달팽이 동시에서 가장 원형적인 형태는 달팽이의 더듬이와 눈, 생태를 소재로 한 유형으로, 주로 전래동요나 초창기 창작동요, 동시에서 많이 발견된다. 신경림이 엮은 『한국 전래 동요집 1』(창비, 1981)에 실린 달팽이 동요는 모두 여섯 편인데, 이들은 한결같이 달팽이에게 몸을 보여달라고 주문을 외는 식으로 되어 있다. 가령, "니 어미는 춤추고/ 니 애비는 장구 치고/ 모가지 쭉쭉 빼어라/ 황새같이 빼어라"(경북 상주 지방)거나 "달팽아 달팽아/ 느 집에 불났다/ 소시랑 들고/ 둘레둘레 해 보아라"(전북 지방)는 식으로, 껍데기 밖으로 어서 몸을 내보이라며 달팽이를 어르고 달래는 것이다.

김장연의 「달팽이」(달─달 달팽이/ 집이 좋다고/ 두 눈을 갸웃갸웃/ 자랑하면서/ 달─달 말어서는/ 집에 들고요/ 달─달 풀어서는/ 또 나옵니다.// 달─달 달팽이/ 집이 예뻐서/ 이리 갸웃 저리 갸웃/ 업고 다니며/ 달─달 말어서는/ 집에 들고요/ 달─달 풀어서는/ 또 나옵니다.)나 권태응의 「달팽이」(달 달 달팽이/ 뿔 넷 달린 달팽이/ 건드리면 옴추락/ 가만두면 내밀고.// 달 달 달팽이/ 느림뱅이 달팽이/ 멀린 한 번 못 가고/ 밭에서만 놀고.)는 이러한 전래동요의 패턴에서 크게 벗어났다고 할 수 없다.

물론 김장연에게서는 전래동요에서 볼 수 없는 달팽이의 귀여운 자부심을 읽어낼 수 있고, 권태응에게서는 달팽이의 '느림' 및 그에 따른 '공간적 한계'가 환기하는 의미를 읽어낼 수 있겠지만, 그것이 적극적인 해석을 요구하는 정도로까지 제시되었다고는 보기 어렵다. 즉 주체와 대상 간에 일정한 거리를 유지함으로써(대상을 대상화함으로써) 주체에 의한 대상의 왜

곡 및 훼손(대상의 주체화, 세계의 자아화)이 거의 발생하지 않았고, 따라서 그로부터 해석의 지점이 따로 생성되지 않았다는 뜻이다.

왜곡

대상이 객관적인 좌표를 잃고 왜곡되고 훼손되는 것은 주체의 심리상태에 기인한다. 즉 주체가 극심한 트라우마 상태에 붙잡혀 있거나 그와 유사한 심리 상태에 놓여 있을 경우, 혹은 그렇지 않은 경우에도 시의 주체는 대상이 놓인 객관의 좌표를 무시한 채 자기 동일성의 시선으로 대상을 바라보게 된다. 대상에 대한 새로운 해석의 지평이 열리는 대목이다.

대표적으로 윤석중의 「달팽이」(달팽이/ 달팽아/ 난리 났니.// 잔등에/ 무거운/ 짐을 지고// 달팽아/ 달팽아/ 어디 가니.// 충청도/ 인심이/ 좋다는데// 달팽아/ 그리로/ 피란 가니.)나 권정생의 「달팽이 3」(달팽이 마을에/ 전쟁이 일어났다.// 아기 잃은 어머니가/ 보퉁이 등에 지고 허둥지둥 간다./ 아기 찾아 간다.// 목이 메여 소리도 안 나오고/ 기운이 다해 뛰지도 못하고/ 아기 찾아 간다.// 달팽이가/ 지나간 뒤에/ 눈물자국이/ 길게 길게 남았다.)이 여기에 든다.

윤석중과 권정생의 「달팽이」에서는 차이보다 공통점에 주목하게 된다. 대상을 동일한 관점(전쟁으로 인한 피란)에서 바라본다는 것이다. 둘 사이에 문학적 영향 관계가 아주 없다고는 할 수 없겠지만, 그보다는 역사적 경험의 유사성이 대상을 동일한 관점으로 포착하게 했을 것이다. 물론 대상과 동일화의 정도는 권정생의 「달팽이 3」이 훨씬 강하고 정황도 구체적이다. 그만큼 실감으로 다가오는 힘이 더 크다.

발언

김환영의 「달팽이 집」은 용산 참사 현장에 벽시로 쓰인 작품이다.

달팽이는 날 때부터
집 한 채씩 지고 왔으니,

월세 살 일 없어 좋겠습니다!
전세 살 일 없어 좋겠습니다!

몸집이 커지면
집 평수도 절로 커지니,

이사 갈 일 없어 좋겠습니다!
사고팔 일 없어 좋겠습니다!

뼛속까지 얼어드는
엄동설한에,

쫓겨날 일 없어 좋겠습니다!
불 지를 놈 없어 좋겠습니다!

—「달팽이 집」 전문

이 작품은 집(껍데기)을 한 채씩 지고 태어나고 몸이 커지면 집도 커지는 달팽이의 생태를 한쪽에 견고하게 세워놓고, 그 맞은편에 집 없는 이들이 당하는 일상적 수모("월세" "전세" "이사" "쫓겨날 일")를 점층적으로 열거해가다가 결국은 국가와 자본 권력에 의해 죽임을 당한 이들의 참극을 직설로써 폭로한다.

여기서 흥미로운 것은 달팽이가 마치 '입에 은수저를 물고 나온' 강자 계급의 표상처럼 읽히기도 한다는 점이다. 작고 느리고 여려서 하냥 부서지기 쉬운 존재로만 인식되어온 달팽이가 느닷없이 극강의 존재로 다가오는 것 같은 착시감. 이것은 오늘날 권력과 자본의 일상적, 폭압적 동맹 앞에서 한낱 파리 목숨보다 못한 목숨이 되고 마는 인간의 참혹을 폭로하는 데 효과적이다. 김환영의 「달팽이 집」은 '달팽이-인간', 집의 '유-무'라는 단순 대비를 통해 동시에서는 드문 사회적 발언을 수행한다.

그림

최승호의 「옴츠린 달팽이」(옴츠린 달팽이/ 언제 얼굴을 내밀려나/ 해 지면 내밀려나/ 달 뜨면 내밀려나)는 '말놀이 동시'라는 특정 문맥을 벗어나는 순간, 시적 존재감을 상실한다. 한 편의 시를 구성하기에는 너무도 허술하기 때문이다. 그러나 그의 다른 시 「달팽이」는 다르다.

달, 달, 달팽이
팽이, 팽이, 달팽이

달 뜨면 달 이고

더듬더듬

밤길 홀로 걷는 달팽이

—「달팽이」 전문

    이 작품은 '말놀이'라는 특정 문맥을 벗어나서도 시로 읽힌다. 앞서 살펴본 권태응의 「달팽이」와 마찬가지 방법으로 시작하지만, 곧이어 달팽이의 또 다른 한 축, 곧 팽이를 호명한다는 점에서("팽이, 팽이, 달팽이") 다르며, 이렇게 "달"과 "팽이"를 분리하여 제시한 뒤에, 밤길을 홀로 더듬어 걷는 달팽이에게 달의 형상을 그려 달아줌으로써, '달–팽이'의 이름 유래를 아름다운 그림으로 펼쳐 보여준다.

    박성우에게도 「달팽이」가 있다.

달팽이는

소낙비가 싸놓고 간 똥이지요

후드득 뿌드득

소낙비 왔다 간 텃밭에

상춧잎을 타고 떨어지는 똥

달팽이가

느릿느릿 미끄러지고 있어요

—「달팽이」 전문

이 작품은 소낙비의 동그란 빗방울 생김새와 나선형으로 돌돌 말린 달팽이 껍데기 모양을 '소낙비-똥-달팽이'의 관계로 유비하여, 독자에게 소낙비 빗방울과 달팽이와 똥의 형상을 겹쳐 보여준다. 이 점이 이 시의 착안점이기도 하겠거니와, 이렇게 달팽이를 "소낙비가 싸놓고 간 똥"으로 설정한 것은, 축축한 곳을 좋아하는 달팽이의 생태와도 잘 어울린다. 어쨌거나 이 작품을 읽은 다음부터는 비 갠 뒤 텃밭 상춧잎을 타고 떨어지거나 느릿느릿 미끄러져 가는 달팽이(빗방울)를 보면 "달팽이는/ 소낙비가 싸놓고 간 똥"이라는 말간 은유 한 마리를 떠올리게 될 것이다.

이야기

그럼 달팽이로는 어떤 이야기를 빚어낼 수 있을까. 달팽이 이야기는 대개 생태정보, 이름에서 연상되는 여러 요소와 밀접 지대를 형성하는 가운데 동시대적 범주의 제한을 받아 탄생한다. 동시대적 범주의 제한이란, 단순화해서 권정생의 「달팽이 2」(색시 달팽이가/ 방귀 뀌어놓고// 누가 보았을까 봐/ 누가 들었을까 봐// 모가지 기다랗게 늘이고는/ 요리조리 살피다가// 아무도 없으니까/ 집 속에 쏘옥 들어가 잔다.)를 떠올려보면 된다. 말하자면 "색시 달팽이가/ 방귀" 뀌는 설정은 지금의 독자들에게는 시대착오적일 수 있다. 반면 창작 당시의 독자들은 그들의 일상과 결부해 시를 자연스럽게 받아들였을 것이다.

이정록의 「달팽이 학교」는 시의 공간을 학교로 설정하여 학교를 중구난방의 회화적 공간으로 그려낸다.

달팽이 학교는

선생님이 더 많이 지각한다.

느릿느릿 할아버지 교장 선생님이 가장 늦는다.

그래서 실외 조회도 운동회도 달밤에 한다.

이웃 보리밭으로

소풍 다녀오는 데 일주일이 걸렸다.

뽕잎 김밥 싸는 데만 사흘이 걸렸다.

교장 선생님은 아직도 보리밭 두둑

미루나무 밑에서 보물찾기 중이다.

화장실이 코앞인데도

교실에다가 오줌 싸는 애들 많다.

전속력으로 화장실로 뛰어가다가

복도에 똥을 싸기도 한다.

모두모두 풀잎 기저귀를 차야겠다.

— 「달팽이 학교」 전문

"선생님이 더 많이 지각"하고 "느릿느릿 할아버지 교장 선생님이 가장 늦는다."는 "달팽이 학교" 이야기는 무엇보다 재미있다. 그러나 재미 이상 의 빛깔과 파동으로 번져가지는 못한다. 하긴 동시 한 편에서 그런 것까 지 바랄 필요가 있을까 싶기도 하고, 이런 재미난 이야기 한 편이 나온 것 만으로도 얼마나 기쁜 일인가 싶기는 하다. 그러나 이 명랑 발랄한 웃음의 코드에 적극적으로 껴들고픈 해석의 유혹이 함께 묻어 있다면 어떨까. 이정록의 「달팽이 학교」 앞에선 그런 욕심을 가져보게 된다.

송찬호의 「달팽이」는 다양한 해석과 감상을 향해 열려 있다.

> 호박 덩굴 아랫길에서
> 달팽이를 만난다
> 둥근 집 등에 지고 오늘 이사 가는구나?
> 아니요, 학교 가는 길인데요
>
> 나팔꽃 아랫길에서도
> 달팽이를 만난다
> 학교 가는구나?
> 아니요, 학원 가는 길인데요
>
> 토란잎 아랫길에서
> 달팽이를 또 만난다
> 학교 갔다 와서 학원 가는구나?
> 아니요, 오늘은 이사 가는 길인데요
>
> —「달팽이」 전문

단순한 형식 안에서도 이렇게 다양한 변주를 보여줄 수 있다는 것이 놀랍다. 한길에 갇히지 않고 다양한 해석의 갈림길로 열려 있다는 것이 매혹적이다. 웃음의 이면을 엿보고 싶게 만든다. 이 어긋남, 이 불일치, 대상 앞에서 언제나 미끄러져 어긋나버리는 이 명명할 수 없는 불가능. 이것이 자꾸만 독자의 해석욕을 부추긴다. 각 연과 행의 변주를 살피면서 독자는 뉘앙스의 미묘한 차이를 맛보는 재미로 골똘해진다.

우선 각 연 1행은 달팽이가 즐겨 사는 곳을 소개한다. 즉 달팽이는 습한, 무엇무엇의 "아랫길"에 산다. 조사의 변화도 눈여겨볼 필요가 있다. "아랫길에서" → "아랫길에서도" → "아랫길에서"로 단순한 듯 보이지만, 그것이 각 연 2행과 결합하는 모습을 보면 이 역시 정교한 계산을 거친 배치임을 알 수 있다. 이런 식이 되는 것이다. "에서"+"만난다" → "에서도"+"만난다" → "에서"+"또 만난다". 최소한을 움직여 미묘한 변화를 만들어내는 것인데, 이것은 달팽이가 연상시키는 그 최소를 닮은 언어 운용이다.

각 연 3행은 또 어떤가? 먼저 1연 3행. "둥근 집 등에 지고 오늘 이사 가는구나?" 얼마나 바보 같은 질문인가. 이것은 생판 모르는 사이에도 할 수 있는 질문이다. 둥근 집을 등에 졌으니, 이사를 가는 길일 거라는 이 상투! 당연히 퇴짜를 맞을 수밖에 없다. 2, 3연의 3행 역시 헛다리를 짚기는 1연에서와 마찬가지다. 지치지도 않고 매번 어긋나는 질문을 던지는 화자인, 어른은 어떤 존재인가.

각 연 4행의 첫마디가 "아니요,"로 일관되어 있다는 점은 또 얼마나 많은 해석의 유혹을 불러일으키는가. 이 아이는 왜 매번 "아니요,"를 외쳐대는가. 마찬가지로 달팽이는 왜 아이로, 학교를 가고 학원을 가는 아이로 설정되었는가. 이런 점들이 송찬호의 「달팽이」를 열린 텍스트로 만든다.

전복

이름만 달랐지 함민복의 「집게」는 달팽이나 마찬가지다.

> 집게야
> 너는 집이 있어 좋겠구나
>
> 꼭
> 그렇지도 않아요
>
> 우린 외식도 못하고
> 외박도 못해요
>
> —「집게」 전문

일단 '집게'는 '집+게'로 되어 있다. 달팽이보다 집에 더 직접적으로 매인 존재인 거다. 송찬호의 화자만큼이나 바보 같은 함민복의 화자는 묻는다. "집게야/ 너는 집이 있어 좋겠구나". 송찬호의 달팽이만큼이나 퇴짜 놓기를 좋아하는 함민복의 집게는 말한다. "꼭/ 그렇지도 않아요". 송찬호의 화자나 달팽이와는 달리, 함민복의 화자와 집게는 한칼로 정리하기를 좋아하는 모양이다. "우린 외식도 못하고/ 외박도 못해요". 이렇게 단언으로 끝냈음에도 여운이 길게 남는 까닭은 이 시가 대상에 대한 관습적 인식을 전복시키는 상상력에 바탕을 두고 있기 때문이다.

달팽이를 소재로 한 동시는 이 정도에서 끝나는 걸까? 당연히 아니다.

어느 날, 송찬호의 달팽이가 "호박 덩굴"이나 "나팔꽃" "토란잎 아랫길"에서 기어나온 것과 마찬가지로, 또다시 어느 날 문득, 새로운 달팽이 한 마리가 전에 없던 표정과 말투로 등장할 것을 믿는다. 그날의 달팽이는 등에 무엇을 지고 나타날까.

『열린어린이』 2011년 12월호

조화로운
삶

―서정홍·김용택·민경정의 경우

윤리와 문학 사이

서정홍의 네번째 시집 『밥 한 숟가락에 기대어』(보리, 2012), 김용택의 네번째 동시집 『할머니의 힘』(문학동네, 2012), 민경정의 첫 동시집 『엄마 계시냐』(창비, 2012)는 모두 농촌을 무대로 하고 있다.

물론 서정홍의 『밥 한 숟가락에 기대어』가 동시집인 것은 아니다. 그러나 「봄이 오면」 「여름날」 「이름 짓기」 「돌잔치」 「겨울 아침」 「밥 문나」 「나를 두고 온 자리」 「보는 눈에 따라」와 같이, 서정홍 시 가운데서도 상품(上品)에 속할 만한 좋은 동시를 다수 포함하고 있다는 점에서 같은 자리에 놓고 살펴볼 수 있겠다.

상순이네 집 앞에
노란 산수유꽃 피고

슬기네 집 옆에 하얀 목련꽃 피고

산이네 집 낮은 언덕에

연분홍 진달래꽃 피고

'나도 가만있으면 안 되지!'

하면서

우리 집 마당에

앵두꽃 피고

—서정홍, 「봄이 오면」 전문

"순동 어르신,

이른 아침부터 어디 가세요?"

"산밭에 이름 지어 주러 간다네."

"산밭에 이름을 짓다니요?"

"이 사람아, 빈 땅에

배추 심으면 배추밭이고

무 심으면 무밭이지.

이름이 따로 있나."

—서정홍, 「이름 짓기」 전문

138

군소리에 해당하는 설명 한마디 없이, 표현된 그대로 깔끔하다. 어린이의 탈을 쓴 어른 화자가 곧잘 등장하는 등의, 겉으로 비어져 나온 부자연스런 관념이나 메시지도 보이지 않는다. 거추장스런 설명이나 관념을 걷어내면 이처럼 매우 시적인 변화가 가능하다는 증거다.

한편, 김용택의 『할머니의 힘』은 겨우 연필을 떨어뜨리지 않을 만큼의 힘만 들이고 쓴 것 같달 정도로, 인위의 억지스러움이 거의 눈에 띄지 않는다. 그렇지만, 그렇기 때문에 『할머니의 힘』은, 최근 2, 3년간 동시의 시적 완성도('예술로서의 동시')가 강조되면서 나타난 인공미학의 건너편, 자연스러움의 자리에서 말없이 빛난다.

옛날 어떤 농부가 아침 논에 갔더란다. 물꼬에 커다란 구렁이 한 마리가 물꼬를 턱 막고 있더래. 쉿! 저리 가, 쉿! 저리 가, 쫓아도 구렁이가 꿈적도 하지 않아 농부가 삼지창으로 구렁이를 찔러 죽였대.

농부가 이튿날 아침 물꼬에 가 보았더니, 물꼬에 손바닥만 한 붕어들이 수십 마리 고물고물 모여 있더란다. 옳다구나! 그 붕어를 잡아다가 보글보글 끓인 후 냄비 뚜껑을 열었더니, 어? 이것이 뭐여! 글쎄, 냄비 속에 커다란 구렁이가 한 마리 삶아져 있더란다.

—「우리 동네 이야기·하나」 전문

설이 되었다.
할아버지는 사람이 없어

고스톱 못 치겠다고

이웃 마을에서

한 명 빌려 왔다.

—「설」 전문

서정홍이 윤리적 태도로 농촌과 농업, 농민의 문제를 바라본다면(그래도 이 짓을 하지 않으면/ 자라나는 아이들이 무얼 먹고 살아가겠는가./ 아파트를 뜯어 먹고 살 수 있겠는가./ 아니면 컴퓨터나 자동차를 씹어 먹고 살 수 있겠는가.// 확 때려 치우고 싶을 때마다/ 아이들이 눈에 밟혀 다시 논밭으로 간다네./ 농사가 사람을 살리는 일인데/ 어찌 최저임금 따위를 생각하겠는가. ─「사람을 살리는 일인데」 부분), 김용택은 재래의 고향 마을 이야기(「밥」「옛날에 고모할머니가」「놓친 고기」「매미」,「두꺼비」 연작,「우리 동네 이야기」 연작 등)와 삶에서 우러난 자연스런 이치(「싸워야 큰다」「할머니 말씀」), 그 마을 이야기지만 꼭 그 마을에만 해당되는 것이라고는 볼 수 없는, 오늘날 농촌의 쇠락해가는 모습을 일반적, 소재적 차원에서 보여주는 전통적 농촌동시 방식을 취한다. 서정홍 동시에서 관념이 노출될 수 있는 지점이고, 김용택 동시에서 삶의 구체가 생략될 수 있는 지점이다.

농사 규모나 철학, 윤리적 삶의 원칙이나 실천으로 보자면 서정홍이 으뜸일 것이요, 농촌 공동체적 삶의 습속이나 심성, 언어에 밝기로는 김용택이 으뜸일 테지만, 그러한 삶의 모습이 관념이나 과거가 아니라 오늘 일처럼 생생하게 다가오는 정도에서는 민경정이 도드라져 보인다는 점은 흥미롭다.

따뜻한 인정의 세계

민경정의 동시집 『엄마 계시냐』는 이웃과 더불어 일과 인정을 나누며 살아가는 모습을 '오늘, 이곳의 이야기'로 들려준다. 시간과 공간에 생활의 실감을 더함으로써, 그만큼 관념이 노출되거나 삶의 구체가 생략될 여지가 줄고, 자연스레 작품에 현실감이 부여된다. 다소 투박하고 아귀가 들어맞지 않는 듯 보이는 시편이 더러 눈에 띔에도 동시집 전체가 하나의 '조화로운 삶'의 모습으로 독자에게 다가오는 이유다.

머리말 「자전거 페달을 힘차게 밟으며」에 따르면, 시인은 시내에 살다가 산도 많고 고개도 많은 시골 마을로 이사해서 몇 년째 사는 모양이다. 집과 직장인 학교 사이에는 "고비고개"라는, 이름만큼 높기도 높고 길기도 긴 고개가 있는데, 시인은 "날마다 자전거를 타고 그 고개를 넘어서" 출퇴근한단다. 그런데 그 이유가 "모두 아이들 때문"이란다. "온종일 아이들과 뛰어놀다보니 기운이 많이 달렸"다는 것. 그러니까 아이들과 더 잘 뛰어놀기 위해서! 시인은 자전거를 타면서 "차로 다녔으면 보이지 않았을 풍경"들을 만난다.

"이곳에 와서 이웃사촌이 무엇인지도 느끼게 되었습니다. 비가 오면 누군가 빨래를 대신 걷어주었어요. 퇴근하면 문 앞에 감자, 호박, 가지, 오이, 상추가 놓여 있었지요. 모두 동네 어르신들께서 하신 일이죠. 그분들과 함께 못자리하고 고추와 오이를 심고 고구마 캐고 동동주도 담가 먹었답니다. 맞아요, 사람이 꽃보다 아름다운 거."

이웃과 더불어 일과 인정을 나누며 재미나게 사는 시인의 모습이 절로 그려진다. 머리말은 이렇게 마무리된다.

"넓은 길로 빨리 가지 않아도 저는 좋아요. 지금처럼 좁은 길로 느리게 갈래요. 그 길에서 만나는 자연과 사람이 소중한 제 삶이니까요."

시인은 과연 동시집 전체에서 "좁은 길로 느리게" 가면서 "만나는 자연과 사람이" 삶에서 가장 소중한 것임을, 따뜻하고 인정 어린 목소리로 들려준다. 한 편 한 편 읽을 때는 그리 대단해 보이지 않던 작품들이 한 권의 동시집으로 묶이는 순간, 일관되고 조화로운 삶의 이야기로 독자에게 말을 걸어온다.

"맞아요, 사람이 꽃보다 아름다운 거."라고 자신 있게 말하는 시인의 동시집에는 여느 시인의 동시집에서 흔하게 목격되는 것이 하나도, 정말! 단 하나도 눈에 띄지 않는다. 삶과 직접 관계되지 않는 한, 꽃 한 송이, 새 한 마리, 나무 한 그루, 나비 한 마리, 구름 한 장, 달이며 별이며 반딧불이, 풀벌레 소리나 그 흔한 빗방울, 이슬방울조차 보이지 않는다. 말하자면 자연물에 대한 일체의 관조나 완상이 없다. 관념도 없다. 실없는 웃음이 없고, 가벼운 재기가 없고, 유행 같은 말장난이 없고, 그리하여 그 모든 그럴싸한 시적 포즈가 없다. 시가 부족하단 게 아니라 삶으로, 인정으로, 사람의 이야기로 충만하단 거다.

순무씨 사다 심으면 될 걸
씨앗을 받느라 애를 쓰느냐

혁철 할머니 우리 할머니보고
쯧쯧쯧,
그러면서 씨 얻으러 온다.

배추 모종 사다 심으면 될 걸
뭐 하러 모종을 내고 있느냐
경희 할머니 우리 할머니보고
쯧쯧쯧,
그래 놓고 모종 얻으러 온다.

고추 모종 사다 심으면 될 걸
귀찮게 싹을 내고 그러느냐
상규 할머니 우리 할머니보고
쯧쯧쯧,
그래 놓고 모종 얻으러 온다.

우리 할머니는
"이런 할망구들. 사다 심지 뭘 얻으러 와?"
쯧쯧쯧,
그러면서 씨앗을 나눠 주고 모종을 갈라 주고.

—「쯧쯧쯧」 전문

"학교 댕겨 오냐?

이거 엄마 드려라."

고추밭에 거름을 퍼던

경희 할매 밭 귀퉁이 쪽파

쑥쑥 뽑아 주신다.

"할머니, 파전 잡수세요."

몸뻬 바지에 손을 닦고

엄마가 부친 파전

쭉쭉 찢어 드시는 할매.

"아나, 먹어 봐. 겨울을 난 겨."

할매와 밭둑에 앉아

겨울을 몽땅 먹어 치웠다.

—「봄」 전문

　들숨 날숨 들고나야 물질의 생명이 살 수 있는 것과 마찬가지로, 사람과 사람 사이에 오가는 정 없다면 영혼의 생명은 살아도 산 것이 아닐 것이다. 유홍준의 말마따나, "사람이란 그렇다/ 사람은 사람을 쬐어야지만 산다/ 독거가 어려운 것은 바로 이 때문, 사람이 사람을 쬘 수 없기 때문"(「사람을 쬐다」 부분)이지만, 그러나 우리는 독거 시대의 독거민으로서 일상적 고독의 병증 속에 휩싸이는 날이 많다. 하루바삐 마을로 돌아가 자연과 이웃의 인정 처방을 받아야겠건만, 그곳은 인정만 넘치는 낭만의 공간이 아니다.

144

세계 어느 곳에서나 이 세계의 모순은, 체제 깔때기의 가장 아래쪽에 있는 자연과 노인과 어린이와 약자들을 향해 집중된다. 민경정은 이를 놓치지 않고 바라본다. 학교 앞산을 뻘겋게 벗겨낸 자리에는 진학률 최고 숙식형 기숙학원이 들어서고(「없어졌다」), 할머니가 해마다 마늘 농사를 지어온 밭에는 두 달 뒤면 뚝딱 공장이 들어서게 돼 있다(「마늘값」). 은성이와 시은이는 엄마와 떨어져 할머니와 살고(「내복팬티」「시은이」), "엄마는 바람 따라 가고/ 아빠는 술 따라 가고/ 그림자 같던/ 할머니는 한숨 따라 가" 이제 작은집에 얹혀사는 재현이는 "친구 없어 제 그림자랑"만 노는데, 비오는 날은 그림자마저 없어 친구들 사이사이를 가방 이고 혼자서 뛰어간다(「재현이」). 이들에게 무슨 '저녁이 있는 삶'이 있을까마는, 시인은 이 고단한 삶들이 돌아온 하루의 저녁 문간을 홀로 다독인다.

논흙 묻은 할아버지 장화
밭흙 묻은 할머니 고무신
기름 묻은 아빠 작업화
잔반 묻은 엄마 슬리퍼
모래 묻은 동생 운동화

하루를 묻혀 온 신발들
현관 앞에 엎어지고 포개졌네.
툭툭 털어 가지런히 놓고
내 신발 나란히 벗는 저녁.

—「저녁에」 전문

자연을 닮은 시

　서정홍, 김용택, 민경정의 동시는 모두, '나를 두고 온 자리'를 떠올리게 하면서 오래전에 떠나온, 먼 아득한 곳으로 독자를 이끌어간다. 또한 최근 동시단의 한 경향을 구성하는 언어미학적 추구가 놓치고 있는 것이 무엇인지를 환기한다. 삶보다 센 시는 없다는 것, 그리고 모든 말이 삶에서 나와 다른 삶으로 수렴되며 번져간다는 것, 동시의 언어는 무엇보다 자연스러움이 으뜸이라는 것, 그것으로부터 반복적 읽기에도 무뎌지지 않으면서 오래도록 새롭게 되새김되는 힘이 나온다는 것. 최근의 인공미학이 돌아볼 자리다.

『열린어린이』 2012년 9월호

풍경과
서사

—2000년 이후 발표된 농촌동시를 읽고

들어가며

신경림이 『창작과비평』에 「농무」를 발표한 것이 1971년이다. 그로부터 40년 가까운 세월이 흘렀다. 1960~70년대 본격적인 산업화가 시작된 이래 농촌은 지금까지 가속적인 해체와 붕괴의 길을 걸어왔다. 1980년 1,082만 7천 명이던 농촌 인구가 2009년엔 311만 7천 명밖에 되지 않았다. 30년 만에 인구의 70퍼센트가 농촌을 떠난 것이다. 한편 농촌 인구에서 60세 이상 인구가 차지하는 비율은 65퍼센트에 달하며, 50~59세는 23.1퍼센트, 40~49세는 10.2퍼센트인 데 비해 40세 미만 인구는 1.7퍼센트에 불과하다. 또한 농가 인구의 고령화율(총 인구 중 65세 이상 인구의 비율)은 전체 인구의 고령화율보다 세 배 이상 높다.(세계일보 2010년 3월 20일자 기사 〈농촌 공동화 가속─농촌 인구 셋 중 한 명은 65세 넘어〉를 참고함) 이와 같은 절대적 인구 감소, 급속한 고령화 현상과 함께 눈여겨볼 변화는 농촌사회의 구성원이 바뀌고 있다는 점이다. 2007년 결혼한 농촌 남성 중 44.5퍼센트가 외국인 여성과 결혼했다.(세계일보 2010년 3월 8일자 기사 〈얼굴 다양해지는 농촌사회〉를 참고함) 지금 추세대로라면, 19세 미만 농촌 인구에서 국외 여성과 결혼하여 낳은 다문화가정 자녀가 차지하는 비율이 2020년에는 49퍼센트에 이를 것이라고 한다.(농민신문 2009년 9월 15일자 시론 〈농촌의 구성원이 바뀌고 있다〉를 참고함)

아닌 게 아니라 농촌에서 늘어가는 것은 빈집과 휴경지와 농가 부채와 폐교뿐이며, 북적거리는 것은 병원과 장례식장, 농한기 광열비를 감당하기 어려운 노인들이 모여드는 마을회관뿐이다. 슬프게도 한국 농촌은 일반적인 의미에서의 세대 전승이 거의 불가능할 만큼, 오래전에 이미 해체와 붕괴의 최종 국면에 접어들었다고 볼 수 있다.

이 같은 농촌의 해체와 붕괴 과정에 대응해서 우리 동시는 어떤 식의 문학적 보고서를 써왔을까. 이 글의 논의 대상은 단순히 농촌의 겉모습을 그리는 데 그치지 않고 근대화 이후 농촌의 변화 내용에 주목하고 이를 구체적으로 형상화하는 데까지 나아간 작품과 시인 들이다. 이들은 대체로 농촌을 자기 삶의 터전으로 하면서 그 속에서 살아가는 목숨들의 이런저런 이야기를 우리 삶과 시대의 문제로 환기해낸다. 좀더 구체적으로, 농촌의 공동화·고령화·세대 단절을 이야기하고, 도심 공원과 같은 인공 자연이 아닌, 말 그대로 살아 있는 농촌의 자연을 노래하며, 농촌 소재 다문화가정이나 조손가정의 문제를 다룬다. 이와 함께 전통적인 삶의 재현으로서 농경문화적 세계관과 정서를 즐겨 다루고, 농업 및 농민의 삶, 농촌 아이의 일상을 노래한다.

그러나 2000년 이후 동시창작과 동시집 출간이 과거 어느 때보다 활기를 띠고, 동시의 질적 수준 또한 일정한 향상 추세를 보이고는 있지만, 위에서 말한 것에 이를 정도로 농촌 문제를 전면화한 시인이나 동시집은 손에 꼽을 정도밖에 되지 않는다. 이는 대부분의 시인들이 자신의 삶터를 비농촌·도시 지역에 두고 있다는 사실과 관련될 것이다. 삶의 경계가 결국은 문학적 경계를 형성하며, 혹 어쩌다 한두 번 국외자로서의 관심을 보인다고 하더라도 그것은 어디까지나 단순한 소품 제시나 자기만족, 풍경 묘사에 그치는 경우가 대부분이라, 특별한 의미를 부여하기는 어렵다.

오늘을 돌아보게 하는

농촌을 다룬 동시 중에 많은 수는 이미 사라지고 없는 기억 속 농촌 모습을 재현한다. 대표적으로 안도현의 「황소와 백로」 「기쁜 날」 「옛날에는」 「뻐꾹새와 소쩍새」(『나무 잎사귀 뒤쪽 마을』, 실천문학사, 2007), 김명수의 「입춘 날」 「발자국」 「겨울 아침 우리 집」 「겨울날」 「박꽃 핀 마을에」 「아지 아지 송아지」(『산속 어린 새』, 창비, 2005) 등이 여기에 든다.

> 비켜라, 저리 비켜라
> 마른 논에 물 들어간다
> (……)
> 논에 처음 물 들어가는 날
> 정말정말 좋아라
> 논둑 허리까지 찰랑찰랑

논물이 차오르면

물 위엔 개구리밥도

좋아서 동동 뜨겠지

개구리도 개굴개굴

마구 울어댈 거야

—안도현, 「기쁜 날」 부분

울바자에 내린 눈은 울바자 덮고

대숲에 내린 눈은 대숲을 덮고

지붕 위에 내린 눈은 두텁게 쌓여

추녀 아래 고드름은 아래로 크고

두 집 건너 세 집 건너 굴뚝 연기는

산 아래로 낮게 낮게 서려 퍼지고

—김명수, 「겨울날」 부분

이렇듯 유년의 기억을 재현하고 있는 작품들은 그 자체로 독자를 이미 사라진, 아련한 추억의 세계로 이끌어가지만, 일차적으로 그것이 비추는 것은 현재의 농촌이 아니다. 과거는 과거이기 때문에 상처조차도 아름다울 수 있다. 그런데 이렇게 기억 속 농촌을 재현하는 동시들에서는 그러한 상처의 자국조차 찾아보기가 쉽지 않다. 다만 독자로서는 시인이 그려준, 근대화로 훼손되기 이전의 농촌 모습을 원경으로나마 떠올릴 수는 있겠다. 그러나 이로부터 어떤 모순되고 불우한 농촌 현실이 환기되는 것은 아

150

니다. 이런 유형의 동시에서 조금 더 나아간 작품으로 안도현의 시 두 편을 들 수 있다.

> 1월은 유리창에 낀 성에 긁는 달
>
> 2월은 저수지 얼음장 위에 돌 던지는 달
>
> 3월은 학교 담장 밑에서 햇볕 쬐는 달
>
> 4월은 앞산 진달래꽃 따 먹는 달
>
> 5월은 올챙이 뒷다리 나오는 것 지켜보는 달
>
> 6월은 아버지 종아리에 거머리가 붙는 달
>
> ―「농촌 아이의 달력」 부분

> 그 많던 쇠똥은
>
> 다 어디로 갔을까?
>
> ―「쇠똥구리가 남긴 마지막 한마디」 전문

요즘 농촌에서 1년을 이렇게 보내는 아이가 과연 몇이나 되겠느냐와 상관없이, 「농촌 아이의 달력」은 '아이의 1년'이 어떻게 짜여야 정서적으로 더 건강한 아이로 자랄 수 있는가를 생각하게 한다. 마치 학교와 학원, 숙제와 시험공부만으로 짜인 도시 아이의 달력이 얼마나 반생명적이며 반정서적인가를 돌아보라는 듯하다. 「쇠똥구리가 남긴 마지막 한마디」에 와서는 그 같은 발언이 더 직접, 확장적으로 드러난다. 그 많던 쇠똥은, 그 많던 반딧불은, 그 많던 송사리는, 미꾸라지는, 새까만 밤 아득하게 빛나던 수많은 별들은…… 다 어디로 갔을까? 그리하여 우리 안의 무엇이 이들을 끝내 이 땅에서 사라지게 했으며, 이들이 사라지고 난 다음, 우리의 삶이 과연 근원에서부터 더 행복해졌는가를 곰곰 따져보게 한다. 이렇듯 과거 기억의 단순 재현이 아니라 현실 모순의 환기에까지 시의 파장이 미칠 때, 독자는 그로부터 사라진 것들이 불러내는 쓸쓸한 거리와 마주하여 오늘을 새롭게 돌아보게 되는 것이다.

풍경의 내부를 들여다보는

그나마 이렇게 다소 서사적인 틀에서 농촌의 기억을 재현하거나 현실의 모순과 근원적 상실감을 환기하는 작품과 달리, 농촌 관련 동시의 대부분은 농촌 풍경을 단순히 소품으로 그리는 데서 그치고 만다. 이들 동시에 단골 소재로 등장하는 것들만 간단히 꼽아도 버려진 빈집, 산골 동네 풍경, 혼자 사는 할머니, 넉넉한 시골 인정, 섬돌 위 풍경, 농경적 삶의 습속 등 어슷비슷한 소재들이 시인 각자의 개성적 통찰을 거치지 않은 채 반복 생산되고 있다. 왜 그럴까? 앞에서 살펴본 농촌사회의 그 많은 변화에도 불구하고, 우리 농촌이 아직까지(!) 근본적인 지점에서 풍경으로서나 인정으로서나 변하지 않은 세계를 간직하고 있기 때문일 수도 있겠지만, 그보다는 시인 각자가 농촌 내부로 깊이 들어가지 않고 '행인' 1, 2, 3……의 자리에서 농촌을 그저 외부자의 시선으로 스케치하는 데 머물러 있기 때문이다.

반면 남호섭은 「가을」 「시골 버스 바쁠 게 없다」 「도둑 할매」 「귀신 할

152

매」「꼬마잠자리」(『놀아요 선생님』, 창비, 2007)에서 위와 비슷한 소재를 다루면서도 자기만의 개성적 시세계를 보여준다.

다섯 살이 되어도
말 못 하고 일어나 걷지 못하는
손녀 돌보며 사는
명동댁 할머니.

옛날 기와집
기와 깨져 비 새고,
황토 바람벽 흙 떨어지고,
군불 때는 아궁이에서
그을음 올라와
시커먼 처마 밑.

고추 참깨 오이 검은콩
아기자기 심어져 있고,
가꾸지 않아도
채송화 예쁘게 핀 안마당.

깨어 있을 땐
자꾸 기어 나가
마당으로 떨어지는

손녀가 잠든 밤,

바쁘게 돌아다니는 할머니.

빨아 입을 새 없는 옷

빗을 새 없는 머리,

어두운 골목길 만나면

영락없는 귀신 할매.

—「귀신 할매」 전문

    정신지체부자유 손녀를 기르며 살아가는 할머니의 가난한 삶을 조목조목 들여다보고 있는 작품이다. 조손가정 이야기라는, 우리 동시에서 드물지 않은 소재를 다루면서도 그것이 서사적 입체성을 지닌 강한 인상으로 독자에게 다가드는 이유는, 시인이 시적 대상을 먼발치에서 바라보지 않고 깊숙한 곳까지 들어갔기 때문이다. "옛날 기와집" "고추 참깨 오이 검은콩/ 아기자기 심어져 있고,/ 가꾸지 않아도/ 채송화 예쁘게 핀 안마당." 이라는 진술을 통해 독자는, 명동댁 할머니네 살림이 과거에는 꽤나 규모가 있었으며 안살림 또한 정갈했으리라는 것을 떠올릴 수 있다. 그런데 지금은 살림이 망가져 기와는 깨져 비가 새고, 지저분한 옷과 머리 때문에 어두운 골목길에서 만나면 영락없는 귀신 소리를 듣기에 맞춤한 신세가 되었다. 한 집안의 몰락, 또는 농촌사회의 몰락상을 여실히 보여주면서, 더불어 할머니의 남편, 아들, 며느리의 부재, 그리고 할머니마저 돌아가시고 나면 그때부터 저 어린것은 또 어떻게 저 혼자의 삶을 이어가게 될까, 생각하게 만든다.

남호섭의 「귀신 할매」와는 다르지만 풍경을 넘어 서사성을 획득한 또 다른 작품에 윤보영의 「산골 마을에」(『어린이와 문학』 2009년 11월호)가 있다.

산골 마을에
사람들이 줄어든 만큼
풀벌레 소리가 늘어났다.

풀벌레 소리가 늘어난 만큼
길이 줄어들었다.

길이 줄어든 만큼
달빛이 길어졌다.

—「산골 마을에」 전문

단순한 풍경 제시가 아니다. 산골 마을에 사람들이 줄어들어 그만큼 풀벌레 소리가 늘어나고, 늘어난 풀벌레 소리만큼 길이 줄어들었다. 또한 길이 줄어드니 꼭 그만큼 달빛이 길어졌다. 얼핏 관계없어 보이는 것들의 연쇄가 묘한 필연성을 만들어내면서 짧은 시 안에 긴 시간의 서사를 구축한다. 하나둘 사람들이 떠난 마을에 시나브로 풀벌레 소리는 늘어나고, 풀벌레 소리에 갉아먹힌 듯 마을길은 줄어들고, 그 위로 무심히 달빛만 길어진다. 한 마을, 또 한 마을이 이렇게 사라져갔고, 사라져가고 있다는 메시지로 읽힌다.

새로운 눈으로 바라보는

한편 최근 농촌동시에서 새롭고도 주요한 소재가 된 다문화가정 문제를 다룬 대표적인 작품으로 유희윤의 「그리움」(『맛있는 말』, 문학동네, 2010), 유은경의 「기영이」(『생각 많은 아이』, 섬아이, 2008), 신경림의 「달라서 좋은 내 짝꿍」(『동시마중』 2010년 7·8월호)을 들 수 있다. 유희윤의 「그리움」은 "필리핀"과 "대한민국"이라는 "먼 곳"에서 "엄마"와 "외할머니"가 서로 그리워한다는 내용이다. 단순한 형식과 발상 탓이겠지만 이렇다 할 문학적 울림으로 다가오지는 않는다. 유은경의 「기영이」 역시 마찬가지이다. 기영이는 베트남 말을 해보라는 친구들의 놀림에 "난 한국 사람이야./ 우리 엄마도!"라고 대꾸한다. 이어서 이 시의 화자는 "김치를 좋아하고/ 곤충박사가 꿈"인 기영이는 "누가 뭐래도" "한국 사람"이라고 말한다. 이런 방식은 '국적이 대한민국인 사람은 모두 대한민국 국민이다'라는 건조한 진술과 그리 다르지 않다. 이들과 달리 신경림의 「달라서 좋은 내 짝꿍」은 그 시각이 새롭고 동시로서도 빼어나다.

내 짝꿍은 나와
피부 색깔이 다르다
나는 그 애 커다란 눈이 좋다

내 짝꿍 엄마는 우리 엄마와
말소리가 다르다
나는 그 애 엄마 서투른 우리말이 좋다

내 외가는 서울이지만

내 짝꿍 외가는 먼 베트남이다

마당에서 남십자성이 보인다는

나는 그 애 외가가 부럽다

고기를 잘 잡는다는 그 애 외삼촌이 부럽고

놓아기른다는 물소가 보고 싶다

그 애 이모는 우리 이모와

입은 옷이 다르다

나는 그 애 이모의 하얀 아오자이가 좋다

—「달라서 좋은 내 짝꿍」 전문

　이 작품에서 무엇보다 눈에 띄는 것은 나와 다른 이(문화)의 기원을 존중하는 태도이다. 달라서 더 아름다울 수 있는 존재에게, '너와 나는 같아. 결코 다르지 않다구. 그러니 우린 하나야'라고 말하는 것은 강자의 일방적인 폭력일 수 있다. "커다란 눈"과 "서투른 우리말"과 "먼 베트남"의 마당에서 보이는 남십자성과 마음껏 놓아기르는 "물소"와 이모의 "하얀 아오자이"를 자기 존재의 기원으로 가졌다는 단순한(!) 사실의 환기만으로도 "그 애"는 이미 얼마나 아름다운 존재인가. 「달라서 좋은 내 짝꿍」은 시적 대상에 접근하는 시인의 시각과 세계관이 작품의 성패에 얼마만큼 직접적인 영향을 미치는지를 유감없이 보여준다. 좋은 시는 이렇듯 독자로 하여금 한 단계 높은 차원에서 세계를 재인식하게끔 이끌어준다.

소재는 다르지만 이러한 새로운 시선을 보여주는 작품으로 유강희의 「황소개구리」(『오리 발에 불났다』, 문학동네, 2010)가 눈에 띈다. 시인은 이 작품에서 이제까지 없애야 할 외래종으로만 인식되었던 황소개구리가 사실은 여름밤마다 "바다 건너 두고 온 집/ 돌아가고 싶다고" "크게 크게" 우는 실향의 존재이며, 황소개구리의 향수를 달래주느라 "캄캄한 저수지도" "따라 운다"고 말한다. 토종의 순혈을 지키려는 마음에서 외래종을 박멸 대상으로만 다루다보면, 이러한 자연관이 결국은 사람을 대할 때도 따라붙게 된다. 이렇게 되면 다문화가정 같은, 우리와 다른 문화적 기원을 지닌 존재에게 배타적인 입장을 취하게 될 개연성이 큰데, 유강희의 「황소개구리」는 이를 성공적으로 넘어선다.

시인들

농촌, 또는 농촌 문제를 외부자의 시선이 아니라 내부자의 입장에서, 지속적으로 자기 동시의 주요 주제로 삼아온 시인으로, 김은영, 서정홍, 김용택을 꼽을 수 있다. 이들은 각기 다른 동시세계를 펼쳐 보이고 있지만, 농촌을 둘러싼 문제들을 포괄적으로 다룬다는 점에서 같은 자리에 놓을 수 있다.

먼저 김은영은 『빼앗긴 이름 한 글자』(창비, 1994)에서 농촌, 또는 농촌 문제의 전반을 사실주의 기법으로 두루 짚어 보였다. 그가 이 동시집에서 보여준 시각들은 분명 내부자의 것으로서, 각 편마다 실감과 진심과 간곡함을 내장한 것이었다. 그 가운데 「모깃불」은 고단한 노동 현실 속에서 꾸는 꿈의 세계를 아름답게 보여준다.

고추를 따고 돌아와
마당 쓸어 모으고
두엄자리 젖은 콩대 넣고
불을 지피면
토방 밑 낮게 흐르는
연기
강

웃통 벗어 등멱 감고
평상 위에 누워
옥수수를 먹다가
하늘을 보면
구름 사이로 언뜻 비치는
달빛
꿈

—「모깃불」 전문

"산 너머 저쪽엔/ 별똥이 많겠지/ 밤마다/ 서너 개씩 떨어졌으니.// 산 너머 저쪽엔/ 바다가 있겠지/ 여름내/ 은하수가 흘러갔으니." 하고 아름다운 꿈의 세계를 수놓았던, 이문구의 「산 너머 저쪽」과는 또 다른, 노동과 꿈의 아름다운 세계를 이 작품은 보여준다. 그런데 고단한 밭일을 끝내고 돌아온 다음, 알뜰히 마당 쓸고 "두엄자리 젖은 콩대 넣고" 모깃불 지 핀 뒤, "웃통 벗어 등멱 감고" "평상 위에 누워/ 옥수수를 먹다가" 하늘을 바라보면서 "구름 사이로 언뜻 비치는/ 달빛/ 꿈"을 좇던, 건강하고 알뜰 했던 이들은 지금 다 어디로 갔을까? 그들 중 절대 다수는 "헛배 부른 도 시"(「헛배 부른 도시」)로 나가 다시는 돌아오지 않았을 것이며, 반에서 딱 한 명, 나중에 커서 농사를 짓겠다고 말하던 "우식이"(「우식이」)조차 진즉 에 농촌을 버렸을 가능성이 크다. 삼천리 강산 개구리에게, "우리 쌀 먹자 고 울어 다오/ 우리 먹을거리 지키자고 울어 다오/ 더욱 억세게 악착스레 살아남아서/ 우리 농촌 살리자고 울어 다오/ 나랑 함께 밤새워 울자꾸나" 맹세하고 노래하던(「개구리야, 삼천리 강산 개구리야」) 시인도 결국은 첫 동 시집에서 보여주었던 사실주의적 농촌동시의 기조를 오래도록 이어가지는 못한다.

두번째 동시집 『김치를 싫어하는 아이들아』(창비, 2001)와 세번째 동시집 『선생님을 이긴 날』(문학동네, 2008)에서도 농촌을 소재로 한 작품을 지속 적으로 선보이긴 했지만 첫 동시집의 시편에 육박할 정도로 묵직한 진술 의 힘이 실린 작품은 그리 많지가 않다. 사실 김은영은 두번째 동시집에서 부터 이전보다 더욱 세련되고 도시화된 언어를 의식적으로 추구하기 시작 한 것으로 보인다. 이때부터 아예 주 독자를 도시 아이들로 설정해놓은 것 같기도 하다. 그렇게 되면 시인의 시선과 목소리는 농촌 내부의 문제를 다 루면서도 외부로 이동할 수밖에 없고, 내부(농촌) 문제를 외부(도시)에 구 경시켜주는 듯한 느낌을 주게 된다. 김은영이 농촌 내부에서 외부로 자기 동시의 자리를 옮겨간 것은 우리 농촌동시의 커다란 손실이다.

서정홍은 『우리 집 밥상』(창비, 2003)과 『닳지 않는 손』(우리교육, 2008)에서 농촌(농민과 농업)을 소재로 한 동시를 지속적으로 선보여왔다. 그의 주된 관심은 '어떻게 하면 바른 삶을 살까'에 맞추어져 있는 듯하다. 그렇기 때문에 그의 동시는 바르고 진실된 삶만큼이나 도덕적이고 당위적인 진술로 처리되는 경우가 많고, 이것이 결정적으로 문학적 감동을 반감시키는 원인이 되기도 한다. 예컨대 「우리 집 밥상」이나 「닳지 않는 손」을 비롯한 여러 작품에서 확인할 수 있는 것은 문학적 형상화가 다소 부족하다는 점, 바로 그런 이유로 메시지가 지나치게 날것으로, 아무런 망설임이나 갈등 없이 제시되고 있다는 점이다. 반면 「사과 농사」나 「감자 농사 풍년이 들어」(『우리 집 밥상』) 「작은 꿈」(『닳지 않는 손』) 「밥상 앞에서」(『동시마중』 2010년 5·6월호) 등은 메시지를 전면에 내세우지 않고 상황을 그대로 제시해 보여주거나 두 가지 갈등 상황을 시인의 주관적 개입 없이 맞세워 보임으로써, 독자 스스로 작품 속 상황과 마주서게 한다. 특히 우리 동시에는 드문 장편 「누렁이」(『우리 집 밥상』)의 경우, 잘 짜인 이야기 속에 성공적으로 메시지를 감출 때 문학적 효과가 얼마든지 배가될 수 있음을 보여준다. 당위와 도덕을 과감히 덜어낸 자리에 위악과 갈등과 망설임과 유보와 풍자와 이야기를 앉혀보는 건 어떨까? 서정홍은 농업에서나 농촌동시에서나 이미 하나의 거점이지만, 나는 그 거점이 문학적으로 좀더 풍성해졌으면 좋겠다.

김용택은 첫 동시집 『콩, 너는 죽었다』(실천문학사, 1998)에서부터 『내 똥 내 밥』(실천문학사, 2005), 『너 내가 그럴 줄 알았어』(창비, 2008)에 이르기까지 농촌과 관련된 대부분의 소재와 주제들을 골고루 다루어왔다. 『내 똥 내 밥』의 경우 농경문화적 삶의 습속을 들려주는 「콩 세 개」 「힐머니는」 「내 똥 내 밥」 「벼」를 비롯해서, 농민(농업)의 현실을 보여주는 「장날」 「회

창이」「우리 아버지」를 통해 몇 사람 남지 않은 농촌에서 외롭고 심심하게 살아가면서도 자연과 교감하면서 성장하는 아이들의 생활을 때로는 따뜻하게, 때로는 연민 가득한 눈으로, 어쩌다가는 청승맞게, 또 한편으로는 가볍고도 우스꽝스럽게, 위트와 해학에 찬 눈으로 비추어 보인다. 김용택의 농촌동시에는 뚜렷하게 제시되는 전망이나 출구가 없다. 할머니에게 맡겨진 아이에게 언제 어머니나 아버지가 찾아올지, 날로 망가져가는 농촌과 자연과 사람살이를 어떻게 하면 되살릴 수 있을지 얘기하지 않는다. 다만 농촌의 현실이, 그 속에서 살아가는 아이들의 오늘이 이렇고 저렇다는 것을 사실적으로, 때로는 여러 작품으로 변주하여 보여줄 뿐이다. 그러나 그렇기 때문에 김용택 동시에는 농촌 현실을 반복적으로 환기하는 힘이 있다.

> 마을마다 사람들이 차를 탑니다
> "하따, 오랜만이요잉—"
> "모는 다 심었다요?"
> "심으면 뭐 한다요? 그냥저냥 거시기혔구만이라우."
> "근디, 고추가 썩는담서요?"
> "뭔 병인가 모르것소."
> "별스런 병이 다 생겨 농사 못 져 묵것소."
> "날이 이렇게 더울 때가 아닌디, 날이 왜 이런다요."
> "모르것소. 날이 미쳤는갑소."
> "근디, 요놈이 그 손자요?"
> "그요, 불쌍혀서 꼭 죽것소."

"꼭 저그 아부지 빼닮았소."

—김용택, 「장날」 부분

희창이는 나무 막대기로
아무도 없는 운동장에다가 강희창이라고
자기 이름을 크게 씁니다
이름을 쓰고 자기 이름하고 놀다가
자기 이름도 재미없어
막대기로 아무 글자나 써 봅니다

—김용택, 「희창이」 부분

김은영, 서정홍, 김용택 외에 최종득 역시 농촌을 자기 동시의 주요 무
대로 삼고 활동하는 시인이다. 첫 동시집 『쫀드기 쌤 찐드기 쌤』(문학동네,
2009)에는 「형과 엄마」「언니와 동생」「가정방문」「참깨 털기」「모내기」「손
님이 주인처럼」「벼 말릴 때는」과 같은 농촌동시들이 실려 있다. 그중에서
도 「모내기」는 공동화된 농촌의 모내기 풍경을 사실적으로 그린 작품이다.

이앙기 한 대가
모내기한다

새참 없다
투덜투덜

노래 없다

투덜투덜

사람 없다

투덜투덜

넓은 논

왔다 갔다

저 혼자서

투덜투덜

—「모내기」 전문

　"새참"도 "노래"도 "사람"도, 그리하여 모내기의 전통 서사가 모두 빠져
나가고 없는 모내기 날, 네모진 "넓은 논"을 "왔다 갔다" "투덜투덜" 가득
채우는 건 이앙기 한 대뿐이다. 개인화·기계화·분업화·공업화된 농업이,
그리하여 마침내 홀로 고립된 농업 노동자가 새참도 노래도 사람도 없이
모내기를 한다.

마무리

　2000년 이후 발표된 농촌동시를 찾아 읽으면서 소재와 주제와 발상과
발성이 비슷한, 몰개성의 작품들, 요컨대 오늘을 환기하지 못하고 다만 지
나간 농촌 서정을 자족적으로 노래하는 데 그쳤거나 풍경의 겉만 훑는 데

멈춘 작품들이 지나치게 많다는 점을 확인할 수 있었다. 또한 권태응이나 이문구, 임길택의 천착에 버금가는 농촌 서사를 펼쳐 보인 이를 찾기가 쉽지 않았다. 농촌, 농민, 자연, 농촌 아이들의 삶과 꿈의 구체에 가닿을 만큼 내려가 그 바닥을 짚고 흐느껴 우는 작품을 좀처럼 만나기 어려웠다. 왜 이럴까를 생각해보면, 우선 삶의 근거를 농촌, 농업에 두고 살아가는 시인이 거의 없다는 것에 큰 이유가 있겠지만, 더 근본적으로는 많은 시인들이 농촌 삶의 구체로 들어가지 않은 채 그 겉과 기억과 학습된 인상만을 안일하게 베껴내는 데 원인이 있다고 하겠다.

임길택은 지병으로 입원 중이던 1997년 11월 27일부터 타계하기 이틀 전인 12월 9일까지 열사흘 동안 「산골아이」 연작 32편을 쏟아냈다. 하루 평균 2.5편, 많은 날은 7~8편의 작품을 쓰기도 했다. 임길택은 어째서 생애 마지막 시간들을 「산골아이」 연작에 집중했을까. 그것은 바로 농경적 삶과 문화의 세대 단절을 우려한 때문이 아니었나 싶다. "손이 일을 알아" 볼 정도로 "지금 우리나라에 이 일을 하는 아이는/ 나 하나뿐일지도 모른다"는 절박함, 결국 어려서 일을 해본 손만이 어른이 되어서도 어릴 적 일을 떠올리며 세대를 이어갈 수 있으리라는 확신, 그리하여 "남들이 안 해 본 이런 일들을 한 사람들이/ 옛 이야기를 만들어 내고/ 그 이야기 들으며 새 세상 아이들/ 꿈을 꾸며 자랄"(「산골아이 19·옥수수 타기기」, 『산골아이』, 보리, 2002) 것이라는 작가적 소명이, 생애 막바지의 임길택에게 필생의 연작을 완성케 했을 것이다.

여기서 우리는 이 주제와 관련해 두 가지 힌트를 얻을 수 있다. 멸실 위기에 처한 농경문화적 유산을 문학적 기록으로 복원해야 할 세대적 책임이 우리에게 있다는 것, 새로운 개성은 창작자의 구체적인 삶과 일의 경험에서 생겨날 수밖에 없다는 것이다. 이 두 가지 실마리는 앞서 든 동시(풍경의 내부를 들여다보게 하고, 오늘의 현실을 돌아보게 하고, 새로운 눈으로 바라보게 하는)들과 함께 앞으로 우리 농촌동시가 나아갈 길을 열어줄 것이라고 본다.

『창비어린이』 2010년 가을호

주목할 만한
시선

—2012년 동시단의 흐름과 향후 전망

1.

2012년 한 해 동안 주요 지면에 발표된 동시를 빠짐없이 읽어보았다. 2011년과는 또 다른, 새로운 변화의 조짐이 느껴졌다. 한마디로 동시단 내부가, 동시단에서 나고 자란 시인들의 작품이 한껏 단단해졌다는 인상을 받았다. 이와 함께 시단에서의 유입 또한 꾸준히 이어져, 동시를 통해 다시금 발견되는 시인들이 적지 않았다. 동시단 내부의 약진과 시단 일부의 꾸준한 유입이라는, 최근 몇 년간 이어져온 동시단의 특징이 그대로 지켜졌을 뿐 아니라, 좀더 진전된 작품을 써내면서 앞으로 나아가는 시인들이 속속 나타나기 시작했다는 사실은, 2012년 동시단의 특기할 사항임에 분명하다.

다행스럽게도, 늘어난 양은 높아진 질을 담보하고, 질은 다시 한 단계 높은 질로의 도약을 충격하는 선순환 시스템이 좀더 공고하게 자리를 잡아가는 느낌이다. 요컨대 동시 생산과 유통을 위한 인프라(동시 전문 잡지의 창간과 순항, 그리고 유력 출판사들의 동시집 출간)가 갖추어지고, 이러한 구조에 앞선 적응력을 발휘하는 시인들이 속속 등장하는 것은, 바야흐로 우리 동시가 질적 도약기에 접어들었다는 증거라고 할 만하다. 앞으로의 동시단에 더욱 크고 미더운 기대를 가지게 되는 이유다.

아직 첫 동시집을 출간하지 않은, '오래된' 신인이 동시단에는 의외로 많다. 또한 2000년 이후 첫 동시집을 낸, 두번째 동시집이 기대되는 신인 또한 적지 않다. 우리 동시의 질적 도약은 이들, 새로운 이름들로부터 당분간 에너지를 공급받게 될 것이다.

여기에 더해 중견 남호섭은 두번째 동시집 『놀아요 선생님』(창비, 2007) 이후, 좀더 첨예한 개성의 지점을 돌파하는 모습을 보여주고 있다. 정유경은 첫 동시집 『까불고 싶은 날』(창비, 2010) 이후 우리 동시에 드문 여성적 감각의 세계를 열어가고 있으며, 금해랑, 김개미, 주미경, 장세정, 진현정, 안진영, 강삼영, 김유진, 문현식, 김현욱 등은 자기만의 시선과 언어를 꾸준히 탐색해가는 것으로 보인다.

이옥용의 '철학 우화 동시'(「너무착해씨」, 『동시마중』 2012년 5·6월호)나, 이병승의 '분쟁과 평화'를 모티프로 한 동시(「AK47」, 『어린이와 문학』 2012년 10월호) 등은 특히 동시 장르에서 시인이 지닌 문제의식이 얼마나 중요한지를 새삼 일깨워준다.

권영상, 안학수, 김환영, 김은영, 박혜선, 김미혜를 비롯해서 김응, 성명진, 곽해룡, 박소명, 강지인, 조하연, 이묘신, 장영복, 최종득 동시 역시 대개 일정한 수준을 유지하고 있음도 눈여겨보게 된다.

여기에 송선미, 신민규, 이창숙, 장동이 등 새롭게 발견된 신인 그룹의 존재는 향후 동시단의 변화 발전에 대한 기대치를 한껏 높여준다.

어느 날 하루살이들은 생각했네.

'어차피 우리에게 주어진 시간이
하루뿐이라면
밥 먹는 시간도 아껴야겠어.
말하는 시간도 아껴야겠어.'

그래서 하루살이들은
밥도 먹지 않고
말도 하지 않고
무얼 할까 고민도 더는 하지 않고

대신 아름다운 하늘을 날기로 했네.
대신 아름다운 사랑을 찾기로 했네.

       —정유경, 「하루살이」 전문

벗나무 아래 더부룩한
애기똥풀
뽑아 버렸다
심심해진
벗나무 발목
내가 벗겨 버렸네

아껴 신던

꽃양말

—주미경, 「벚나무 발목」 전문

살구나무의 살구(殺狗)는

개를 죽인다는 뜻이라는데

그래서 살구나무랑 개는 상극이라는데

나는 왜 살구나무가

개도 살구

소도 살구

너도 나도 다 함께 살구의

살구로 느껴질까

내가 본 살구꽃 정말 환해서

내가 먹은 살구 맛 꿀맛이어서

—장세정, 「살구나무」 전문

　세 편에서 공통되게 확인할 수 있는 것은, 시적 아름다움이다. 그것이 언어미학적 완성도에서 오는 아름다움이든 시인의 가치 지향이나 이미지에서 파생되는 아름다움이든 간에, 그것이 시 자체에서 느껴지는 아름다움인 한에서 어느 한 가지로 국한할 수 있는 성질의 아름다움은 아닐 것이다. 그것을 따지기보다는, 대상에 깃든 시적 자질이나 순간을 호출하여 이를 시적 언어와 호흡으로 펼치고 오므리고 확장하고 단속하면서 구조적으로 밀고 나가는, 시 몰이꾼으로서의 시인의 존재(결국 모든 훌륭한 시 몰이꾼은 자기가 몰아간 시에 최종적으로 자기를 포개놓게 마련이지만)에 주목하게 된다.

그러니만큼 이제까지의 우리 동시, 특히 어린이 화자를 주로 내세운 생활동시류에서는 결코 찾아볼 수 없는, 새로운 시적 미감을 지닌 성숙한 어른 화자의 출현이라는 관점에서 이 작품들을 재음미할 필요가 있다. 즉 성숙한 어른 화자(=시인 자신)를 내세운 이들 작품에서는 발상의 유치함이나 언어 선택 및 운용의 미숙함 같은 것을 좀체 발견할 수 없다.

이는 최근의 우리 동시가 도달한 언어미학적 성취를 보여주는 것이기도 하며, 우리 동시의 시적 진전을 보여주는 증표이기도 하다. 또한 '모든 좋은 시가 좋은 동시가 되는 것은 아니지만, 모든 좋은 동시는 좋은 시'라는 명제를 여실히 증명하는 사례이기도 하다.

2.

앞서 언급했듯이, 2012년에도 시단의 일부가 꾸준히, 새롭게 동시단에 유입되었다. 이 기간 첫 동시집을 낸 신경림(『엄마는 아무것도 모르면서』, 실천문학사)을 비롯해서, 김용택(『할머니의 힘』), 오인태(『돌멩이가 따뜻해졌다』), 김륭(『삐뽀삐뽀 눈물이 달려온다』)이 '문학동네 동시집' 시리즈로 동시집을 펴냈으며, 지금까지 한 권 이상 동시집을 낸 안도현, 함민복, 박성우, 유강희, 최명란, 이정록, 송찬호 외에, 고영민, 김근, 김성규, 김영승, 박경희, 백무산, 복효근, 송경동, 송진권, 윤제림, 이대흠, 이면우, 이상희, 이세기, 이종수, 장옥관, 장철문, 정진규 등이 주목할 만한 동시를 발표했다.

옛날 옛날에

내가 아주 어릴 적에

부엌에서 밥을 짓던 할머니

불 피우는 법을 가르쳐 주시고

부지깽이로 부엌 바닥에 새 그리는 법을 일러 주셨지

요만한 냄비에

콩 하나가 들어가

아버지는 세 그릇

어머니는 두 그릇

나는 한 그릇

입으로 먹었더니

배가 불러서

장대 들고 따라와

장대 들고 따라와

굴뚝으로 커다란 흰 새가 날개를 펴고 날아올랐지

뚝뚝 불똥을 떨구며 어둔 하늘로

그래 그토록 먼

옛날 옛날에

—송진권, 「새 그리는 방법」 전문

한 골짜기에 피어 있는 양지꽃과 노랑제비꽃이

한 소년을 좋아했습니다.

어느 날 아침,

소년이 양지꽃 얼굴을 들여다보면서

반갑게 인사를 했습니다.

"안녕! 내가 좋아하는

노랑제비꽃!"

양지꽃은 온종일 섭섭했습니다.

노랑제비꽃도 온종일 섭섭했습니다.

> ―윤제림, 「누가 더 섭섭했을까」 전문

쪽방동네 혼자 사시는 할머니

혼잣말하듯, 고기는 삶으면 반틈이나 줄어.

젓가락으로 무슨 근심 덩어리를 살살 찔러보듯

끓는 물 속 작은 고기 덩어리를 빙 돌려놓으며

다시 툭 던지는 말씀.

그런데, 참 신기하지

곡식은 삶으면 두 배, 세 배 불어나

그래서, 난리통에도 모두들 살아남은 겨

암, 고맙지, 고맙구말구.

—이면우, 「고마운 일」 전문

셋 다 동시로서는 첫 작품들이다. 그런데 수준은 상급이다. 그동안 시에 들였을 내공이 그대로 동시에 옮겨진 경우라고 하겠다. 어린이 화자만 내세우면 쉽게 동시가 될 수 있다는 생각에 기대거나 어린 시절 읽었던 교과서 동시 관념에 기대었다면, 결코 이 정도의 동시를 얻지 못했을 것이다. 어쨌든 이 셋은, '모든 좋은 동시는 좋은 시'라는 명제를 다시금 확인시켜준다.

그런데 '모든 좋은 동시는 좋은 시'란 명제가 성립하기 위해서는, 무엇보다 동시가 좋은 시를 향한 지향 속에서 창작되어야 한다는 전제가 우선되어야 한다. 그러기 위해서 동시단의 시인들은 시를 향해 좀더 나아가야 하며, 시단의 시인들은 '동시의, 시로서의 기준'에 좀더 엄격할 필요가 있다. 앞의 여섯 작품은 모두 이러한 관점, 즉 '좋은 시로서의 동시'라는 관점에 충실한 결과물이라고 하겠다.

3.

2012년을 돌아볼 때 가장 먼저 주목하게 되는 것은, '매우 시적인 동시'와 그것을 쓰는 시인들의 등장이다. 동시단의 시적 도약과 약진에 주목하는 한편, 시단의 만만찮은 내공에도 주목하게 된다. 문제는 '동시단/시단'이 아니라 '동시단+시단'이며, 그로부터 발생하는 시너지 효과다. 그 효과는 '좋은 시이기도 한 좋은 동시'를 탄생시키는 것으로 나타날 것이다.

다른 한편, 어린이 화자를 앞세운 생활동시류는 엔간해서는 비평적 주목을 받기 어려울 것 같다. 소재와 내용과 표현방법에서 이미 그만그만한 평균작들이 넘쳐나기도 하거니와, 동시단의 미적 기준이 한동안은 동시의 시적 성취에 맞춰질 것으로 보이기 때문이다.

또한 동시단의 인적 구성이 다양해지고 시인의 수가 늘어난 만큼 자기만의 개성의 지점을 확보하기 위한 경쟁도 과거 어느 때보다 한층 치열해질 전망이다. 그러나 늘었다고는 하지만 발표지면은 여전히 부족하기만하다. 동시집 출간을 둘러싼 조건 역시 마찬가지다. 동시 생산과 유통 사이의 치열한 경쟁 구조가 안정화됨으로써, 동시단의 수준은 전반적으로 상향평준화될 것이다. 문제는 동시가 상향평준화의 기류를 타면서도 그 이상의 수준이 되어야 한다는 것, 그래야 독자에게 자기만의 인상을 남길 수 있다는 것이다.

이렇듯 점차 경쟁이 심화되는 변화·도약기를 맞아 창작자는 어떤 선택을 할 것인가. 가장 먼저 자기만의 방법적 좌표를 설정하는 것이 필요하다. 앞서 언급했던 이옥용(「너무착해씨」)이나 이병승(「AK47」)의 방법에서 힌트를 얻을 수 있고, 윤제림의 「누가 더 섭섭했을까」에서 실마리를 찾을 수 있겠다. 또는 송찬호(『저녁별』)나 안도현(『나무 잎사귀 뒤쪽 마을』 『냠냠』), 최승호('말놀이 동시집' 시리즈)에게서 답을 구할 수도 있겠다. 김륭(「풍선껌」)처럼, 흔해빠진 생활동시적 소재일지라도 그것을 다르게 보고 다르게 표현하는 방법을 찾음으로써 자기만의 개성적 좌표를 설정할 수도 있겠다.

우리 반 새침데기 샛별이 눈에

잠이 껌처럼 붙어 있다
너, 잠 오지? 하고 물어보면
내가 너 같은 줄 아니!

시치미 뚝 떼는 샛별이
눈에 붙은 잠을 짝꿍 진수가
씹고 내가 좋아하는
설화도 오물오물

샛별이 눈에 붙은 달콤한
잠을 선생님 몰래
오물오물

선생님에게 붙잡혀 있기엔
햇살이 너무 눈부신 봄날

샛별이 잠이 풍선처럼
부풀어 오른다 교실이 둥실
하늘로 떠오른다

어, 어, 이놈들 거기 안 서!
우리 선생님 엉덩이 뒤뚱뒤뚱
쫓아오지만,

우리 반 아이들 모두 둥둥

구름 위로 도망갔다

꿈꾸러 갔다

—김륭, 「풍선껌」 전문

한마디로 햇살 눈부신 봄날, 밖에서 신나게 뛰어놀지도 못하고 꼼짝없이 교실에 붙잡힌 채 졸고 있는 아이들의 모습을 붙잡은 작품이지만, 그것이 식상하게 다가오기는커녕 색다른 환기력을 발휘하며 다가온다. 첫 연, "우리 반 새침데기 샛별이 눈에/ 잠이 껌처럼 붙어 있다"는 진술은 상투적이기까지 하다. 그런데 시인이 시의 날개를 발견하는 지점은 바로 이 상투적 표현에서다. 이 상투어는 다음과 같이 변주, 확장되면서 날개를 펼쳐간다. 샛별이 눈에 붙은 잠을 반 아이들이 오물오물 씹는다. 그러자 샛별이 잠이 마치 풍선껌의 풍선처럼 부풀어오르고, 거기 매달려 교실이 하늘로 둥실 떠오른다. 뒤뚱뒤뚱 쫓아오는 선생님을 뒤로하고 아이들은 모두 꿈을 찾아 구름 위로 도망간다. 아름다운 봄날과는 대조적으로, 지루한 졸음이 번지는 교실의 억압적인 풍경을 멋진 해방의 서사로 풀어내어, 시 속의 아이들과 시 밖의 독자들을 판타지 세계로 끌고 간다. 거기에 제도교육의 억압 구조를 읽어내는 시인의 눈이 절묘하게 결합했다. 무엇보다 남과 다르게 보고 다르게 표현하려는 시인의 시적 전략이 빛을 발한 작품이라고 평가할 수 있다. 보는 눈과 표현하는 손을 달리하는 순간, 이 오래되어 낡아 보이기만 하던 소재는 오히려 아주 신선한 모습으로 독자에게 다가온다. 자기만의 방법적 좌표가 중요하다고 말하는 것은 이런 이유 때문이다.

최근 몇 년간 동시단의 인적 구성이 전에 없이 다양해진 것은 사실이지만, 시단에 비하면 여전히 그리 대단한 것이 못 된다. 창작방법에 대한 실험이나 탐구도 그리 왕성한 편이 아니다. 어떻게 보자면 본격적인 무대는 이제부터 펼쳐지는 셈이다. 자기만의 소재, 주제, 언어, 리듬, 표현방법 등이 중요해지는 시점이다. 창작의 긴장도 한껏 높아진 느낌이다. 이러한 때, 창작자들은 어떤 마음가짐을 가져야 할까. 2012년 발표되어 많은 독자들의 공감을 불러일으킨 백창우의 작품 한 편을 소개한다. 위안과 문제의식을 동시에 발견하기 바란다.

니가 쓰고 싶은 걸

니 맘대로 써

니 말로 말야

니만 좋으면 돼

시 쓰면서 눈치 볼래면

뭐 하러 시를 써

세상에 시 쓰는 사람이 얼마나 많은데

니가 아무리 잘 써 봐

그래도 다 맘에 들어 하진 않아

그냥 니 맘에 들면 돼

니 맘에도 안 든다고?

그럼, 버려

—「니 맘대로 써」 전문

"니만 좋"다고, "니 맘에"만 든다고 좋은 작품이 되지는 않는다. 오히려 이런 태도는 창작의 세계에서 경계해야 마땅한 것이다. 그렇긴 하지만, "니가 쓰고 싶은 걸/ 니 맘대로" "니 말로" "눈치" 보지 않고 끝까지 쓰는 건, 창작자에게 무엇보다 중요한 덕목이다. 그것을 한껏 펼칠 수 있는 동시단이 되길 바란다.

『열린어린이』 2013년 1월호

제3부

천착과
전망

우리 동시는 이제부터가 시작이다.
지금까지가 '동시 일반(一般)'의 시기였다면 이제부터는 '동시 특수(特殊)'의 시기다.
자기 목소리를 독창적으로 일구어내지 못하면,
개성적인 언어와 세계의 돌파가 보이지 않으면 존립이 어려운 상황이 되었다.
시인은 많지만 자기 이름을 자기 작품에 새기는 이는 여전히 손으로 꼽을 정도다.
문제는, 다시 문제의식이다. 도약기를 맞은 우리 동시단의 과제다.

『저녁별』의
창작방법

들여다보기

— 송찬호 동시집 『저녁별』

송찬호의 동시집 『저녁별』(문학동네, 2011)은 여러모로 주목을 요한다. 무엇보다 「민들레 꽃씨」「달팽이」「저녁별」「호박벌」등 개별 시편의 문학적 성취가 눈에 띄는 동시집이지만, 그것 못지않게 눈여겨볼 대목은 한 권의 동시집으로서 갖추고 있는 일관성이다.

시인은 개별 시편에 등장하는 화자와 시공간에 일관성을 부여함으로써 독자의 감상이 분산되거나 단절되는 것을 막는다. 특정 시간과 공간 속에서 하나의 캐릭터가 살아 움직인다면 독자도 한결 수월하게 시의 길을 따라갈 수 있을 것이다. 동시집의 머리말에 이런 대목이 나온다.(번호, 굵은 글씨, 밑줄은 필자가 표시하였다)

동시를 읽고 쓰면서 나는, ①허겁지겁 어른이 되느라 미처 작별 인사도 못 하고 떠나온 내 안의 작은 아이와 만나기도 하고, 또 ②요즈음 아이들의 사금파리처럼 반짝이는 눈으로 세상과 사물을 바라보는 즐거움도 얻었습니다.

이 동시집에 실린 많은 동시들은, ③자연에서 점점 멀어지고 도시에 가까워지는 시골 개구쟁이 아이의 마음과 생활을 그린 것입니다. ④이사 가는 집들도 많고 친구도 적어 시가 조금 외롭고 쓸쓸하기도 합니다. 이 아이가 자라 어른이 되면 그나마 이런 시골 풍경도 모두 사라지고 말 것입니다.

여기서 ①은 '시인 안의 어린이 화자'를, ②는 '현재("요즈음")라는 시간의 제한을 받는 어린이 화자'를, ③은 '①과 ②의 어린이가 사는 공간적 배경'을, 밑줄은 개별 작품의 소재와 내용을 뜻한다. ④는 공간적 배경인 ③을 구체화한 부분이다. 요컨대 『저녁별』은 현재 "자연에서 점점 멀어지고 도시에 가까워지는 시골"에서 살아가는 시인("내 안의 작은 아이")이, 역시 그곳에 이웃해 살아가는 "개구쟁이 아이"의 눈으로 바라본 "세상과 사물", "아이의 마음과 생활"을 '즐겁게' 노래한 동시를 묶은 책이며, 해체 이후에도 여전히 해체의 길을 걷는("이사 가는 집들도 많고 친구가 적어") 시골 마을에서 쓴 작품들이니만큼 즐거움 못지않은 '외로움과 쓸쓸함'이 작품 군데군데 묻어 있기도 하리라는 점을 밝힌 것이다.

이런 이유로 『저녁별』에 실린 개별 시편들은, 시인이 설정한 화자와 시공간의 범주 안에 놓이게 된다.

시인 안의 어린이 화자

동시란, 어른 시인이 어린이 독자가 읽을 것을 염두에 두고 쓴 시를 말한다. 그런 면에서 동시는 발상 단계에서부터 '창작자로서의 어린이(시인

안의 어린이)', 그리고 '독자로서의 어린이'가 개입한다고 볼 수 있다. 이 점이 바로 시와 동시가 갈리는 지점이다. 어린이를 배제하고는 동시 장르 자체가 성립할 수 없다는 점에서, 발상에서 완성에 이르기까지의 전 과정에 '어린이'가 함께한다는 것은 무척이나 자연스러울뿐더러 즐거운 일이기도 하다.

동시창작에서 시인이 가장 먼저 맞닥뜨리게 되는 문제는 화자를 누구로 설정할 것인가이다. 연령 면에서 볼 때, 동시의 화자에는 두 종류가 있다. 어른 화자와 어린이 화자다. 그러나 어른－어린이를 구분할 수 있는 뚜렷한 표지가 제시되어 있지 않은 한, 명쾌하게 이를 단언하기가 쉽지 않다. 특히 어른 화자의 경우, 어른－어린이의 경계가 모호한 상태로 제시되는 경우가 많다. 이때의 화자가 바로 '시인 안의 어린이 화자'("내 안의 작은 아이")다. 당연히 이것은 어른 화자도 아니고 어린이 화자도 아니다. 굳이 말하자면 발상 단계에서 완성 단계까지 함께한, 시인이 염두에 둔 어떤 아이라고 볼 수 있다.

수박을 먹고
수박씨를 뱉을 땐
침처럼 드럽게
퉤, 하고 뱉지 말자

수박을 먹고
수박씨를 뱉을 땐
달고

시원하게

풋, 하고 뱉자

—「수박씨를 뱉을 땐」 전문

이 작품의 화자는 어린이인가, 어른인가? 단언키 어렵다. 수박을 먹으며 어른이 아이에게 이런 말을 할 수도 있고, 아이가 어른에게, 또는 아이가 아이에게 할 수도 있다. 그러나 이 유형은 『저녁별』이 아니더라도 수많은 동시집에서 얼마든지 발견할 수 있다. 물론 『저녁별』에도 수두룩하다. 문제는 시인이 설정한, '시인 안의 어린이 화자'의 연령 상한선이 어디까지인가 하는 점이다.

이 작품보다 좀더 어른에 가까운 화자가 등장하는 「똘배나무」와 「팽나무가 쓰러졌다」를 살펴보기로 하자.

돌배나무에 열리는 돌배는

돌처럼 딴딴하고

맛이 없어

아무도 따 가지 않는데

해마다 돌배열매는 주렁주렁

돌배나무 아래에서 놀던

아이들이

어른이 되어도

아무도 따 가지 않는데

186

해마다 돌배열매는 주렁주렁

그래서,
돌배는
똘배가 되고
돌배나무는
똘배나무가 되어
지금은 베어 없어진
그리운 이름이 되었지요

—「똘배나무」 전문

이번 태풍에 쓰러진
동구 밖 팽나무는
우리 동네 가장 오래된 나무

나이는 한 삼백 살 되었을까
한창 젊을 적 나이라면 쿵, 하고 쓰러졌을 텐데
힘이 없어 팽, 하고 쓰러졌다

팽나무에 세 들어 살던 까치집도 부서졌다
집을 잃은 까치 부부는
이웃 사과밭으로 날아갔지만

사과밭 주인한테도 쫓겨나고 말았다

나무 의사가 와서 팽나무를 일으켜 보았지만 소용없었다

팽나무가 서 있던 자리에 곧 새길이 난다고 한다

이제 팽나무 가까이 살던 오봉이네 자동차만 오지게 좋겠다

—「팽나무가 쓰러졌다」 전문

이 두 작품의 화자를 「수박씨를 뱉을 땐」의 화자보다 어른에 더 가깝다고 보는 것은 화자가 감당하고 있는 시간의 두께 때문이다. "아이들이/ 어른이 되어도/ 아무도 따 가지 않는"다는 진술을 어린이 화자로서는 감당할 수 없다. "한창 젊을 적 나이라면 쿵, 하고 쓰러졌을" 것이라는 진술 역시 마찬가지다. 물론 이것이 문제라는 말을 하려는 게 아니다. 이 지점이 『저녁별』에 등장하는 '시인 안의 어린이 화자'의 상한선이자 송찬호가 생각하는 시와 동시의 경계라는 것이다. 다시 말해 『저녁별』에는 동시이면서 그 자체로 시가 되는 작품은 있을지언정, 동시에서 멀어져 아예 시로 올라가버린 작품은 한 편도 없다. 또한 위에서처럼 어른 화자가 등장하는 작품이라도 어른의 발언을 날것으로 드러내지는 않는다. 『저녁별』에 완상, 또는 관조적 태도로 대상을 바라보거나 풍경만을 노래한 작품이 없는 것은 '시인 안의 어린이 화자'라는 범주 설정과 관련하여, 시인이 시와 동시의 경계를 분명히 설정하고 있기 때문이다. 이는 새롭게 음미해볼 대목이다.

요즘 아이들의 눈

시인은 자기 동시가 "요즈음 아이들"에게 다가가기를 바란다. 그러자면 요즈음 아이들의 눈으로 세상과 사물을 바라보아야 하며, 그 아이들의 마음과 생활이 어떤지도 들여다보아야 한다. "요즈음"은 송찬호 동시의 화자가 살아가는 시간이다. 과거가 아닌, 지금. "이사 가는 집들도 많고 친구도 적"은 "시골"의 아이들은 "자연에서 점점 멀어지고 도시에 가까워지는" 삶을 산다. 송찬호 동시의 화자가 살아가는 공간이다. 다른 곳 아닌, 여기. 그러니까 2010년대라는 시간의 지배를 받는 '지금', 충북 보은군 마로면 관기리라는 공간의 지배를 받는 '여기'에서 송찬호 동시의 주인공들은 살아간다. 『저녁별』의 시편들은 모두 이러한 시공간의 범주 안에서 쓰였다. '시인 안의 어린이 화자'와 '어린이 화자'가 큰 충돌을 빚지 않는 것과 마찬가지로 개별 시편들의 소재나 내용에서 별다른 이물감이 느껴지지 않는 것은, 시인이 이처럼 의식적으로 화자의 연령과 발언 수위를 조절하고 시공간의 범주를 일관되게 설정한 데에서 연유한다.

우리 동네에 이십 년 만에
제비가 돌아왔다고
아빠가 말했다

나는 버스 정류장 전깃줄에
나란히 앉아 있는 제비를
태어나 처음 보았다

너희는

먼 남쪽 나라
강남에서 돌아오는데

나는 지금 버스 타고
읍내 강남학원에
영어 공부하러 간다

—「제비가 돌아왔다」 전문

딸기를 먹다가
별명이 딸기인
청주로 전학 간 민주가 생각났다

부끄럼 많은 민주는
늘 얼굴이 빨개서
우리는 딸기라 놀렸다

그런데 민주도 딸기를 먹다가
우리를 생각할까?
사이좋게 지내던 우리 얼굴 생각할까
딸기라 놀리던 우리 미운 얼굴 생각할까

요즘 어떻게 지내고 있니?

딸기야, 미안해

—「딸기야, 미안해」 전문

· 이 두 작품은 간단히 말해 "요즈음" "시골 개구쟁이 아이"의 생활과 마음을 쓴 것이다. 작은 시골 마을이 배경이다보니 눈에 띌 만한 큰 사건은 찾아볼 수 없다. 작고 소소한 일상, 일테면 20년 만에 제비가 돌아온 일, 친구의 전학, 읍내 아파트로 이사를 간다는 현식이네(「굴뚝새」), 고구마밭을 다 파헤쳐 놓은 멧돼지들(「어떡하지?」), 연못에 신발을 빠뜨린 일(「연못」), 산불(「노루 꼬리 약속」), 개가 죽은 일(「거짓말」「개 밥그릇 물그릇」), 태풍에 동구 밖 팽나무가 쓰러진 일(「팽나무가 쓰러졌다」), 집을 나간 고양이(「냥이가 집을 나갔어요」), 모내기(「모내기」), 폐교에 노루가 나타난 일(「노루」), 폭설(「소나무에 내린 눈」) 같은, 우리 동시에서 흔한 소재에 드는 것들이다.

그럼에도 『저녁별』의 시편들이 보통의 동시와 다르게 읽히는 까닭은 무엇일까? 그것은 요즘 아이들의 눈높이를 세심하게 배려하여 대상에 접근하는 시인의 창작방법에서 찾을 수 있다.

내 주먹만 한 크기에
쪼끄만 꽁지를 가진
굴뚝새는 어디에서 살까요?

숲 속 바위틈이나 덤불에서 살고요
동네 헛간에서도 살고요

굴뚝새니까 굴뚝에서도 산대요

굴뚝이 있는 현식이네 집
읍내 아파트로
이사를 가면

현식이네 빈집
굴뚝이 식을 때까지만
굴뚝에서 산대요

—「굴뚝새」 전문

우리 집은 그냥
무당벌레 집이라고 하면
편지가 안 와요

우리 집은
지붕은 빨갛고
지붕에 일곱 개 까만 점이 있는

감자잎 뒤에 사는
칠점무당벌레 집이라고 해야
편지가 와요

이 두 작품에서 볼 수 있는 것은 "자연에서 점점 멀어지고 도시에 가까
워지는" 삶을 살아가는 "요즈음" 아이들에 대한 시인의 세심한 배려다. 대
상의 생김새에 대한 정보가 주어지고("내 주먹만 한 크기에/ 쪼끄만 꽁지를
가진" "지붕은 빨갛고/ 지붕에 일곱 개 까만 점이 있는"), 어디에서("숲 속 바위
틈" "덤불" "동네 헛간" "굴뚝" "감자잎 뒤"), 무얼 먹고("감자잎") 살아가는지
를 조곤조곤 들려준다. 어린이 독자 앞에 섣부르게 시를 먼저 제시하는 방
법이 아니라 시로 안내해가는 방법을 택한 것이다.

이와 함께 『저녁별』에서 눈여겨보아야 할 창작방법으로 '이야기'와 '반
복', '변화 주기'가 있다.

이야기와 반복, 변화 주기

『저녁별』에서 이야기와 반복, 변화 주기가 잘 드러난 작품으로 「해바라
기씨」를 꼽을 수 있겠다.

　　미국 메이저리그
　　야구 경기를 보는데
　　콧수염을 기른 감독이
　　엄청나게
　　해바라기씨를

까먹어 댄다

엄청 초조한가 보다
저렇게 쉬지 않고
까먹어 대면
해바라기씨도 엄청 들겠다

창문 너머
텔레비전을 훔쳐보던
우리 집 해바라기들도
엄청 초조한가 보다

해바라기씨가
까맣게
다 익었다

                             —「해바라기씨」 전문

    미국 메이저리그 야구 경기의 한 감독이 해바라기씨를 쉴 새 없이 까먹는 모습을 보고 그것을 창문 너머 해바라기와 연관 지어 쓴 작품이다. 이 작품을 읽노라면 얼핏 영국 프리미어 리그 맨체스터 유나이티드의 알렉스 퍼거슨 감독이 경기 때마다 껌을 엄청난 속도로 씹어대는 모습이 겹쳐진다. 두 감독의 공통점은 초조함일 것이다. 그것이 해바라기씨든 껌이든 상관없이. 만약 해바라기가 이 모습을 본다면, 두려움으로 얼마나 초조해

할까. 아마 그것 때문에 씨가 더욱 까맣게 익었을지도 모른다. 「해바라기씨」는 이렇게 한 편의 '이야기'로 흘러간 작품이다. 이 과정에서 "엄청"이 네 번, "엄청 초조한가 보다"가 두 번, "해바라기"가 네 번, "해바라기씨"가 세 번, "까먹어 대" "까맣게"의 "까"가 세 번 '반복'되었다. 알다시피 반복은 주제를 환기하며 리듬을 만들어낸다. 읽는 데 도움을 주며 시를 자연스럽게 스미게 한다. 이 작품에서 '변화'는 장면의 이동에서 온다. 텔레비전에서 창문 너머 해바라기로 시선을 옮겨 혹 모를 단조로움을 피했다. 자연스럽게 작품에 입체성이 입혀진다.

앞에 예로 든 「팽나무가 쓰러졌다」에는 "팽나무"란 단어가 다섯 번 나온다. 그 가운데 뒤의 네 곳은 시인에 따라 쓰지 않을 수도 있는 곳이다. 그런데 송찬호는 네 곳 모두에 "팽나무"를 집어넣었다. 태풍에 쓰러져 마을에서 영영 사라질 운명에 처한 팽나무를 독자에게 오래도록 각인시키기라도 하려는 듯이. 나는 그것을 군더더기가 아니라 시인의 창작방법에 따른 것으로 읽었다.

어린이 독자는 밋밋하거나 앙상한 것보다 이야기가 들어 있는 동시에 더 예민하게 반응한다. 생략과 여백과 비약과 암시를 포함하는 작품은 그렇지 않은 작품에 비해 어려울 수밖에 없다. 그렇지만 이야기(상황 설정)와 반복과 변화 주기가 적절히 배치된다면, 이런 난점을 뛰어넘어 어린이 독자에게 더욱 가까이 다가갈 수 있을 것이다.

『열린어린이』 2012년 3월호

나는 연두,
아직 많은 게 남은

연두

—박성우 청소년 시집 『난 빨강』

감상 주체에 대한 새로운 발견

박성우 시인의 『난 빨강』(창비, 2010)은 우리나라 최초의 '청소년 시집'이다. 지금까지 청소년이 쓴 시를 묶어낸 책이 아주 없지는 않았지만, 어른 시인이 오직 청소년 독자를 생각하고 쓴 시가 오롯이 한 권의 시집으로 묶여 나오기는 이것이 처음이다. 청소년들을 향한 시인의 관심과 애정이 각별하지 않고는 좀체 나올 수 없는 시집이 나온 것이다.

현재 우리나라 청소년들에게 시는 문학작품으로 감상되기보다는 시험용 제재로 분석된다. 이렇기는 교과서에 실린 모든 시 작품을 각종 시험용 제재로 흡수해버리는 교육 현실에 가장 큰 원인이 있겠지만, 이것 못지않게 교과서 시가 대부분 감상 주체인 청소년의 삶과 얼마간 동떨어진 내용으로 되어 있다는 사실을 눈여겨볼 필요가 있다.

박성우는 이 부분에 주목했다. "시 앞에서 쩔쩔매던 지난날에게 한 방

먹여"줄 수 있는 통쾌의 지점을 청소년들에게 보여주고 싶었던 것이다. 즉, 시는 감상 주체의 삶과 동떨어진 것이 결코 아니며, 바로 '나'-'우리'가, '나-우리' 이야기가 시라는 사실을, "아직 많은 것들이 지나간 어른이" 아닌 "초록으로 가는 연두이거나 톡톡 튀는 빨강, 같은/ 청소년 친구들"에게 "신나고 재미있게"(「시인의 말」) 펼쳐 보여주고 싶었던 것이다.

『난 빨강』에 실린 작품은 둘로 대별된다. 하나는 '청소년 화자'를 내세워 전형이거나 개별인 청소년의 현실을 보여주는 것이고(「공부 기계」「서울대」「심부름」등), 다른 하나는 '시인 화자'(때론 청소년 화자의 모습을 띠기도 한다)가 청소년의 눈높이에서 쉽게 이해할 만한 시의 세계를 보여주는 것이다(「가벼운 이사」「몸부림」「닭」등). 청소년 화자 작품이 강한 공감을 불러일으켜 청소년 독자를 빨아들인다면, 시인 화자 작품은 시나브로 이들을 시의 세계로 이끌어간다. 그런 점에서 이 책은 청소년 현실에 대한 시적 보고서이자 시 입문서라고 할 수 있다.

시, '나-우리' 이야기

박성우가 이 시집에서 다루는 소재에는 제한이 없다. 그동안 아동 청소년 관련 운문 영역에서 금기로 되어왔던 흡연(「공원 담배」), 가출 충동(「전쟁과 평화」「신나는 가출」), 몽정(「몽정」), 자위(「문 잘 잠가」), 성적 접촉 또는 2차 성징과 관련된 구체적 표현(「두고 보자」「버스」「은밀한 면도」「면도 후」「정말 궁금해」「몽땅 컸어」), 어른의 권위에 대한 도전과 야유, 그 이중성에 대한 폭로(「좀 봐줘요」「헷갈려」「안 그러이껴?」「쓰레기통」)에 이르기까지 박성우는 이러한 금기들을 의도적이고 반복적으로 깨뜨림으로써 이들을 일상의 영역으로 끌어내 비금기화하고 별것 아닌 것으로 만들어버린다. 이를 통해 박성우는 청소년 독자로부터 '저질 변태'라는 손가락질보다는 오히려 폭넓은 믿음과 공감을 획득했을 가능성이 크다. 왜냐하면 현실의 생동하는 청소년을 구체적으로 표현해 독자의 공감을 이끌어내는 한편, 이들의 의문과 고민과 아픔과 비밀을 어루만져주는 따뜻한 어른의 손길과 품, 성숙을 향한 전망까지를 보여주고 있기 때문이다.

> 엄마, 사다리를 내려줘
> 내가 빠진 우물은 너무 깊은 우물이야
>
> 차고 깜깜한 이 우물 밖 세상으로 나가고 싶어
>
> ─「보름달」 전문

「보름달」의 화자는 지금 실존의 위기에 처해 있다. 그 연유를 밝히지는 않았지만 시집 전체의 흐름으로 볼 때, 그는 우리나라 청소년 일반의 전형, 즉 성적 경쟁에 내몰린 나머지 출구를 잃고 구원의 손길을 애타게 구하는 존재에 해당한다. 그런데 화자의 다급한 호소에도 불구하고, 이 시는 무척이나 흥미롭게 다가온다. 알다시피 보름달은 우물에 비칠 수는 있어도 결코 빠지지는 않는다. 그런데 보름달 화자는 자기가 깊고 차고 깜깜한 우물 속에 빠져 있다고 생각한다.

여기서 '우물'은 일종의 '매트릭스'로 모든 실재의 인위적 대체물인 '시뮬라크르'의 세계를 상징한다고 볼 수 있다. 보드리야르에 따르면, 가상 실재가 실재를 지배하고 대체하여 재현과 실재의 관계가 역전됨으로써 더이상 모사할 실재가 없어진 시뮬라크르들은 실재보다 더 실재 같은 '하이퍼 리얼리티'를 생산해낸다고 한다. 하늘에 떠 있는 보름달이 실재라면, 스스로를 우물에 빠졌다고 생각하는 보름달은 가상 실재를 실재라고 믿는 시뮬라크르, 하이퍼 리얼리티에 꼼짝없이 갇힌 존재의 내면을 환기한다. 일테면 '우물'이 아니라 '우물 매트릭스'에 빠진 것이다.

그나마 이것이 매트릭스의 상태보다 나은 것은, 주체가 자신이 실존의 위기에 직면해 있다는 것을 인식하고 절대자("엄마")를 향해 "우물 밖 세상으로 나가고 싶"다고 간절히 호소하고 있다는 사실이다. 여기서 한 발을 더 내딛으면, 그것이 지배 이데올로기에 의해 구축된 깊고 차고 깜깜한 매트릭스에 불과하다는 사실, 우물 밖의 진실과 마주칠 수도 있을 것이다. 그러면 어쩌면 누군가는, 이 강고하고도 끈덕진 '우물 매트릭스'를 깨고 나갈 수 있을지도 모른다.

그런데 "엄마"라니? 엄마야말로 보름달을 '우물 매트릭스'에 집어넣고 거기에서 빠져나와야 성공한 삶이라고 녹음기를 틀어대는, "밥 먹다가도/ 설거지하다가도/ 청소하다가도" 서울대에 들어간 "완상 오빠 반만 따라가라,/ 라는 말을 입에 달고"(「서울대」) 사는, "잔소리를" "다이어트 약처럼 하루도 안 빼먹고 꼬박꼬박"(「1318 다이어트」) 먹여주는, 매트릭스의 충실한 신민이 아닌가. 사회의 최소 단위인 가정까지 철저히 매트릭스가 된 나라의 청소년들은 더 나은 신민으로 살아남기 위해 자기를 잃어버리고, 그것마저 "하도 오래되어서 언제 잃어버렸는지 기억도 가물가물"한 채(「오래된 건망증」) "기계처럼 이어지는 수업을/ 기계처럼 듣는" 공부 기계(「공부 기계」)로 전락해간다. 그것을 매트릭스에서는 "아름다운 풍경"이라고 부른다.

나의 지독한 몸부림이 누군가의 눈에는 그저 아름다운 풍경으로 비춰질

때가 있다 가령

　물고기가 뛸 때다, 해 질 무렵 물고기가 튀어 오르는 것은 붉고 고요한 풍

경에 격정적인 아름다움을 더하기 위해서가 아니다 그것은 비늘 안쪽으로 파

고드는 기생충을 털어내기 위한 물고기의 필사적인 몸부림이다 농부가 해 지

는 들판에서 땅에게 허리를 깊게 숙이는 것 또한 마찬가지, 농부는 엄숙하고

도 가장 서정적인 아름다움을 더하기 위해 풍경으로 남아 있는 것이 아니다

　깜깜한 어둠 속에서도 앞다투어 빛나는 학교와 도서관과 공부방 또한 마

찬가지

—「몸부림」 전문

　그렇다고 『난 빨강』의 세계가 '우물 매트릭스'의 체제를 부정하고 이로부

터 비관과 비판과 일탈을 충동하는 것이라고 볼 수는 없다. 그보다는 '우

물 매트릭스'에 붙들려 살아가는 청소년들의 현실을 깊이 들여다보면서 그

들의 아픔과 좌절의 심정을 들어주고 대변하는 한편, 깊고 차고 깜깜한

우물 속에서도 빛나는 연두의 발랄(어쩌다가는 발라당), 유쾌, 솔직, 순정,

관계 맺음, 꿈을 노래한다고 볼 수 있다. 그리하여 시인은 부정을 넘어 긍

정의 세계로, 우물 밖 세상을 향한 성숙의 지평으로 청소년 독자를 이끌

어간다. 가령 흡연 청소년을 화자로 내세운 다음 작품의 서사적 전개방식

을 눈여겨보면 시인이 청소년 독자를 어떤 지대로 안내해가는지를 금세

알 수 있다.

공원에 모여 담배를 피웠다 우리가 담배를 피웠다기보다는 담배가 우리를 피어오르게 했다 침을 찍찍 뱉어야만 할 것 같았고 수시로 어깨와 팔을 건들건들, 짝다리를 짚어야만 할 것 같았다 뻐끔 담배를 피우는 건 유치한 일이야, 연기를 목 깊이 빨아들이다보면 몸이 어질어질해왔다 데이트하러 온 연인들도 슬슬 밤 공원을 뜨고 뜸하게 오가던 발길도 끊기면 담배를 피우는 일도 덩달아 시큰둥해져왔다 누군가 불쑥 시비라도 걸어오면 재밌겠지 그치? 우리는 침을 퉤퉤 뱉으며 담배를 비벼 껐다 어쩔 때는 엉뚱하게도 우리끼리 시비가 붙어 주먹다짐 직전까지 가기도 했지만 곧 싱겁게 헤어졌다 알짱알짱 시시껄렁하게 담배를 피우는 일도 점점 싱거워져 갔다

—「공원 담배」 전문

이런 서사적 전개방식은 컴퓨터에 중독된 아이를 화자로 내세운 「컴퓨터를 조심해」나 학교를 그만둔 아이의 독백을 담은 「그깟 학교」, 가출 계획을 모의한 아이들의 이야기인 「신나는 가출」 등에서도 예외 없이 확인된다. 즉 시인은 문제가 될 만한 사안의 경우에는 사태의 단면을 그대로 보여주지 않는다. 그 대신 하나의 사태가 시간이 흐름에 따라 어떤 과정을 거쳐 어떠한 결말에 이르게 되는지를, 서사적 기법을 통해 보여준다. 경험의 폭이 어른보다 좁은 청소년 독자에 대한 배려인 것이다. 사실 이와 같은 서사적 기법은 청소년 독자에게 한 가지 사태의 전말을 온전히 조망할 수 있는 안목을 길러줄 수 있다.

청소년 독자의 반응

청소년들은 『난 빨강』을 어떻게 읽었을까. 이 시집이 출간되었을 무렵 아이들에게 이 책을 읽게 한 뒤 시집 전체에 대한 감상을 500자로 쓰게 하고, 이어서 그 가운데 가장 마음에 와 닿은 시 한 편을 골라 같은 분량으로 감상을 쓰게 했다. 반응은 폭발적이었다. 자기 이야기라고 했다. 쉽고 재미있다고 했다. 이런 것이 시가 될 줄은 몰랐다고 했다. '야해요.' 이러면서 킥킥거리는 아이들도 있었다. 위로를 받았다고 했다. 어른이 되고 싶지 않다고, 어른이 되어서도 많은 것이 지나가지 않아 언제든 꿈을 꿀 수 있는 아직은 "연두"이고 싶다고도 했다. 그 가운데 두 편을 소개한다.

다들 우리한테 니네 때가 좋은 거라고, 돈 받고 다니는 직장보다 돈 내고 다니는 학원이 백 배 편하다고 말한다. 다 자기네들 기준이다. 우리가 돈 받고 다니는 직장인의 슬픔을 어떻게 알까. 결국 '나 지금 돈 벌고 와서 피곤하니까 그깟 공부 힘들다고 징징대지 말고 입 다물라'는 거다. 이 책은 그런 자기네들 기준을 없애고 우리를 봐주는 거 같아서 좋다. 반에서 일, 이 등 하는 누나는 공부 기계로 사느라 자기가 누군지 잊어버려 힘들고, 뒤에서 오 등 정도 하는 애는 오해를 받아도 말대꾸 한 번 못 하고 가만히 있느라 힘들다. 그거 말고도 친구 만들기도 힘들고 일진 애들 감당하기도 힘들고 복잡한 집안 사정도 힘들다. 그런 거 힘들다고 생각할 새도 없이 살다가 누가 '이러고 저래서 힘들고 아프지?'라고 해주니까 갑자기 서러워진다. 그러다가도, 우린 아직 연두처럼 어리고 미완성이니까, 이게 다가 아니고 아직 끝난 거 아니니까 나중에 어떤 날들이 올지 모르니까 괜히 기분이 좋아진다. 서럽고 걱정돼도 아직 다른 뭔가 있다는 게 느껴진다.

난 「보름달」이라는 시를 인상 깊게 읽었다. 우린 지금 답답해 죽겠다. 솔직히 도대체 우리가 머리카락을 빨주노초로 염색을 하든 뭘 하든 다들 왜 그렇게 신경을 쓸까. 좀만 가만히 생각해보면 말도 안 되는 거다. 교복 입는 것도 미친 듯이 답답한데 그 위에 외투를 뭐 입는 것까지 쪼아댄다. 그 답답한 걸 그냥 다 받아들이고 공부해서 전교 일 등 하면 이 세상 사람이 다 주목하고 박수쳐줄까. 그냥 여전히 답답한 우물 속에서 벽 타고 올라가는 거 아닐까. 타고 올라가게 사다리 좀 내려달라고 소리치면 우물 벽을 더 조이면서 이 벽 타고 올라오라고 하는 거 같다. 소심한 애들은 우물 바닥을 파고 내려갈지도 모르겠다. 그러다가 돌아버리겠지. 우린 납득할 수 있게, 사다리를 내려달라고 열심히 외쳤다. 근데 자꾸 이러면 언젠가 그냥 미친 척 우물을 다 부수어버릴지도 모르겠다. 머릿속으론 수없이 그러고 있다. 근데 이제 자꾸 우물에 익숙해지고 우물 벽을 부술 기운도 없어지는 것 같다. 자꾸 우물 벽을 타고 기어오르려고 한다.

— 임지우, 충북 충주여중, 3학년

이 시집을 읽어보기 전까지 시는 내게 어렵고 먼 존재였다. 『난 빨강』에 수록된 대부분의 시는 내가 살아가는 모습을 시로 표현한 것이어서 공감할 수 있었다. 시들이 공부와 수업에 지친 오늘날 청소년들의 마음을 대변해주는 것 같았다. 「1318 다이어트」에서 선생님과 엄마의 잔소리를 꼬박꼬박 먹는 것처럼, 「공부 기계」에서 기계처럼 공부하는 학생들처럼, 현재 청소년들은 공부로 인한 스트레스를 받고 있다. 어른들은 청소년들에게 높은 점수와 등수를 요구한다. 한 편의 시를 읽으면서도 공감을 하고 생각을 하는 것이 아니라 좋은 점수를 받기 위해 머리를 굴릴 뿐이다. 『난 빨강』은 내가 공감하면서, 내 생활과도 비교하면서 재미있게 읽을 수 있었던 시집이었다.

이 시집에 실린 시 중 가장 기억에 남는 시를 꼽으라면 「몸부림」을 꼽고 싶다. 고요한 호수에서 물고기가 튀어오르는 것은 사람들의 눈에 비친 풍경이 아름다워지라고 하는 것이 아니다. 비늘 안쪽으로 파고드는 기생충을 털어내기 위한 필사적인 몸부림이다. 해 질 무렵 허리를 숙이는 농부도 마찬가지이다. 자신이 키우는 곡식을 위한 농부의 몸부림이다. 이러한 몸부림을 보고 아름다운 풍경이라며 입에 미소를 띠는 사람들이 잔인하게만 느껴진다. 밤늦게까지 불이 켜져 있는 학교, 학원, 공부방 역시 마찬가지이다. 밤늦도록 공부하는 학생들을 보면 어른들은 그저 흐뭇한 미소만 지을 뿐이다. 어린 나이에 사회에서 살아남기 위한 몸부림을 감상하는 것이다. 이는 농부를 보며 아름다운 풍경이라고 말하는 사람들과 다르지 않다. 살아남기 위한 몸부림을 본다면 다가가 손을 내밀어주어야 한다. 부담과 기대보다는 격려와 용기를 주어야 한다. 아니, 적어도 이런 몸부림을 아름다운 풍경 취급하며 감상해서는 안 된다고 생각한다.

—이진경, 충북 예성여중, 2학년

이제까지 출간된 동시집과 시집 전체를 통틀어 감상 주체로부터 이렇듯 전폭적인 공감을 획득한 것은 아마도 『난 빨강』이 처음이지 않을까 싶다. 그것은 감상 주체의 연령대를 청소년(중·고등학교 6년이라는 시간의 범위 안에 드는, 일정한 전형을 지니면서도 구체적 개성으로도 존재하는 독자)으로 국한하여 접근한, 이 연령대에 걸맞은 시가 없고 그래서 반드시 있어야 한다는, 시인의 기획의도와 문제의식이 제대로 들어맞았음을 말해준다.

또한 이 연령대의 독자들이 앞으로 새로운 시의 수요층으로 폭넓게 자리를 잡아갈 수도 있으리라는 점, 그로부터 이제까지의 시와 동시가 미처 챙기지 못한, 엄연히 존재함에도 배제되어 있던 '청소년 독자'의 문제를 좀 더 숙고하게 만들었다는 점도 『난 빨강』이 시단에 던진 과제라고 할 수 있다. 나아가 동시와 구분될뿐더러 시와도 구분되는 '청소년 시'만의 자리, 또한 '청소년이 쓴 청소년 시'와도 구분되는 '어른 시인이 쓴 청소년 시'의 경계를 어떻게 설정할 것인가도 생각해보게 한다.

청소년을 위한 시 입문서

앞서 말했듯이 『난 빨강』은 청소년을 위한 시창작 입문서이기도 하다. 비교적 손쉽게 모방해볼 수 있는 청소년 화자 시(「대체 왜 그러세요」「좀 나 둬요」「꼭 그런다」 등)에서부터 산문시(「한 마리 곰이 되어」「공원 담배」 등), 자유시와 산문시의 혼합(「몸부림」), 사투리 시(「안 그러이꺼?」), 널리 알려진 이야기와 현실을 결합해 빚어낸 시(「가시고기」), 자유로운 말의 재미를 보여주는 시(「아직은 연두」「난 빨강」「훌라후프」「한 마리 곰이 되어」「우리들의 수다」 등), 제목의 효과와 중요성을 생각하게 하는 시(「보름달」「쓰레기통」 등), 청소년 시의 경계를 넘어 그 자체로 좋은 시(「가벼운 이사」「닭」「몸부림」), 짧은 글에 짧지 않은 서사를 담는 방법을 보여주는 시(「공원 담배」「그깟 학교」「신나는 가출」 등), 일정한 독해 훈련을 필요로 하는 시(「말조개」「압정별」「송아지」)에 이르기까지 청소년이 시창작에 참고할 만한 작품을 두루 포함하고 있기 때문이다.

이는 우연의 일치라기보다는 시인이 의도한 것일 가능성이 더 크다. 청소년에게 "시 앞에서 쩔쩔매던 지난날에게 한 방 먹여주시길."(「시인의 말」)

하고 바란 시인의 '청소년 시창작론'이자 '청소년 시론'을 포함한 시집으로도 보이기 때문이다. 이런 점에서 『난 빨강』은 이오덕이 엮은 『일하는 아이들』의 청소년판이라고 할 만하다. 앞서 본 대로 『난 빨강』은 현재 우리나라 청소년의 삶에 대한 시적 보고서이자 시 입문서이면서 청소년 독자를 성숙의 지평으로 이끌어가는 책이다. 『난 빨강』이 더 많은 가정과 교실과 도서관으로 들어가서 청소년 독자와 즐겁게 만나야 한다고 보는 이유다.

『열린어린이』 2011년 9월호

너른 품으로
안아주는

시

—성명진 동시집『축구부에 들고 싶다』

> 우리 모두에게는 우리를 진지하게 수용해주는 어머니와 같은 존재가 필요하다. 우리의 모든 부분이 훌륭하다고 확신시켜주고, 무슨 일이 일어나도 우리를 위해 있어줄 것이라는 믿음을 주는 그런 존재가 필요하다. (……) '건강한 자기애적 양식들'(……)에는 바로 나의 모습 그대로 사랑받고 존중받음, 특별한 돌봄과 대우를 받는 것, 어머니가 떠나지 않으리라는 확신을 갖는 것, 진정으로 보살핌을 받는 것 등등이 모두 포함된다. 어린 시절에 이런 필요들이 모두 충족되었다면, 성인이 된 후 더이상 이것을 찾아 헤맬 필요가 없게 될 것이다.
>
> —존 브래드쇼,『상처받은 내면아이 치유』(학지사, 2004) 부분

성명진 시인이 등단 20년 만에 낸 첫 동시집『축구부에 들고 싶다』(창비, 2011)는 따뜻하다. 한 편씩 읽어가노라면 마치 어머니, 아버지 품에 안겨드는 것 같은 느낌이 든다. 사람과 동물과 식물을 따스하게 품어 안는 시인에게서 자애로운 어버이의 품이 느껴지기 때문인 듯싶다.

붓꽃잎 자매는

올해도 옷을

말쑥하게 차려입고 나왔다.

저 아래엔

다정하고 부지런한

어머니가 계시나 보다.

—「뿌리」 전문

이 작품은 세상을 따뜻하게 바라보고, 그것을 꾸밈없이 나타내는 것만
으로도 얼마든지 좋은 시가 태어날 수 있음을 보여준다. 세상을 따뜻하게
바라본다는 것은, 그에게 가까이 다가가서 그의 마음으로 세상을 바라본
다는 말이다. 가까이 다가가야 붓꽃잎을 그냥 붓꽃잎이 아닌, "붓꽃잎 자
매"로 볼 수 있다. 가까이 다가가야 붓꽃잎 자매가 올해도 옷을 참 말쑥하
게 차려입었다는 것을 알 수 있다. "올해도"라는 말은, 지난해에도 붓꽃잎
을 눈여겨보았기에 할 수 있는 말이다. 이렇게 여러 차례 가까이 다가가서
본 뒤에야, 나에게뿐만 아니라 붓꽃잎 자매에게도 "부지런한/ 어머니"가
계시리라고 상상할 수 있다.

실제로 내가 붓꽃을 가까이에서 지켜보기는 올해가 처음이었다. 3년 전
가을, 무슨 볼일인가를 보러 시청에 들렀을 때 붓꽃 씨앗을 한 주먹 받아
와 마당가에 뿌렸다. 이듬해 봄, 싹이 올라왔다. 그러나 꽃대를 올리지는
않았다. 지난해 봄에도 마찬가지였다. 붓꽃은 몇 년을 자라야 꽃대를 올
리는 모양이었다. 올봄에는 조바심까지 났다. 다른 집 붓꽃은 꽃대를 쭉

쭉 올렸건만 이 아이들은 그럴 기미조차 보이지 않았다. 꽃을 보자면 1년을, 혹은 몇 년을 더 기다려야 하나보다 하고 며칠째 붓꽃잎 앞에 쪼그리고 앉았다. 그런데 어느 날 잎과는 조금 달라 보이는 무언가가 보였다. 꽃대였다. 그제서야 나는 붓꽃은 싹이 트고 3년째부터 꽃대를 올린다는 사실을 알았다. 그것도 다 그런 건 아니고 그중 조숙한 것만 그러는 모양이었다. 50여 포기에서 꽃대를 올린 것이 고작 여섯 개밖에 되지 않으니 말이다. 그럼 이제 우리 집 마당에도 마침내 붓꽃잎 세 자매가 태어났다고 말해도 될까? 며칠이 가도록 그런 줄만 알았다. 성명진 시인이 말한 "붓꽃잎 자매"가 붓꽃 두 대를 가리키는 줄로만 알았으니 말이다. 그런데 그게 아니었다. 붓꽃은 꽃대 하나에 위 꽃과 아래 꽃이 짝을 지어 두 송이로 피었다. 위 꽃이 아래 꽃보다 조금 커서 정말이지 언니가 동생을 포대기로 둘러업고 있는 모양이었다. 아, 그래서 "붓꽃잎 자매"라고 했구나!

지금 나는 여기까지 보았다. 내가 만약 이 상태에서 붓꽃잎 시를 쓴다면 어디에 초점을 두게 될까? 나는 붓꽃의 이러한 형상을 초점화했을 것 같다. 상투적이긴 하지만, 언니가 동생을 포대기로 꽁꽁 동여 업고 밭일 가신 어머니를 기다리고 있다거나 어머니가 어린 자식을 업고 아버지를 기다린다는 식으로. 혹은 자장가를 부르며 아기를 재운다고 했을지도 모른다. 그도 아니면 붓의 형상에 집중하거나 '붓―꽃'의 관계에 착안해서 붓에서 꽃으로 나아가는 과정을 그렸을 수도 있겠다. 중요한 것은 무엇인가를 놀라운 심정이 되어 새롭게 바라보게 되었을 때, 시인은 누구나 자신을 놀라게 한 그 핵심을 치고 들어갈 것이란 점이다.

성명진 시인은 그것의 "저 아래"로 내려가 보이지 않는 곳에 계신 "다정하고 부지런한/ 어머니"의 존재를 더듬는 방식을 취했다. 그리고 이러한 방식은 성공한 것으로 보인다. 일단 붓꽃을 바라보는 하나의 시선을 새롭게 제시하는 데 성공했다. 이 작품 이후부터 독자들은 붓꽃을 보면서 땅속 어머니의 존재를 떠올리지 않을 수 없을 것 같다. 그러함에도 땅속 어머니의 존재라는 설정은 지극히 교훈적이다. 붓꽃잎 자매에게 "올해도 옷을/ 말쑥하게 차려입"힌 어머니는 유한계급의 어머니가 아니다. 분명 좋은 일보다는 궂은일이 많을, "저 아래"의 삶을 사실 어머니다. 그러므로 그 어머니는 먹고사는 일로 부지런할 수밖에 없다. 더구나 자매를 다정히도 사랑하여 없는 살림에도 옷가지를 말쑥하게 차려입히신다. 성명진의 "붓꽃잎 자매"가 더없이 어여쁘게 다가오는 까닭이다. 그럼에도 교훈의 메시지가 조금도 거슬리지 않는다.

왜 그럴까? 작품에 깃든, 위와 같은 전후좌우의 구체를 일체 생략했기 때문이다. 이것은 이 작품이 현상을 일일이 보고하는 방식이 아니라 현상에서 본질을 곧바로 가리키는 직관의 방식으로 표현되었다는 것을 뜻한다. 그러므로 소재를 명명하는 첫 방식부터 '붓꽃잎'이 아니라 "붓꽃잎 자매"가 될 수 있었다. 말하자면 성명진 동시의 요체는 시의 대상을 단순히 초점화하는 데 있지 않다. 그는 그것을 존재케 하는 넉넉하고 안전한 품으로서의 배후를 제시함으로써 시적 대상에 안정감을 부여하는 데 능숙하다.

이와 달리 「밤길 위」는 시적 대상을 촘촘하게 초점화하는 방식을 취한다. 이 작품은 화자와 대상 간의 거리를 생각해보게 한다는 점에서 자못 흥미롭다. 시인은 대상과 일정한 거리를 둔 화자를 통해 대상의 존재양식을 드러낸다. 이 거리를 통해 시인은 대상의 배후, 또는 그것이 속한 전모를 보여줌으로써 독자와 대상을 따스하고 든든한 보호자에게 안겨들게 한다. 화자는 지금 위에서 아래를 내려다보는 부감자의 자리에 있다.

점 하나가 오고 있다.
동네 앞에도
작은 점 하나가 서 있다.

길 위엔 두 점만 있다.
이윽고
두 점이 가까워진다.

그러더니
말소리가 들린다.

상우냐.
예, 아버지.

한 점이 다른 점에게 안긴다.
커진 점 하나가
집으로 간다.

—「밤길 위」 전문

  오가는 사람도, 자동차 소음도 거의 없는 늦은 밤일 것이다. 높은 층 아파트의 베란다쯤에서 무심히 아래를 보던 시인의 눈에 점 하나의 움직임이 포착된다. 가만 보니 움직이는 점 맞은편에 또 하나 점이 있다. 시인은 눈을 조금 더 크게 뜬다. 움직이는 점이 서 있는 점 쪽으로 가까워지고 서 있던 점이 다가오는 점 쪽으로 가까워지는 게 보인다. 이윽고 두 점이 만나는가 싶더니 두 점 사이에 무언가 두런거리는 소리가 들린다. "상우냐./예, 아버지." 이 소리는 사실일 수도, 아닐 수도 있다. 두 점의 관계 역시 마찬가지다. 중요한 것은 한 점이 다른 한 점을 걱정하여 잠 못 이루고 동네 앞에 나와 서서 기다리고 있다는 것, 한 점의 끝에는 자기를 기다려주는 점 하나가 있고, 그와 함께 돌아갈 집이 있다는 것이다.

이 작품은 메시지만 놓고 볼 때 조금도 새롭다고 할 수 없다. 모든 메시지는 그것이 메시지인 한에서 상투적이다. 특히 동시가 담을 수 있는 메시지는 제한적인 경우가 많다. 그것은 그 자체로 제도적이거나 도덕적이기 쉽다. 때문에 독자의 의식과 감성을 새롭게 헹궈주는 문학이 되기 어렵다. 메시지의 측면에서 이 작품은 밤늦게까지 공부를 하다가 집에 오는 아들을 기다리는 부정의 아름다움을 말하는 것 그 이상도 이하도 아니다.

그러나 이 작품에서 눈여겨볼 것은, 이렇듯 해묵은 소재로 이렇듯 상투적인 메시지를, 조금도 해묵거나 상투적이지 않게 전달하는 방식의 새로움이다. 그것은 앞서 말했듯이 화자와 대상 간의 거리, 부감자의 자리에 있는 화자의 위치와 관계된다. 만약 화자를 이와 다른 위치에 둘 경우, 이 같은 소재와 메시지로 이룰 수 있는 건 많지 않다고 볼 수 있다.

「불빛」의 방식은 이와 또 다르다. 직관도 초점화도 아닌 방식으로 대상이 놓인 자리와 그것을 둘러싸고 있는 품을 비추어 보인다. 화자와 대상의 거리, 화자의 시선이 어떻게 이동해가면서 대상에게 따뜻이 품을 지어주는지에 주목해서 읽을 때 더 흥미롭게 다가오는 작품이다.

오늘 밤엔

용이 아저씨네 집에 켜진 불빛이
세상의 한가운데 같아요.

용이 아저씨가
불빛 속을 들여다보고 있고,
멀찍이서 나무들이
불빛을 둘러싸고 있네요.

그러고 보니
집 밖 언덕배기와 먼 산줄기도
불빛을 둘러싸고 있네요.

환한 그 속에선 지금
갓 태어난 새끼를
어미 소가 핥아주고 있어요.

—「불빛」 전문

    1연보다 2연에서 화자와 대상의 거리가 가까워진다. 2연 2행에서 화자는 대상과의 거리를 고정한 채 시선을 이동시켜 불빛을 둘러싸고 있는 나무들을 그려 보인다. 3연은 더 멀리까지 간다. 집 밖 언덕배기와 먼 산줄기까지. 말하자면 이것은 갓 태어난 송아지를 안는 품의 크기이자 송아지가 자라면서 살아갈 세계의 크기를 환기한다. 송아지는 어버이 자연의 넉넉한 품에서 태어나 그의 넉넉하고 아늑한 사랑과 관심, 보호를 받으며 자라게 될 것이다. 이윽고 4연에서 화자의 시선은 갓 태어난 새끼를 정성껏 핥아 주는 어미 소에 고정된다. 화자와 대상의 거리 또한 그만큼 더 가깝다. "불빛"의 전모가 드러나면서 세상이 문득 따뜻해지고 아늑해진다. 성스럽다.

「뒤에서 가만히」의 화자는 어린이다. 동시에서 어린이 화자를 내세우는 건 좋지 않다는 일부 주장이 있지만, 나는 시에서와 마찬가지로 동시에서도 화자가 무엇이 되든 상관없다고 본다. 다만 화자를 효과적으로 운용하면 될 일이다. 이 작품은 어린이의 모험과 세계 탐색이라는 관점에서, 그리고 시인이 어디에 위치해 있을까를 생각하며 읽을 때 그 의미 파장이 크다. 어린이에게 모험을 할 수 있게 하고, 나아가 세계를 탐색할 호기심과 욕망과 용기를 불러일으키는 것은 무엇일까. 그것은 이 작품에서 나온 것 같은, 사랑과 지지로써 기다려주고 응원해주며 위로해주는 "아버지"의 존재가 아닐까. 그 존재가 있어 아이는 조심스러우나마 차근차근 자기만의 모험과 세계 탐색에 나설 수 있을 것이다.

재미나서 한 가지 더
새 둥지 보러 한 가지 더
그러다가 나무에 너무 높이 올라 버렸다.

문득 휜히 트인 하늘,
내려다보니 아찔한 땅,
무서워 울음마저 나지 않았다.

한참 떨다가

손에 가득 힘을 주고
나무에 바짝 붙었다.

그다음엔
발로 가지를 찾아 디디며
아래로 아래로.

드디어 땅에 내려섰을 때
누가 뒤에서 가만히 등을 도닥여 주었다.
아버지였다.

—「뒤에서 가만히」전문

이 작품에서 시인의 위치는 어디쯤일까? 화자와 같은 위치일 수도 있고, 아버지와 같은 위치일 수도 있다. 그러나 앞선 작품들과 같은 독법, 시인이 시적 대상에 품을 부여하는 방식이라는 관점에서 보면, 시인은 화자와 아버지를 동시에 바라보는 위치에 있을 가능성이 크다. 말하자면 「밤길 위」에서와 마찬가지로, '자식―부모' 관계에 알맞은 사랑의 형식을 부여하는 부감자의 위치에 시인이 서 있다고도 볼 수 있다.

『축구부에 들고 싶다』에는 이렇듯 성숙한 어른의 시선과 품, 메시지를 담은 작품이 적지 않다. 시인은 '어버이―자연'의 품처럼 아늑하고 따뜻하며 넉넉한 세계를 그려 보인다. 그는 "뒤에 처지는 이"도 없고 혼자 "뽐내어 솟아나는 이"도 없이, 서로 다른 여러 사람이 호숫물처럼 "맑고 따스하게" "모여" 살기를 바란다(「호숫물」). 시인의 바람은 조금 모자라는 듯 보이거나 수줍음 많은 아이를 응원하는 것으로 나타나기도 하고, 사람과 사람, 사람과 동물이 서로 기대어 마음을 나누며 사는 모습을 그리는 것으로 나타나기도 한다.

그러나 이 동시집에서 말재주를 빼어나게 드러낸 작품은 거의 눈에 띄지 않는다. 그런데도 따뜻한 감동으로, 웃음으로 다가오는 작품이 적지 않다. 이것은 감동이 말을 재주 있게 부리는 데서 오는 것이 아님을 말해준다. 감동은 이 세상의 어리고 약한 이들에게 가까이 다가가, 그들의 마음을 따뜻이 보듬어 안는 데서 온다.

『열린어린이』 2011년 7월호

열등의식을 넘어
추문화의 길로

—남호섭 동시집 『벌에 쏘였다』

꼭 6년 만에 나온 남호섭의 세번째 동시집 『벌에 쏘였다』(창비, 2012)는 묵직하다. 주제의식이 단단하고 시적 완성도가 높은 작품으로 꽉 차 있는 동시집 한 권을 다 읽고 나면, 동시의 길이 이토록 아득히 높고도 깊게 뻗어갈 수 있다는 사실에 새삼 놀라게 된다. 남호섭은 임길택 이후, 시와 삶이 어긋나지 않고 동시와 시가 하나가 되는 것을 목표로 고투해온 시인이다. 그는 이원수, 이오덕, 권정생, 임길택으로 이어져온 우리 동시의 사실주의적 전통을 모범적으로, 그리고 발전적으로 계승하면서(각종 산문에서 그는 자신의 문학이 이들에 빚지고 있음을 밝힌 바 있다. 특히 이번 동시집에 실려 있는 「임길택」「조탑리」「하나처럼 —동주와 몽규」 등은 각각 임길택, 권정생, 윤동주에 대한 존경과 동일시의 욕구를 표현한 것이겠다) 언제나 미답의 길로 자신의 문학을 밀고 나간다. 그래서 두번째 동시집 『놀아요 선생님』(창비, 2007)에 실린 「첫 발자국」은 그의 삶과 문학의 어제와 오늘, 그리고 내일을 증언하고 예언하는 '서시'로 읽힌다.

눈이 내렸습니다.

아무도 밟지 않은 눈밭을

내가 걸어갑니다.

240밀리짜리 발자국을

또렷하게 찍습니다.

아이들이 놀리던

팔자걸음이 그대로 찍힙니다.

누가 봐도 내 발자국입니다.

아무도 가지 않은 길을

내가 만들어서

이렇게 가고 있습니다.

—「첫 발자국」 전문

　『벌에 쏘였다』에서도 남호섭은 "아무도 가지 않은 길을" "240밀리짜리 발자국을/ 또렷하게" 찍으며 가고 있다. 그런데 이런 그의 발걸음이 "아이들이 놀리던/ 팔자걸음"으로부터, 열등의식으로부터 강한 동력을 공급받으며 끝내 그것을 밟고 넘어서고 있다는 사실은 흥미롭다. 여기서 열등의식이란 이오덕이 말한 바, "성인문학에 대한" 아동문학(인)의 "열등의식"을 말한다. 물론 이 열등의식은 극복하기만 하면 앞의 시에서처럼 자부심으로 거듭나게 될 터이다. 이와 관련해 남호섭은 한 동시집 뒤에 붙인 해설에서 다음과 같이 이야기하고 있다.

나는 10여 년 동안 열등의식에서 벗어나지 못한 채 동시를 썼다. 열등의식에서 어느 정도 벗어났다고 자각한 것은 불과 몇 해 전이다. (……) 얼마나 벗어나고 싶었을까. 어른인 시인이 아이처럼 말해야 하는 모순을 극복하기 위해 (……) 시인이 하는 말이 곧 아이의 말이 되어 어른과 아이 구분 없는 경지 (……) 그만 포기하고 싶어질 때 그는 어떤 작품들을 읽으면서 용기를 얻었을까.

(……) 아이들을 너무 의식해서 눈치 보는 일 없이, 당당하게 독자들을 자기 세계로 불러들이는 자신감 (……) 시인이 자기가 창조한 세계에서 당당하고 자신감이 넘치지 못하면 독자는 무엇에 기대서 작품에 공감하겠는가. (……) '동시니까 이 정도면 되겠지' 하면서 자기만족에 취해 제 빛깔 없는 작품들을 쏟아내는 것 (……) 더욱 진지해야 하고 절실해야만 (……) 요즘 동시집들은 발랄한 재미를 좇거나 아이들의 마음을 잘 표현하는 장점이 있고 나름의 개성도 있지만, 주제의식이 빈약한 점이 아쉽다.

(……) 동시를 굳이 '시'와 구분 짓는다면 나는 가장 먼저 이 꾸밈없음을 꼽겠다. 대상에 대해서나 시인 자신이 하고 싶은 이야기에서나 지극히 단순해져서 곧바로 독자에게 다가가 어떤 울림을 주는 일. 그것은 아이처럼 맑은 눈을 통해 동심을 얻었을 때만이 가능할 것이다. (……) 동시가 어떠해야 한다는 정답은 애초부터 없는지도 모른다. 답은 시인 스스로 내야 한다고 생각한다. '내가 쓰는 이것이 동시다'라는 자부심으로 자기 세계를 끝까지 밀고 나가면 정답이 보일지 모르겠다.

　　　　—「더불어 함께 걷는 길」, 『축구부에 들고 싶다』(창비, 2011) 해설 부분

남호섭의 열등의식은 첫 동시집 이후 12년 만에 낸 두번째 동시집 『놀아요 선생님』의 성공에 힘입어 자부심으로 바뀌게 된다. 독자와 평단의 호의

적 반응은 자신의 방향이 잘못되지 않았음을 확신케 하는 동시에, 동시로서의 방법적 실험을 조금 더 강도 높게 밀고 나가게 한다. 그의 말마따나 "어른인 시인이 아이처럼 말해야 하는 모순을 극복하기 위해" 그는, "시인이 하는 말이 곧 아이의 말이 되"는, "어른과 아이"가 "구분 없는 경지"를 지향하게 되고, "그만 포기하고 싶어질 때"마다 선배 시인들의 "작품들을 읽으면서 용기를" 수혈 받았을 것이다. 그러니『벌에 쏘였다』야말로, "'내가 쓰는 이것이 동시다'라는 자부심으로 자기 세계를 끝까지 밀고" 나간 결과물이라 하겠다.

　무엇보다『벌에 쏘였다』를 묵직하게 떠받치고 있는 것은, 제5부에 집중 배치된 '역사·인물 시'인데, 그 앞에 실린「임길택」「조탑리」「작은 꿈」「똑같네요」「지리산 외공리」「구덩이 속에」「2011년 7월 27일」「축구」「폭격 구경하는 이스라엘 사람들」까지 포함하면,『놀아요 선생님』의「간디학교」연작이나 산문 및 콜라주 기법을 과감하게 도입한「고래의 죽음」「꼬마잠자리」의 주제 및 소재, 방법적 다양성을 좀더 집중적으로 역사와 인물, 사건에 쏟았다는 것을 알 수 있다. 실상『벌에 쏘였다』의 전편이 사람에 관한 것이라고 해도 무방하다.

　동시의 범주를 떠나 시 전체로 보면 남호섭의 작업이 전적으로 새로운 것은 아니며, 고은의『만인보』나 이시영의 전매특허가 되다시피 한 콜라주 기법 등 선구적 작업에 빚진 바 크다고 하겠다. 특히 송찬호의「사슴뿔 숙제」전문을 인용하고 그 아래 감상을 덧단「내 사슴뿔」은 김사인의「다리를 외롭게 하는 사람」의 형식을 차용한 것이다. 그러나 그렇다고 하여 그것이 남호섭의 도전과 실험, 시 정신에 대한 조금의 폄훼도 될 수 없으며, 그보다는 오히려 동시에 시를 강화하려는 노력과 현실의 모순에 간절히 응전코자 한 시인의 문제의식에 주목하게 한다. 그의 이야기를 다시 들어보자.

새로운 것을 써야 된다. (……) 남하고 달라야 되지, 남들도 다 표현하는 걸 할 필요가 뭐가 있겠나. (……) 다른 세계를 열어야 하지 않을까? (……) 동시에서 시도 안 한 그런 걸 (……) 애들한테 즐거움뿐만 아니라 뭔가 오래 남을 수 있는, 마음에 뭔가를 심어줄 수 있는 (……) 발언을 해도 되지 않을까? (……) '교훈성', 이것을 좀더 승화시킬 수 있는 방법이 없을까? 이 시대에 어떤 이야기를 할 수 있을까? (……) 그렇다면 근본 문제가 뭘까?

(……) 역사, 현대사를 다시 한번 (……) 우리 역사에 이런 인물 (……) 불의에 맞서고. 이런 시대일수록 되새겨볼 인물들이 누가 있을까? (……) 평전을 많이 읽었어요. (……) 아이들이 읽을 수 있으면서도 발랄하지도 않고, 아이들이 이해할 수 있는 어른의 세계 (……) 티브이 프로그램을 봐도 연예인들 나와 가지고 막 떠드는 쇼 프로그램 보고 애나 어른이나 거기에 홀딱 넘어가잖아요. 낄낄거리고. 거기서 받는 재미하고, (……) 〈아프리카의 눈물〉〈아마존의 눈물〉 이런 건 애들이 봐도 오래갈 테지요. 그러니까 제가 볼 때는 '애들은 요런 재미를 좋아해', 이건 정답이 아니라고 봐요.

(……) 내가 열심히 하면, 그 결과가 나오면 열등의식이 벗어지겠죠. (……) 인물을 통해서, 이건 뭐 옛날이야기 들려주듯이, 그러면서 좀더 근본적인 것을 다루는 것이 어떨까? (……) 동시의 한계 (……) 그것도 어떻게 하면 넘어설 수 있는 방법이 없을까? (……) 전범들이 있으니까요. 이원수 선생님 같은 경우에도 있고, 시에서는 또 얼마든지 그런 게 있으니까.

—「남호섭 시인에게 듣는다」 부분, 『동시마중』 2011년 1·2월호

이명박 정부 출범과 함께 시작된 한국 민주주의의 전면적인 후퇴 현상은 시인으로 하여금 우리 근현대사에서 거울로 삼을 만한 인물을 호출하게 한다. 그들의 삶을 통해 우리 근현대사의 모순을 되새기고, 현재까지 지속되는 모순을 어떤 삶의 길을 선택함으로써 돌파해낼 것인지, 좀더 근본적으로는, 어떻게 사는 것이 옳은 삶인지, "아이들이 이해할 수 있는 어른의 세계"를 전면화하여 일련의 '역사·인물 시'로 기획해내게 되었음을 알 수 있다.

이것은 그가 오랫동안 꿈꾸었던 (동)시의 길, 삶의 길과 자연스럽게 연결되는 것이기도 하다. 또한 자잘한 "재미"의 세계에 빠져 있는 듯한 동시단에 묵직한 일격을 가함으로써 기존 동시를 추문화(醜聞化)하여 새로운 마당을 열어 보이겠다는 시적 발언으로 읽어도 좋을 듯하다. 그는 다음과 같이 질문한다.

이제 우리 동시사에도 이제까지의 동시를 모두 추문으로 만들어버리는 동시집이 나타날 때가 된 듯하다. 그렇다면 그 일은 내가 할 것인가, 네가 할 것인가.
—「동시는 시의 아버지」, 『창비어린이』 2012년 가을호

문제는, 문제의식이다. 『놀아요 선생님』에서 『벌에 쏘였다』까지, 남호섭이 동시단에 제출한 문제의식과 그에 따른 성취는 결코 가볍지 않다. 그가 앞서 밝힌 것처럼, 『벌에 쏘였다』의 많은 작품이 교훈성을 짙게 깔고 있지만(옛이야기를 가져온 「발바닥에 새긴 점」이나 『삼국유사』에서 이야기를 가져온 「수달」도 마찬가지다) 그것은 "좀더 승화"된 교훈성이라는 점에서 도덕적 당위의 세계에 갇힌 교훈주의 동시들과는 차원을 달리한다. 그런 점에서 평

론가 김이구가 다소 상기되어 말한 것처럼, 『벌에 쏘였다』는 국민 교과서로 삼을 만한 면모를 띠고 있다고 할 만하다.(김이구의 글은 동시마중 홈페이지에 게시된 「국민 교과서로 삼아야 할 시집—남호섭 동시집, 『벌에 쏘였다』」를 참고할 것)

해방되기 일 년 전, 두 청년은 군인이었다.

일본군에 강제로 끌려갔던 한 청년은 탈출해서 중국 대륙 육천 리를 걸어가서 대한광복군이 되었다. 천황에게 목숨 바쳐 충성하겠다고 일본 육군사관학교를 다녔던 한 청년은 일본군 장교가 되었다.

서로 적이 되었던 두 청년은 해방된 조국에 돌아와 한 사람은 언론인, 한 사람은 국군 장교로 각자 길을 걸어갔다.

십육 년이 지나서 만주군 출신 국군 장교는 부하들을 이끌고 쿠데타를 일으켰다. 이어서 대통령이 되었다. 광복군 출신 언론인은 대통령의 잘못을 말과 글로 무섭게 비판했다. 감옥에도 끌려갔지만 마치 일제에 맞서는 마지막 광복군처럼 기세가 꺾이지 않았다.

그러던 어느 날, 마지막 광복군은 등산하다 벼랑에서 떨어져 죽었다. 사람들은 그 죽음이 아무래도 이상하다고 의심했다. 큰일을 해야 할 사람이 죽었다고 안타까워했다.

몇 년 뒤, 만주군 장교 출신 대통령도 죽었다. 십팔 년 동안이나 대통령이었던 사람이 어이없게 자기 부하의 총에 맞았다. 어떤 일본인은 일본 제국의 마지막 군인이 죽었다고 슬퍼하기도 했다.

일제 강점기에 한 살 차이로 태어났던 두 사람은 우리 앞을 이렇게 걸어갔다.
*장준하(1918~1975): 광복군 출신 언론인   *박정희(1917~1979): 만주군 출신 대통령
—「두 청년-장준하와 박정희」 전문

　사가(史家)나 기자의 그것만큼이나 엄격하게 유지되는 거리, 특히 마지막 연의 심상한 마무리는 깊은 여운을 남기며 독자를 현재적 모순으로 이끌어간다. 뜨거운 역사의식과 비판정신이 건조한 서술로 통어됨으로써 독자는 오히려, 아니 당연하게, 시인에 의해 통어된 역사의식과 비판정신과 마주치게 되고, 값싼 교훈주의와 역사적 도덕주의를 넘어 묵직한 문학적 감동을 체험하게 되는 것이다. 또한 '동시'라는 장르명을 걸고 이렇게 끝까지 가보는 이는 우리 동시사에 많지 않았다. 밀란 쿤데라는 「시인이 된다는 것」에서 이렇게 쓴다. "시인이 된다는 것은/ 끝까지 가보는 것을 의미하지// 행동의 끝까지/ 희망의 끝까지/ 열정의 끝까지/ 절망의 끝까지".
　'역사·인물 시'는 열등의식에서 출발한 남호섭 동시가 열등의식을 넘어 여실히 추문화의 길에 접어들었음을 보여주면서, 다른 한편 하나의 방법적 실험을 완료한 그의 동시가 앞으로 어떤 식으로 여태까지의 자신의 성취를 배반하고 파산시키며 나아가게 될지를 계속하여 주목하게 한다. 그것은 그가 지금까지 그래왔던 것처럼, 어른과 아이, 시와 동시의 구별이 없는 세계, "아이처럼 맑은 눈을 통해" 얻은 "동심"으로 "지극히 단순해져

서 곧바로 독자에게 다가가 어떤 울림을 주는", "'내가 쓰는 이것이 동시다'라는 자부심으로 자기 세계를 끝까지 밀고 나가"는 기조 속에서 이루어질 것이다. 묘한 사랑의 기미로 설레어오는 「노을」「노을 2」「도라지꽃」 등 '설렘 3부작', 「대숲이 사라졌다」「아무리」 등 '생태·문명 비판 시', 서정성 짙은 목소리로 독자를 시의 시간과 자리로 안내하는 「작은 꿈」 등이 남호섭 (동)시의 미래가 되지 않을는지. 더 많은 시와 서정과 낭만이 남호섭 동시에 찾아오기를 소망해본다.

동시가 가진 한계를 핑계대면서 비슷비슷한 시를 생산 (……) 기발한 아이디어만 생각하고, 말놀이를 넘어 말장난을 일삼고, 웃기는 상황을 일부러 만들고. 가벼운 재미가 넘쳐나는 일반 대중식당 (……) 동시는 재미있어야 한다는 강박에 싸여 자기에게 맞는 방식으로 자기 얘기를 하지 못하는 게 아닌가.

—「시 읽는 진짜 재미」 부분, 『동시마중』 2012년 7·8월호

나는 남호섭과 달리 우리 동시가 더 많은 기발한 아이디어와, 더 많은 말놀이와, 더 웃기는 상황을 연출하며, 가벼운 재미로도 흥성하기를 바란다. 다만 그것이 무비판적으로 시류에 영합한 흐름이 아니라, 남호섭과 같은 단단한 문제의식 속에서 "자기에게 맞는 방식으로 자기 얘기를" 하는 식이라면, 더 크게 장려되고 고무되며 찬양되어야 할 것이라는 생각이다. 따지고 보면 우리 동시는 이제부터가 시작이다.

지금까지가 '동시 일반(一般)'의 시기였다면 이제부터는 '동시 특수(特殊)'의 시기다. 자기 목소리를 독창적으로 일구어내지 못하면, 개성적인 언어와 세계의 돌파가 보이지 않으면 존립이 어려운 상황이 되었다. 시인은

많지만 자기 이름을 자기 작품에 새기는 이는 여전히 손으로 꼽을 정도다. 문제는, 다시 문제의식이다. 도약기를 맞는 우리 동시단의 과제다.

『열린어린이』 2013년 4월호

시가 가는
길은

늘 새길
—정유경 동시집 『까만 밤』

첫 동시집 『까불고 싶은 날』(창비, 2010) 이후 3년 만에 정유경 시인의 두 번째 동시집 『까만 밤』(창비, 2013)이 나왔다. 『까불고 싶은 날』의 해설 「발랄한 언어 감각과 진실한 삶의 태도」에서 김제곤이 잘 지적했듯이, 정유경은 첫 동시집에서 "아이들이 겪을 법한 일상의 일들"과 "아이들 모습과 속마음"을 "아이들 입말에 가까운 진술"과 "발랄한 어조"로 "밝게 그려"내는 솜씨를 보여주었다. 말하자면 주로 어린이 화자를 내세워 아이들의 생활을 좀더 세련되고 발랄하게 그려내는 시인으로 독자에게 다가왔던 것이다. 감각적인 제목과 실험(「비밀」 「잘했군 잘했어」 「2009년 9월 9일 9시 9분 9초」 「룩·퉁·쏙·쏙」 등), 말놀이(「깍두기」), 사회적 관심(「고릴라야 미안해」 「착한 커피」 「까마귀」), 발랄한 어린이 화자(「날 좋아하나 봐」 「비밀」 「윙크 놀이」 「까불고 싶은 날」 등)가 등장하는 작품을 다채롭게 진열해 보여주었지만, 그것이 어떤 하나의 통일된 인상으로 모아진 것은 아니었다. 사후적이긴 하지만, 김제곤이 해설 말미에 전문을 예시한 두 편의 작품(「해와 달과 별」 「새」)

은 향후 시인의 변화 지점과 가능성을 예리하게 짚어낸 것으로 다가온다.

하늘에
해와 달과 별은
매일매일
내 머리 위에 나타나

내가 사는 곳이
우주라는 걸
살짝살짝
알려주지요.

내가 볼 때도
안 볼 때도.

—「해와 달과 별」 전문

새는 길을
외워 두지 않아요.

새는 언제나
새로운 마음으로 하늘을 날고

그래서 새가 가는 길은

늘 새 길.

—「새」 전문

　김제곤은 "새"를 '시'로 바꾸어 읽어도 좋겠다면서 이렇게 덧붙인다. "'시는 언제나 새로운 마음으로 하늘을 날고, 그래서 시가 가는 길은 늘 새 길'이란 말이 제법 그럴듯한 명구로 다가온다. 시의 길은 새의 길처럼 미리 '외워두고 갈 수 있는 길'이 아닐 것이다. 그 길은 언제나 새로운 마음으로 날아오르고자 할 때 비로소 열리는 길이며, 그렇게 열린 길은 우리 앞에 새로운 풍경과 의미를 선사할 수 있다."

　그럼 「해와 달과 별」과 「새」의 공통점은 무엇일까. 어른 시인과 어린이 화자의 목소리가 버성기지 않고 조화롭게 통합돼 있다는 점이다. 또한 그에 힘입어 시와 동시가 자연스럽게 결합된 상태도 눈여겨보게 된다. 이것은 이오덕이 쓴 「동시란 무엇인가」(『창작과비평』 1974년 겨울호) 이래 40년 동안 우리 동시단에 부과된, 오랜 숙제이자 꿈이기도 하다. 이오덕은 이 글에서 동시란 "아동에게 읽힌다는" "전제" 속에 존재하는 것이며, "동시는 먼저 시가 되어야 하고, 그 위에 다시 동시로 되어야 한다."면서, 그 방법을 '어른 시인'과 '어린이 화자'의 일치에서 찾는다. 좀더 구체적으로, "시인 자신의 눈이 그대로 아동의 눈이 되고 시인의 말이 그대로 아동의 말이 되도록 하"자는 것. 동시 독자인 어린이의 이해와 감응 정도, 동시와 시의 경계, 화자 문제 등 동시창작의 난점을 모두 포함하는 글이지만, '시이면서도 시와 다른' '동시'를 써야 하는 시인들에게는 지금까지도 여전히, 버겁지만 즐겁게 껴안아야 할 유의점으로 다가온다. 「해와 달과 별」 「새」

는 이오덕의 이 같은 문제의식에 육박해간 것으로 평가할 만하다.

　그런데『까불고 싶은 날』과『까만 밤』사이 3년, 시인에게 대체 무슨 일이 있었을까. 나는 이 둘 사이에 조심스레 「감기」(『까불고 싶은 날』)를 놓아보고 싶다.

　　내 몸에
　　불덩이가 들어왔다.
　　—뜨끈뜨끈.
　　불덩이를 따라
　　몹시 추운 사람도 들어왔다.
　　—오들오들.

　　약을 먹고 나니
　　느릿느릿,
　　거북이도 들어오고
　　까무룩,
　　잠꾸러기도 들어왔다.

　　내 몸에
　　너무 많은 것들이 들어왔다.
　　그래서
　　내 몸이 아주 무거워졌다.
　　　　　　　　　　　　　　　　　　　　　　　　　　—「감기」 전문

감기는 외부로 향했던 관심을 내부로 불러들여 자기 안에 들어온 외부를 가만히 들여다보게 한다. 동시를 쓰는 시인에게도, '최근 동시단의 변화'라는 감기가 "불덩이"처럼 뜨겁게 찾아오지 않았을까. 실제로 정유경은 '어린이 화자' 논쟁의 한 축을 감당한 적이 있고, '시와 동시의 경계' '시로서의 동시'와 같은 창작 및 비평의 쟁점, 동시의 질적 발전이라는 최근 동시단의 변모 양상을 누구보다 가까운 자리에서 겪은 줄 안다. 이 과정에서 시인은 창작자로서 이를 어떻게 작품으로 풀어낼지 골똘히 고민했을 것이다. 그렇기 때문에 『까만 밤』은 동시단의 이러한 '감기'를 적극적으로 받아들이고, 그것을 자기 고민으로 기꺼이 껴안은 이의 작품집으로 다가온다.

부정의 변증법

『까만 밤』에서 가장 먼저 눈에 띄는 변화는 학교와 집을 무대로 하면서 어린이 화자를 내세운 생활동시가 대폭 덜어지고, 시인과 어린이가 일치된 상태의 화자(어린이의 목소리를 티 안 나게 잘하는 어른 시인이 아니라)가 등장하는 작품이 절대 다수를 차지하고 있다는 점이다.

두 동시집의 제목, 머리말 제목과 머리말 본문에 등장하는 빈출 단어를 비교해보면, 둘 사이의 차이를 또렷이 짚어낼 수 있다. 별로 길지 않은 두 동시집 머리말에는 공통으로, 주어인 "제" "저" 등이 열 번 이상 사용되었는데, 그것보다 흥미로운 차이는 제목과 본문의 열쇳말들이다. 『까불고 싶은 날』 머리말 제목은 「친구야, 안녕!」이고, 『까만 밤』의 제목은 「마음들」이다. 「친구야, 안녕!」에는 "친구"라는 단어가 아홉 번 나오고, 「마음들」

에는 "마음"이란 단어가 열한 번 나온다. 「친구야, 안녕!」에서는 "같이"라는 부사가 초점이고, 「마음들」에서는 "보다"(바라보다, 들여다보다)라는 동사가 초점이다. 시인의 관심이 '낮'("날")에서 "밤"으로, "친구"에서 "마음"으로, "친구"와 "같이"에서 '혼자' "마음"을 "보다"로 이동한 것이다. 이에 따라 깔깔거리고 당돌하며 명랑 발랄한 여자 어린이의 왁자함은 줄고 대신그 자리를 고요한 독백의 투명함이 차지하게 된다. 그러니까 『까불고 싶은날』이 내가 "친구"와 "같이" 생활한 기록이라면, 『까만 밤』은 친구들과의관계에서 오는 소란으로부터 물러나 내 "마음"이 세상과 관계하는 것을 고요히 '들여다본' 기록이라고 할 수 있다. 그 과정에서 어른 시인과 어린이화자가 버성기는 문제가 해소되고, 동시가 시로 부정되고 시는 다시 동시로 부정되는, 동시에서의 변증법적 합일이 가능했을 것이다. 김이구가 『까만 밤』의 해설 「세상을 보는 눈이 깊어진 동시」에서 "정유경의 여러 작품들은 어린이 목소리로 말하고 있는 것이 시인이 짐짓 그런 목소리를 내는것으로 느껴지지 않고 아주 자연스럽다."고 평가한 것은, 이런 데 이유가있지 싶다.

노랑 노랑 나비들은 모두
어디에 가서 죽나.

안개 핀 유채꽃 들판에서 고운
날개를 접고서 잠이 드나.

—「유채꽃밭」 전문

232

친구랑 싸워 진 날 저녁
지는 해를 보았네.

나는 분한데
붉게
지는 해는 아름다웠네.

지는 해는 왜
아름답냐?

지는 해 앞에 멈춰 서서
나는 생각했네.

지는 것에 대해서.

—「지는 해」 전문

　이 둘에서 확인하게 되는 것은 어른 시인과 어린이 화자의 일치, 동시가 시로 부정되고 그 시가 다시 동시로 부정된 모습이다. 시로 부정되지 않은 동시는 문학으로서 결격이고, 동시로 다시 한번 부정되지 않은 시는 다만 동시의 범주를 훌쩍 넘어선 시가 될 뿐이지만, 동시로 다시 한번 부정된 시는, 시이면서 동시이고 동시이면서 시가 된다.『까만 밤』에는 이런 관점에서 읽을 수 있는 작품이 아주 여럿이다.

텍스트로서의 가능성

정유경은 『까불고 싶은 날』에서도 형식에 대한 다양한 실험과 모색을 선보인 바 있지만, 『까만 밤』에 와서는 이를 좀더 완성도 높은 형태로 제출하고 있다. 소괄호의 효과적인 사용(「비 온 뒤 졸참나무 숲」「힘내」등), 반점과 온점의 유기적인 배치(「안녕, 푸른 개구리」「달, 눈동자」등. 그런데 『까만 밤』에 수록된 작품 가운데 온점이 쓰이지 않은 작품이 두 편 있으니 「이야기는 나누기」와 「나를 위한 노래」다. '이야기'와 '노래'를 담은 작품에만 온점이 없다는 것! 이야기와 노래는 끝날 수 없다는 시인의 의도이겠다), 음성 상징어와 대구의 적절한 활용(「늦가을 풍경」「조금은 닮았구나, 눈과 눈」등), 활자 크기의 조절을 통한 강조와 여운 효과(「시곗바늘이 왈츠처럼」「이야기는 나누기」등), 검정, 파랑, 노랑, 하양, 빨강 등 강렬한 빛깔의 도입(「산수유 열매」「늦가을 흰나비」등)이 동시 읽는 맛을 더한다. 이것 말고도 "-지" "-(어)라" "-네" "-나" "-래" 등 어미의 자유로운 활용 (「산수유 열매」「유채꽃밭」「비 온 뒤 졸참나무 숲」등), 번데기의 모양을 형상화한 형태 동시(「번데기」) 및 말놀이 동시(「더덕」「포도송이」「도라지 먹고 도레미」「라면」「-랑」등), 랩 형식의 도입(「걸어」), 감각적인 제목(「붕붕 벌들 붕붕」「도라지 먹고 도레미」「시곗바늘이 왈츠처럼」「-랑」「까치 가지 까지 같이」「앵두 자두 내 구두」등), 두운과 각운의 사용(「-랑」「달콤하니」) 등 이루 열거할 수 없을 만큼 다채로운데, 대부분 형식에 따른 효과를 톡톡히 보여주고 있을 뿐만 아니라 일정 수준 이상의 시적 매력을 발산하고 있다. 이렇게 되기까지 각 시편마다 형식과 내용의 조화에 대한 반복적인 고민과 시어의 조탁, 퇴고가 이루어졌음은 물론이겠다.

깨진 사이다 병 조각인 줄 알았지.
(그래서 난 가까이 가지 않으려 했는데)

가서 보니,
(웬걸)

(빗물 머금어 반짝이는)
떨어진 초록 나뭇잎들이었네.

—「비 온 뒤 졸참나무 숲」 전문

아주 단순한 내용이지만(그래서 시가 되지 않을 것만 같지만), 이것이 시적
으로 다가오는 까닭은 어디에 있을까. 그건 바로, 순간적으로 이는 마음
의 물결을 소괄호로 처리하고, 그것의 활자 크기를 한두 포인트 살짝 낮추
어놓은 데 있다. 그 자체로 평범하지 않은 (비)언어 형식적 감수성을 보여
주는 것이라고 해야겠지만, 이렇게 저렇게 이 모양 저 모양으로 언어를 배
치하며 그 차이를 민감하게 저울질한 시인의 애쓴 자국 또한 놓치면 안 될
것이다. 다양한 형식 실험과 언어 운용(언어, 문장부호, 행갈이, 연 구분 등)
의 사례가 풍성하다는 것은 그만큼 『까만 밤』이 갖는 동시 텍스트적 성격
을 증명한다고 볼 수 있다.

여성적 감성의 세계

정유경 동시를 말하면서 빼놓을 수 없는 것 중 하나는, 그의 동시가 우리 동시에서는 매우 희귀한, 여성(어머니가 아닌, 비혼(非婚)의 여성)적 감성의 세계를 열어가고 있다는 점이다. 동시를 쓰는 여성 시인이 적지 않음에도 불구하고 이렇게 여성적 감성의 세계를 노래한 동시가 거의 눈에 띄지 않았던 것은, 어른인 여성 시인과 어린이 화자의 불일치, 생활동시의 범람, 시인 자신의 내면보다는 자기 밖에 존재하는 어린이를 향한 과도한 쏠림 현상 등에 그 원인이 있을 것이다. 그런데 정유경은 그 지점을 여성적 감성과 어조, '사랑'을 매개로 풀어가고 있다.

> 사탕이 사랑처럼 달콤하니
> 사랑이 사탕처럼 달콤하니
> 사탕을 녹여 먹다 슬그머니
> 네 생각이 나니 나 어떡하니.
>
> —「달콤하니」 전문

나,
예쁘지요?

그러니까 나,
먹지 마요.

왜냐면 나,

독버섯이거든요.

왜요?

아닌 것 같아요?

—「예쁜 척―독버섯?」 전문

이봐, 오늘 밤 내 창문엔

하얀 달이 살포시 걸려 있어.

나는 창가에 기대어 서서

하얀 달을 한참을 보고 있네.

이봐, 저기 저 하얀 달엔

네 웃는 얼굴이 들어 있어.

나는 이 밤 저 달과 눈을 맞추고

한참을 이렇게 있을래.

—「있어―有(있을 유)」 전문

이 시들의 화자를 꼭 사랑의 감정에 휩싸인 어린이로 읽을 필요는 어디에도 없어 보인다. 앞서 살펴본 대로 정유경 동시의 많은 시편은 어른 시인과 어린이 화자가 일치된 지점에서 발화되고 있기 때문이다. 이 세 편 말고도 「산수유 열매」 「늦가을 흰나비」 「까만 밤」 「유채꽃밭」 「비 온 뒤 졸참나무 숲」 등 『까만 밤』에 실린 거의 전편이 여성적 감성과 어조를 기조로 작성되었다고 볼 수 있다. 그러므로 어쩌면, 『까만 밤』은 우리 동시에서 여성적 감성을 전면화한 첫 동시집으로 기록될지도 모른다.

『까만 밤』은 시와 동시, 어른 시인과 어린이 화자의 결합, 시적 완결미를 향한 언어형식의 탐색, 동시의 서정시로서의 가능성(「늦가을 흰나비」 「유채꽃밭」 「늦가을 풍경」 「목련나무 하얀 새」 「여름밤 꿈」 「지는 해」 등), 여성적 감성의 세계 등을 한 자리에서 맛볼 수 있는 색다른 동시집이다. 그런 만큼 『까만 밤』에서 몇 편 되지 않는 어린이 화자 동시나 생활동시(「나도 한번」 「백 점 만세」 등)는 확연히 낡아 보이기까지 한다. 새것과 헌것 사이가 이렇게 멀다. 그러니 시가 가는 길이 늘 새길이지 않을 도리가 없다.

『열린어린이』 2013년 7월호

어이없는 놈의
세계

—김개미 동시집 『어이없는 놈』

김개미 시인의 첫 동시집 『어이없는 놈』(문학동네, 2013)은 여러모로 흥미를 끈다. 2012년 제정돼 동시단의 큰 관심을 받으며 진행된 제1회 '문학동네동시문학상' 대상을 수상한 작품집이라는 점에서 그렇고, 이제까지의 동시와는 좀 다른 지점에서 새로운 동시의 맛을 보여준다는 점에서 그렇다.

김개미 시인은 2005년 『시와 반시』 신인상에 시가 당선되어 등단한 뒤 2008년 첫 시집 『앵무새 재우기』(북인)를 펴내며 시단에 이름을 올렸다. 동시는 2010년 『창비어린이』 가을호에 「나의 꿈」 외 1편을 발표한 것을 시작으로, 이후 『동시마중』 등 잡지를 통해 꾸준히 작품을 발표해왔지만, 그것이 어떤 각별한 인상으로 다가온 것은 아니었다. 그래서 김개미 시인이 제1회 문학동네동시문학상 수상자로 결정되었다는 소식을 들었을 때, 그럴 수도 있겠다는 생각과 함께 고개가 갸우뚱해지기도 했던 것이다. 그럴 수도 있겠다는 것은 그의 동시가 기존 동시의 포지션에서 조금 비껴선 자리에서 나온다는 점 때문인데, 심사위원에 따라 그 점을 높이 살 수도 있겠다고 보았기 때문이다. 그러면서도 고개가 갸우뚱진 것은, 분명 동시 단의 신인급 인재들이 거의 대부분 참여했을 이 최고 경연에서 최후의 1인 으로 그가 살아남으리라고는 미처 예상하지 못했기 때문이다. 권오삼, 안 도현, 이재복, 3인의 심사위원들은 대체 어떤 매력을, 김개미의 동시에서 본 것일까.(시인의 당선소감과 심사경위를 비롯한 심사위원 3인의 심사평은『문 학동네』 2013년 봄호를 참고할 것)

『어이없는 놈』의 가장 큰 특징은 수록 시편들이 무엇보다 유쾌하거나 재 밌게, 기존 동시를 접할 때와는 조금은 다른 느낌으로 다가온다는 점이다. 표제작이자 동시집 맨 앞자리에 놓인 다음 작품은 김개미 동시의 이러한 특징을 잘 보여준다.

> 102호에 다섯 살짜리 동생이 살고 있거든
> 오늘 아침 귀엽다고 말해 줬더니
> 자기는 귀엽지 않다는 거야
> 자기는 아주 멋지다는 거야
>
> 키가 많이 컸다고 말해 줬더니
> 자기는 많이 크지 않았다는 거야
> 자기는 원래부터 컸다는 거야
>
> 말이 많이 늘었다고 말해 줬더니
> 지금은 별로라는 거야
> 옛날엔 더 잘했다는 거야

102호에 다섯 살짜리 동생이 살고 있거든

자전거 가르쳐 줄까 물어봤더니

자기는 필요 없다는 거야

자기는 세발자전거를 나보다 더 잘 탄다는 거야

—「어이없는 놈」전문

1연, 4연의 1행("102호에 다섯 살짜리 동생이 살고 있거든")을 걷어내면 1연에서 4연까지가 모두 동일한 패턴으로 짜여 있음을 보게 된다. 즉 각 연은 화자가 동생에게 말을 건네고 → 그 말이 동생에 의해 부정되고 → 교정되는 방식으로 이루어져 있다. 이런 단순한 구조의 반복이 지루하지 않게 독자에게 읽히기 위해서는, 반복 단위마다 상황을 좀더 강도 높게 비틀 줄 아는 시인의 언어 운용 기술이 요구된다. 말하자면 한 고개 두 고개 세 고개의 상황을 조금씩 온도가 올라가는 점입가경으로 연출하면서 마지막 네 고개에 이르러서는 좀더 센 마무리 펀치를 날릴 줄 알아야 하는 것이다.

과연 1연과 2연, 2연과 3연, 그리고 마지막 4연의 강도가 순차적으로 높아졌음을 알 수 있다. 즉 1연이 "자기는 귀엽지 않"고 "아주 멋지다"는 평범한 부정과 교정에 그치는 것이었다면, 2연에 와서는 "자기는 많이 크지 않았"고 "원래부터 컸다"로 그 교정의 차원이 달라진다. 3연으로 넘어가면 "지금"을 교정하기 위해 "다섯 살짜리 동생"과는 전혀 어울리지 않는 "옛날"이 호출되기에 이른다. 압권은 역시 마지막 연. 자기는 자전거를 배울 필요가 없는데 그 이유가 "세발자전거를 나보다 더 잘" 타기 때문이란다. 상대의 의표를 단방에 찌르는 이 "다섯 살짜리 동생"의 어이없는 반응에 독자는 매번 무장 해제될 수밖에 없다.

그런데 이 과정을 거치면서 독자는, 「어이없는 놈」만의 작지만 완벽한 성채가 서서히 모습을 드러내는 것을 보게 된다. 그것은 마치 가네코 미스즈(1903~1930)의 어린아이가 모래놀이를 하며 「모래 왕국」(『나와 작은 새와 방울과』, 소화, 2006)의 "위대한 임금님"임을 선포하는 장면(난 지금/ 모래 나라의 임금님입니다.// 산도, 골짜기도, 들판도, 강도/ 마음대로 바꾸어 갑니다.// 옛날얘기 속 임금님이라도/ 자기 나라 산과 강을/ 이렇게 바꿀 수는 없겠지요.// 난 지금/ 정말로 위대한 임금님입니다.)을 목격하는 것과 같은 기시감을 동반하며 온다. 그러니 「어이없는 놈」은 이웃집 형(또는 언니)의 호의를 연속으로 무너뜨린 다섯 살 동생이 의기양양 보여주는 세발자전거의 세계, 즉 유아적 동심의 세계라고 할 수 있다.

또는 이 작품의 "102호에" 살고 있는 "다섯 살짜리 동생" 캐릭터를, "호박 덩굴 아랫길" "나팔꽃 아랫길" "토란잎 아랫길" 등지에서 만날 수 있는 송찬호의 「달팽이」 캐릭터와 견주어 읽어보는 것도 「어이없는 놈」을 색다르게 감상하는 방법이 될 수 있을 것 같다.

화자의 말(질문)이 동생과 달팽이의 대답에 의해 정확히 부정되고 교정된다는 점, 이러한 불일치가 독자에게 어이없는 웃음을 유발한다는 점, 그 웃음이 단순한 허무 개그로 주저앉지 않고 무언가 생각거리를 독자에게 떠안긴다는 점에서 두 작품을 나란히 놓아볼 수 있다는 얘기다.(송찬호의 「달팽이」에 대한 자세한 분석은 1부의 「양파를 기다리며」, 4부의 「기린 아저씨 오신다, 고깔모자 쓰고 목에 방울 달고」를 참고할 것)

그러나 사람-비사람, 간접화법에 따른 주관적 상황 제시-직접화법에 따른 객관적 상황 제시, 들려주기(청자) 방식의 '친밀한 가까움'-보여주기(독자) 방식의 '건조한 거리'를 드러낸다는 차이가 있고, 「어이없는 놈」의 경우 제목에서부터 독자의 반응을 일정한 방향으로, 적극적으로 유도해간다는 점에서 「달팽이」보다 독자의 자율적 해석의 여지를 훨씬 더 좁힌 텍스트라고 할 수 있다. 그만큼 독자는 화자가 바라보는 방식을 그대로 따라가며 시적 대상을 바라보게 된다. 즉 독자로서는 시적 대상을 화자와 다르게 해석할 여지가 거의 없다는 것이다. 그러나 이것이 「어이없는 놈」의 문학적 취약점을 드러내는 것이 아님은 물론이다. 얼핏 두 작품이 유사한 듯보이지만 실은 그 차이가 크다는 얘기를 하는 것일 뿐이다.

「어이없는 놈」과 같이 김개미만의 개성적 세계를 보여주는 작품으로는, 「상장」「옛날 사진」「네 살짜리 양치질」「나의 꿈」「동민이는 아마」「두꺼비 눈」「조회시간」「너도 올라오겠어?」「벌과 얼음」「웅덩이」「거미줄」「여름밤」「쇠똥구리의 경고」「소금쟁이와 웅덩이」「지네」「추운 날 할머니 전화」「언 빨래」등과 같이, 풍부한 이야기 요소를 유쾌하고 재밌는 유머, 전복적 상상력, 역발상, 반전, 재치, 풍자로써 풀어내는 작품을 들 수 있겠다.

거꾸로 그 반대편의 세계 또한 김개미 동시가 앞으로 개성적으로 일구어 갔으면 하는 것인데, 가령 「누굴 닮아서」「그 애가 전학 간 다음 날」「장롱 속으로 들어간다」와 같이, 밝음·웃음의 세계 건너편, 또는 배후의 어둠·슬픔의 세계를 가리키는 작품들이 되겠다.

한낮에도 깜깜한
밤이 필요해서
장롱 속으로 들어간다

유령 같은 옷자락이

어깨를 두드리고

먼지 냄새 자욱한

깊은, 동굴 같은 곳

외투자락을 벌리고

그애 이름을 부른다

고양이 코처럼 축축한 주먹을 쥐고

먼, 우주 공간에 떠 있다

아무도 몰래

그애를 생각하려고

장롱 속으로 들어간다

—「장롱 속으로 들어가다」 전문

　어른뿐만 아니라 아이들에게도 "한낮에도 깜깜한/ 밤이 필요"하다. "깊은, 동굴"과 "먼, 우주 공간" 같은 밤과 고독의 시간을 통해 우리는 "아무도 몰래/ 그애를 생각"하면서, 동시에 "내가 그린 코뿔소"(「누굴 닮아서」)에게로 돌아올 수 있다. 이것은 괜한 청승이 아니다. 이런 시간을 거쳐 "내가 그린 코뿔소"가 귀를 열고 눈을 뜨고, "바윗덩어리 같은 몸속에" 쟁여만 두었던 울음을 터뜨리고, 더는 "냅다 앞으로만 뛰"지 않게 되기를 바라기 때문이다.

　　내가 그린 코뿔소는

귀를 꼭 틀어막은 소

눈을 꼭 감은 소

내가 그린 코뿔소는

바윗덩어리 같은 몸속에

눈물이 가득한 소

내가 그린 코뿔소는

어디로 갈지 몰라

냅다 앞으로만 뛰는 소

— 「누굴 닮아서」 전문

김개미 동시는 「장롱 속으로 들어간다」와 「누굴 닮아서」에서 확인할 수 있는 것처럼 밝음 못지않은 어둠을 갖고 있다. "좀더 재미있게 좀더 유쾌하게 좀더 신나게" 놀겠다고 시인 스스로 밝힌 동시집에 어둠·슬픔의 세계를 노래한 작품이 실려 있다는 것은 작품세계의 균형을 위해서나 아직 충분히 발굴하지 못한 영역의 천착을 위해서 다행한 일이다.

이 두 세계 외에 김개미 동시의 한 축을 구성하는 세계는 「입속에서」와 같이 평범함 속에 시적 빼어남을 포착한 것도 아니고, 「비 오는 날」「덜 잠긴 수도꼭지」와 같이 묘사의 장기를 발휘한 것도 아니다. 그런 것은 이미 얼마간 흔해서 굳이 김개미까지 나서지 않아도 좋을 것 같기 때문이다. 그럼 김개미 동시의 또 다른 한 축이 될 만한 세계는 어떤 것일까. 「똥 그림」「목을 뺐는지」「자벌레」「지렁이」와 같이, 아직은 그 시적 효과가 분명히 드러나지 않아 실험 상태로 존재하는, 일종의 우의(寓意)·철학을 개진하는 짧은 형태들이다.

가느다란 나뭇가지
갈 데라곤 한 군데
눈에 딱 보이는데

대가리를 쳐들고
요리 갈까 조리 갈까
고민에 고민 중

—「자벌레」전문

아침 먹고 가도
점심 먹고 가도
숨이 차게 가도
하루 종일 가도
발자국은 하나

—「지렁이」전문

하이쿠가 갖는 대중성을 우리 동시는 확보할 수 없는 것인가? 혹은 어떻게 확보할 수 있겠는가? 그 답이, 이 형태에 가장 가까운 모습으로 숨어 있을 것이다. 매력적인 지점인데, 우선 김개미를 포함해 강정규, 최명란, 유강희 등 몇몇 시인이 이 지점을 선구적으로 돌파할 수 있겠다는 생각을 해본다.

김개미의 동시에서는 대체로, 긍정적인 의미에서든 부정적인 의미에서든 기존의 동시스러움이 느껴지지 않는다. 어린이 독자를 향해야 한다는 어른의 강박이 만들어내는 부자연스러움과 오글거림이 거의 눈에 띄지 않고, 장면과 상황이 정적이기보다는 동적인 경우가 많으며, 분위기와 화법이 발랄하고 자연스러우며 거침이 없어 어린이 독자뿐 아니라 어른 독자들도 빠져들며 좋아할 요소를 적잖이 갖추고 있다.

그러나 몇몇 작품에 들어와 있는 기존 동시의 모습(「넌 그런 날 없니?」「외계로 보내는 메시지」), 표현이 서툴러 모호하거나 유치하게 다가오는 작품(「몸을 숲이라 하면」「바람을 타고 가는 투명 괴물」), 본문 내용과 어울리지 않거나 설명에 해당하는 제목(「어느 맑은 날」「누굴 닮아서」) 등은 꾸준히 경계하고 덜어내야 할 지점이라 하겠다.

끝으로, 제1회 문학동네동시문학상 심사평 가운데 현재 우리 동시단이 귀 기울여 들어야 한다고 여겨지는 내용이 있어 인용한다.

요즘 삶과 죽음의 경계로까지 내몰리는 아이들이 점점 늘어나고 있다. 이 아이들의 삶을 동시는 어떻게 담아내야 할까. 심각한 현실을 심각하게 표현한다고 해서, 요즘 아이들이 처한 어둡고 힘겨운 현실을 반영한 동시라 할 수는 없을 것이다. 삶과 죽음의 경계로 내몰린 아이들이 처한 현실의 내면을 드러내면서도, 동심이 갖고 있는, 유머에 목숨을 거는 변함없는 놀이 정신을 함께 만족시킬 때 그 시가 아이들에게도 사랑받을 수 있을 것이다.

얼핏 보면 고립된 아이들이 처한 현실의 무게와, 놀이 정신이 서로 화합할 수 없는 대극의 요소처럼 보이지만, 그러나 이 두 대극을 통합하는 언어 감각이 동시에서는 필요하지 않을까.

　　―이재복, 「제1회 문학동네동시문학상 심사평」 부분, 『문학동네』 2013년 봄호

『열린어린이』 2013년 10월호

'나무 잎사귀
뒤쪽 마을'을

꿈꾸다

—안도현 동시집 『나무 잎사귀 뒤쪽 마을』

    좋은 동시를 읽는 것은 좋은 시를 읽는 것과는 또 다른 즐거움을 준다. 좋은 동시는 아이들이 쉽게 읽고 오래 기억할 수 있도록 짧고 단순하게 지어졌기 때문에, 시간이 가도 마음속 다정한 말씀으로 새록새록 피어나고는 한다. "가갸 거겨/ 고교 구규/ 그기 가.// 라랴 러려/ 로료 루류/ 르리라." 하는 한하운의 「개구리」가 그렇고, "넣을 것 없어/ 걱정이던/ 호주머니는,// 겨울만 되면/ 주먹 두 개 갑북갑북." 하는 윤동주의 「호주머니」가 그렇다. "소쩍 소쩍 소쩍새/ 별을 딴다./ 울 넘어에서 따도/ 아득하게 들리고/ 아랫말에서 따도/ 또렷하게 들린다.// 솟쩍 솟솟쩍/ 날카로운 부리로/ 새벽까지 따서/ 총총하던 하늘이/ 듬성듬성하다."고 읊은 이문구의 「소쩍새」 역시 밤의 고요와 아름다움을 잊히지 않는 소리와 그림으로 선명하게 새겨준다.

    좋은 동시에는 이렇듯 소리가 살아 있고, 절로 그려지는 그림이 담겨 있고, 자연과 사람살이의 이치를 담은 말씀이 표 나지 않게 녹아 있으며, 어려운 가운데서도 힘껏 살아가고자 하는 아이의 마음결이 단단하게 새겨져 있다. 물론 이 모두를 실어 나르는 것은 아름다운 우리말이고, 그 감겨오는 가락이며, 아이와 세상을 꺼안으며 바라보는 어른 시인의 넉넉하고 따뜻한 품과 눈이다. 안도현의 첫 동시집 『나무 잎사귀 뒤쪽 마을』(실천문학사, 2007)에는 좋은 동시의 요건을 구현한 시편들이 풍부하게 실렸다.

참새는
혼자서 놀지 않는다
모여서
논다

전깃줄에도
여럿이
날아가 앉고
풀숲으로도
떼를 지어
몰려간다

누가 쫓아도
참새는
혼자서 피하지 않는다

친구들하고

같이

날아간다

　　　　　　　　　　　　　　　　—「참새들」 전문

보름달 같은

수박 한 통

혼자서는

먹을 수 없지

다 함께

먹어야지

나눠서

먹어야지

달무리처럼

빙빙

둘러앉아

먹어야지

　　　　　　　　　　　　　　　—「수박 한 통」 전문

　「참새들」과 「수박 한 통」은 시인이 동시라는 밥상을 차려놓고 아이들
과 나누고자 하는 세계가 어떤 모습인가를 추측케 한다. 세상은 "여럿이"

"같이" "다 함께" "빙빙/ 둘러앉아" "나눠서" "먹어야" 맛이 나는 것이지, "혼자서" 먹어서는 그 맛을 제대로 알 수 없다는 것이다. 세계가 사람과 사람의 긴밀한 협업체계로 유지될 때는 이러한 덕목들이 너무도 자명한 인간의 존재형식이어서 굳이 시로 빚을 필요조차 없을 것이다. 하지만 시장에서의 개인적 생존만이 유일한 절대 목표가 된 신자유주의 시대에는 이 지당한 전언조차 "사람이 생명의 신비를 꼭 알아야만 합니까?"라고 되묻는(이시영, 「모를 권리」) 것과 마찬가지 효과로 인간 존재가 마땅히 지켜야 할 어떤 근원의 자리를 환기한다.

요즘의 세상 돌아가는 꼴과 그 속에 답답하게 갇힌 아이들의 삶이 건강한 생명의 자리에 놓인 것이 아니라는 인식은, 시인으로 하여금 「농촌 아이의 달력」과 같은 시를 작성케 한다. 이에 따르면 "1월은 유리창에 낀 성에"를 긁는 달이고, "4월은 앞산"에 핀 "진달래꽃"을 입술이 검어지도록 따먹는 달이며, "6월은 아버지 종아리에 거머리가 붙는 달"이다. "8월은 고추밭에 가기 싫은 달"이며 "12월은 눈사람 만들어놓고 발로 한 번 차보는 달"이다. 요컨대 어린이는 자연 속의 노동과 놀이를 통해서 그 미세한 변화들을 자신의 감각으로 새기는 가운데 지(知)와 정(情)과 의(意)를 골고루 갖춘 전인으로 성장해갈 수 있다는 것이다. 자연 속에서 자라나는 아이들은 여러 자연 현상을 일상적 반복으로 경험하면서 세계의 진상(眞相)을 소박한 차원(「눈 위의 발자국」)에서부터 심장한 차원(「억새」「여치집」)까지 깨우쳐가게 된다. 그중 「감자꽃」은 안도현 동시의 시적 자아의 건강성을 엿보게 한다.

> 흰 꽃잎이 작다고
>
> 톡 쏘는 향기가 없다고

얕보지는 마세요

그날이 올 때까지는
땅속에다
꼭꼭
숨겨둔 게 있다고요

우리한테도
숨겨둔
주먹이 있다고요

—「감자꽃」 전문

　이 시는 앞서 이야기한, 윤동주의 「호주머니」의 시적 자아가 보여준 단단한 자의식을 떠올리게 한다. 윤동주의 그것이 자기 내면을 향해 은근하게 개인적으로 놓여 있다면, 안도현의 그것은 '팔뚝 욕'처럼 위를 향해 집단적으로("우리한테도") 툭 불거져나왔다. 하지만 둘 다 "넣을 것 없어/ 걱정"이거나 남들보다 '작고' '보잘것없는' 집안의 아이를 주인공으로 해서, 그들의 내적인 강인함과 성숙을 응원하고 있다는 점에서는 동일하다. 성숙의 때를 뜻한다고 할 수 있는 "그날"을 위해 이들 시적 자아는 자기 주먹을 "갑북갑북" 쥐어보기도 하며, 온몸으로 주먹이 된 감자를 자기와 동일시해보기도 하는 것이다.
　안도현은 이러한 품과 눈에 그 특유의 감각과 가락을 들이고 앉힌다.

풀벌레 소리는

말줄임표

……

장독대 옆에서도

풀숲에서도

……

밤새도록

숨어서

……

재잘재잘

쫑알쫑알

……

—「풀벌레 소리」 전문

　풀벌레 소리를 베껴 적은 시들이야 이루 말할 수 없을 정도로 많이 있지
만 이 시의 말줄임표만큼 기발한 것은 찾기가 어렵다. 인간의 언어에 잡힐
것 같으면서도 붙잡는 순간 껍질을 벗어놓고 다시 저만치 도망가 "……"
하고 읊어대는 소리를, '……'이라는 언어적이면서도 비언어적인 부호 말고
달리 어떤 것으로 나타낼 수 있을까. 인간이 붙잡는 언어의 한계란 아이러
니하게도 마치 이 시의 "재잘재잘/ 쫑알쫑알"과 같은 것이어서, 언어화하

는 순간 그 진상과 어긋나기가 쉽다. 이 시는 풀벌레 소리인 "……"을 명시적으로 언어화하지 않음으로써 풀벌레 소리인 "……"을 풀벌레 소리인 "……"으로 듣게 한다.

집으로
뛰는
아이들

아이들보다
먼저
뛰는
소

소보다
앞서
뛰는
빗줄기

—「소나기」 전문

자연과 그 속의 아이들이 한꺼번에 내달린다. 자타 구분 없다. 한 호흡이다. 마른 먼지 냄새 온몸으로 맡으며 우당탕퉁탕 집 처마 밑으로 들어서 보니 흙탕물이 건천을 적시며 우루루루 내달린다. 소의 등에서도, 아이들 몸에서도 훈김이 모락모락 핀다. 소나기는 조금 더 지붕을 우당탕탕 두드리다가 산 너머로 사라진다. 좋은 소리요, 그림이다. 꾹 짜면 독자의 옷에서도 빗물이 주르륵 떨어질 것만 같다.

『나무 잎사귀 뒤쪽 마을』은 지금은 사라진, 혹은 사라져가고 있는 것들의 이름과 이야기들을 들려주어, 오늘 우리 아이들이 놓인 현실의 자리를 돌아보게 한다. 요즘 대다수 아이들의 도시적 삶의 실상과는 다소 동떨어져 보이는 것 같은 자연과 농촌의 이야기들에 시인이 이렇듯 많은 공을 들인 까닭은, 그것이 시인에게 여전히 소중한 유년의 기억으로 남아 있기 때문일 것이고, 그것의 재현을 통해 요즘 아이들에게 건강한 삶의 자리를 지어주고 싶어서였을 것이다.

『내일을 여는 작가』 2007년 여름호

'놀이'의 시가 주는
즐거움

―최승호 동시집『말놀이 동시집 1』

흔히 시(詩)를 '말(言)로 지은 집(寺)'이라고 한다. 시가 기본적으로 말에 빚지고 있다는 뜻이다. 그러나 또한 시는 단순한 말 자체, 말들의 총합을 넘어선다. 이럴 때 시는 말을 질료로 하여 빚어낸 '제3의 어떤 것'이라고 할 수 있다.

최승호의『말놀이 동시집 1』(비룡소, 2005)은 시의 기본인 말의 매만짐과 그것의 반죽에 집중한 동시집이다. 'ㅏ, ㅓ, ㅗ, ㅜ, ㅡ, ㅣ'의 여섯 개 모음을 기둥으로 세운 뒤 그 안에 각각 'ㄱ'에서 'ㅎ'까지 열네 개의 자음이 연상시키는 사물(혹은 말)을 빚어냈으니 모두 84편의 동시가 쟁여져 있다.

　　자라가 자꾸
　　수족관을 벅벅 긁어대네
　　자라야 잠 좀 자라
　　네가 자야 나도 자지

자라야 자장 자장

자장가 불러 줄까

―「자라」 전문

'ㅏ' 항목 'ㅈ'에 나오는 것으로, 동음이의어와 다의어를 즐겨 사용하는 '말놀이 동시'의 전형을 보여준다. 자라(鼈)가 자지 않고 수족관을 긁어대자 "자라(鼈)야 잠 좀 자라(睡)/ 네가 자야 나도 자지" 하면서 "자장 자장/ 자장가 불러 줄까"고 묻는다. 'ㅏ'와 'ㅈ'이라는 기준에 따라 "자라" "자꾸" "자야" "자지" "자장 자장" "자장가"로 말들을 이어가면서 잠자지 않는 자라와 그 앞에서 안쓰러워하는 화자의 모습을 그렸다.

『말놀이 동시집 1』에 실린 시들은 이와 같이 언어적 연상을 기본으로 하면서도 전적으로 의미를 배제한 말'놀이'만을 선보이지는 않는다. 그렇다고 이 말이 '말놀이 동시'가 근원적으로 의미의 배제를 목적으로 한다는 뜻은 아니다. 오히려 '말놀이 동시'는 말의 자유분방한 구사를 통해 '의미의 층계 쌓기'로는 도달할 수 없는 먼 상상의 영역을 가까이에서 읊조릴 수 있는 무엇으로 끌어당겨, 구상화하는 힘을 지녔다고 해야 옳기 때문이다.

이와 관련하여 시인이 지난 2002년 정지용, 황순원, 박용래, 바쇼, 프레베르의 시들을 모아 엮은 '시 읽는 아이' 시리즈(모두 5권, 비룡소) 말미에 붙인 추천평은 그가 생각하는 '(동)시와 의미의 관계'를 엿보게 한다는 점에서 흥미롭다.

우리는 뜻을 얼른 드러내는 말에 익숙해져 있습니다. 그러나 시는 뜻을 짧은 말 속에 깊이 감추려고 합니다. 시는 뜻을 감추는 동시에 드러냅니다. 그래서 흔히 시를 어렵다고들 말합니다. 그렇지만 꽃들이 의미 이전에 피어 있듯이, 시도 의미 이전에 존재합니다. 꽃의 의미가 미리 정해진 것이 아니어서 꽃을 보는 이에 따라 다른 의미가 태어나듯이, 같은 한 편의 시도 보는 사람에 따라서 서로 다른 의미를 띨 수가 있습니다. 그리고 거기에 정답 같은 의미란 없습니다. (……) 시에서는 당연한 말이나 뻔한 생각을 찾아보기 힘듭니다. 시는 엉뚱할수록 재미가 있습니다. 하지만 자연스런 말놀이로부터 시가 만들어지는 경우도 있습니다.

이 발언을 어느 면에서 의미의 과잉 상태를 보이고 있는 우리 동시, 혹은 동시단에 대한 불만의 표출이자, 시인 나름의 동시관을 드러낸 것으로 읽어도 무방할 것이다. 손쉽게 의미에 투항하지 않고 오히려 그것과 길항하는 가운데 말들끼리의 자연스런 놀이로써 의미에 앞서 포착되는 것을 그가 생각하는 (동)시라고 한다면, '말놀이 동시'라는 형식은 그에 적합한 발견으로 여겨진다.

소나기 지나가고
소가 젖었네
소나무도 젖었네

소리 없이 앞산에 걸린
무지개
쌍무지개

소야, 눈썹 젖은 소야

무지개 봐라

아름답다

—「소나기」 전문

"자연스런 말놀이"가 빚어낸 썩 좋은 그림이다. 먼저 그 의미를 따라가 보자. 지나가는 "소나기"에 "소"도 젖고 "소나무도" 젖었다. 후두두둑 소나기가 내달려왔던 앞산에는 "소리 없이" 무지개가 쌍으로 걸려 있다. 눈 질끈 감고 소나기 긋던 소는 눈썹이 젖었다. 시인은 "눈썹 젖은 소"를 부르며 "무지개 봐라" 권하지만, 내 눈은 자꾸 무지개 대신 소의 젖은 눈썹 위에 걸린 물방울과 순한 눈망울에 비친 무지개를 보게 된다. 거기에 잇대어 훈김 물씬 풍기는 소똥 냄새와 두엄 냄새도 구수하고 정겹다. 한편, 말들은 "소나기" "소" "소나무" "소리"로 단순한 듯 이어지다가 "앞산" "무지개" "쌍무지개"로 '둥그럼'('동그라미'가 아니라)을 그리며 떠오르고 다시 "소" "눈썹" "무지개"로 소의 눈동자를 향해 모여든다. 이때 "앞산" "무지개" "쌍무지개"는 빗방울 머금은 '솔잎'("소나무")의 이미지와 결합되면서 소의 아름다운 "눈썹"으로 수렴된다. 의미와 말'놀이'가 자연스럽게 결합되는 순간이다.

최승호의 『말놀이 동시집 1』은 시가 근원적으로 말에서 비롯된다는 사실을 새삼 일깨워준다. 또한 그 말들의 운용이 어떻게 해서 독특하게 아름다운 그림과 소리와 뜻을 담게 되는지를 보여주는데, 그것은 때론 과감한 파격으로 다가오기도 하고(「타조」), 상상력의 활달함으로 다가오기도 하며(「터져라」「크다」), 구체적인 실감으로 숨차오르기도 한다(「아지랑이」「카랑

카랑」「로봇 강아지」).

　그러나 다른 한편, 말이 어떠한 의미 형성에도 관여하지 않고 '놀이' 그 자체만으로 존재한다고 할 수 있는 작품을 고르기는 애당초 불가능해 보인다. 각각의 말들이 일으키는 일차적 연상 작용도 작용이려니와, 지극히 의식적으로 뽑아진 단어들이 정교하게 계산된 자리에 놓이면서 의미의 연쇄 작용을 일으키기 때문이다. 이렇기는, '전통 말놀이'라고 명명할 수 있는 '자장노래'나 '꼬리따기 노래', 옛 아이들이 일과 놀이와 관련하여 부른 노래들에서 의미를 아주 배제할 수 없는 것과 마찬가지이다. 문제는 "자연스런 말놀이로부터 시가 만들어지"지 못하고, 따라서 그것이 어떤 즐거움을 담은 형상으로 빚어지지 못한 경우라고 하겠다. 물론 이때는 시 읽기의 즐거움이 반감된다.

　　토마토가 익어 가네
　　빨간 토마토

　　토끼야
　　눈 빨간 토끼야
　　토마토밭에서 뭐 하니?

　　똥 누니?
　　잠 자니?

　　　　　　　　　　　　　　　　　　　　—「토끼」 전문

이 시에서는 "토마토" "빨간 토마토" "토끼" "눈 빨간 토끼"처럼, '토' 음과 '빨간'의 일차적 유사성만 발견할 수 있지 그로부터 어떤 '놀이'의 즐거움이나 "엉뚱"한 "재미"를 발견하기는 어렵다. 또한 '전통 말놀이'가 흔히 놀이나 일, 노래와 결합하면서 그 나름의 효용과 의미와 재미를 주었던 반면, 순전히 말'놀이'만으로써 아이들과 어떻게 시 읽는 즐거움을 나눌 수 있는가 하는 점도 고민스럽다.

나아가 '말놀이 동시'의 적정 독자를 어떻게 볼 것인가도 생각해보아야 하는데, 이는 '말놀이 동시'를 읽는 재미가 각각의 시어가 지니는 의미와 그 구조적 파장에 예민하게 반응하는 독자에게 더 클 수밖에 없다는 점에서 그렇다. 아울러 '전통 말놀이'의 유산과 완전하리만큼 단절된 요즘 아이들이 '일'과 '놀이'와 아무 상관없이, '말의 놀이'를 목적으로 창작된 동시들을 얼마나 친화성 있게 읽어낼 것인가도 의문으로 떠오른다. 그래서 '말놀이'에서 '놀이'의 즐거움을 느낄 수 있는 '귀장 독자(청자)' 층우 뒤표지에 표시된 대로 "초등학교 저학년부터"가 아니라, 아예 말과 글에 길들여지지 않은, '말과 글을 막 배우기 시작하는 아이부터'라고 보아야 옳다. 요즘 아이들은 아무래도, 초등학교 3학년만 넘어서더라도, 상상이 환기하는 정서적 이해보다는 지식의 축적에 효율적인, 개념적 이해에 능하도록 훈련된 것으로 보이기 때문이다.

차가운 눈 내리는 날
곰이 기차역에서 묻네
북극 가는 기차 있나요?

차가운 바람 부는 날

펭귄들이 기차역에서 묻네

남극 가는 기차 있나요?

―「기차」 전문

서로 쳐다보는 두꺼비

서로 아무 말이 없네

서로 쳐다보는 두꺼비

서로 눈만 껌뻑거리네

서로 모르는 사이인가?

―「서로」 전문

　위의 두 시는 읽기에 따라서, 삶의 근원을 상실한 동물과 인간에 대한 안타까운 비유를 담은 것처럼 읽히기도 한다. 이런 생각을 하는 순간, 나는 어쩔 수 없이 어른 독자임을 고백하게 되는 것이지만, 초등학교 1, 2학년 이전의 어린 독자(청자)들은 이 두 시에서 '단순히' "차가운 눈 내리는 날" "북극 가는 기차"를 묻는 곰과, "차가운 바람 부는 날" "남극 가는 기차"를 묻는 펭귄을 '진짜로' 만나서 즐거워할 것이다. 그리고 서로 무뚝뚝하게 쳐다보면서 눈만 껌뻑거리는 두꺼비의 모습을 떠올리고는 '참말' "서로 모르는 사이인가"보다고 깔깔거릴지도 모르겠다는 생각을 하게 된다. 이는 모든 분별을 넘어섰을 때, 혹은 그것이 아직 들어서지 않았을 때에야

달을 가리키는 '손가락'에 걸리지 않고 곧장 '달'을 볼 수 있는 것과 같은 이치이다.

이런 부분적 아쉬움에도 불구하고 우리 시대의 대표적 시인이 '동시' 쪽에 관심을 기울이고, 그 관심에 값하는 분량의 성과를 제출했다는 것은 무엇보다 반가운 일이다. 이는 이문구의 『개구쟁이 산복이』(창비, 1988), 김용택의 『콩, 너는 죽었다』(실천문학사, 1998)와는 또 다르게, 우리 동시의 외연 확대와 내실 다지기에 일정한 기여가 되리라고 생각한다.

『창비어린이』 2005년 가을호

안 잊히는
동시집

—『겨레아동문학선집』 9, 10권 다시 읽기

서른 중반까지 나는 동시를 읽어본 적이 없다. 초등학교 국어 교과서에
도 분명 동시가 여러 편 실려 있었을 텐데, 읽은 기억이 조금도 나지 않는
다. 아무리 공부를 안 했다고 해도 이럴 순 없지 않나 싶다. 어떻게 한 줄
기 가물거리는 기억조차 남아 있지 않을까. 언제 기회가 닿으면 당시 국어
교과서를 찾아 대체 어떤 작품이 실렸나 찾아보려고 한다.

아이가 네다섯 살 때부터 몇 년 동안 '어린이책을 읽는 어른 모임'을 꾸
려 그림책이나 동화, 어린이문학 이론을 공부한 적이 있다. 그런데 그때도
선뜻 동시집을 읽어보자는 말이 나오지 않았다. 동시는 시에 실패한 사람
들이나 하는, 유치하고 열등한 장르라고 알았다. 이런 고정관념이 언제, 어
디에서부터 생겨났는지는 분명치 않다. 아마도 그때까지 좋은 동시를 읽어
본 적이 없어서였을 것이다.

『겨레아동문학선집』 9, 10권(겨레아동문학연구회 엮음, 보리, 1999)은 무지
에 의한 고정관념이 얼마나 엄청난 폭력이며 결례일 수 있는지를 뼛속 깊

이 깨우쳐주었다. 이오덕의 고백처럼, "내가 어른이 되어서 우리 작가들이 써놓은 아동문학선집을 이렇게 그 속에 푹 빠져 읽기로는 이것이 처음" (「뿌리를 찾는 재미와 즐거움」)이었다. 아동문학 공부의 왕초보자로서, 나는 그때 처음으로 동시에 떨며 반응하기 시작했다.

이 책에는 방정환의 「귀뚜라미 소리」(1924)에서부터 강남희의 「달래 찌개」(1950)까지, 그러니까 우리나라에서 창작동요, 동시가 생겨났을 때부터 한국전쟁 직전까지의 작품 177편이 실려 있다. 이 시리즈의 「엮은이 말」을 쓴 원종찬에 따르면, 겨레아동문학연구회 회원들이 이 기간에 나온 신문, 잡지, 단행본 들을 남김없이 훑어보고, "문학예술로 보아 가장 빼어난 작품들을 엮는다는 원칙" 아래, "우리 아동문학의 흐름에서 차지하는 몫이 남다른 작품" "식민지 사회 현실의 모습을 정직하게 반영한 작품" "요즘 어린이들에게 처음 소개되는 발굴 작품 들을 가려 뽑았"다고 한다. 요컨대 문학적 성취를 뼈대로 하여 문학사적 의의, 시대적 의미, 발굴의 가치 등을 두루 고려하여 작품을 골랐다는 것이다.

과연 이 책을 읽어보면 우리 창작동요, 동시의 1세대인 방정환, 2세대로 분류하는 윤석중, 이원수, 윤복진, 신고송을 비롯해서 권태응까지의 아동 운문문학의 흐름을 한눈에 확인할 수 있다. 게다가 김소월, 정지용, 오장환, 박목월, 백석, 윤동주 등 빼어난 시인들이 시와 동시를 함께 썼다는 사실! 이 책이 나왔을 당시만 해도 동시를 쓰는 시인이 소수에 지나지 않을 때여서 우리 창작동요, 동시의 초창기에 적지 않은 시인들이 동시를 썼다는 사실 자체가 나에게는 무슨 대단한 발견처럼 다가왔다. 이러한 사실은 나에게 시인이 동시를 함께 쓰는 것이 결코 예외적인 일이 아니며, 더 많은 시인이 동시를 써야 한다는 생각을 갖게 했다.

266

어쨌든 나는 이 책을 읽으며 동시를 썼고, 동시란 무엇인가를 생각했다. 가까이에 두고 동시가 잘 안 되거나 생각이 막힐 때마다 이 갈피 저 갈피를 뒤적여보았다. 우리 동시 문학사에서 이때만큼 치열하게 동시란 무엇이고, 동심이란 무엇이며, 어린이의 현실과 동심을 동시라는 문학예술로 어떻게 형상화하여 담아낼 것인지를 놓고 집단적으로 고민해본 시기는 없었다. 또한 이 당시 창작자와 이론가들이 했던 고민은 고스란히 현재의 창작자와 이론가들이 떠안아야 할 고민이기도 하다. 즉 동시란 무엇이고, 동심이란 무엇이며, 어린이의 현실과 동심을 동시라는 문학예술로 어떻게 형상화하여 담아낼 것인가.

    쟁기질
    소가
    욱― 욱― 가네.

    땅이
    푹푹
    푹 푹 파지네.

―김오월, 「논갈이」 전문

일단 동시는 쉽고 단순해야 한다. 이 작품은 동시가 지니는 이러한 특성을 한눈에 보여준다. 그러나 이 단순함의 형식이 품고 있는 이야기는 결코 만만치 않다. 이 시를 되풀이 읽어보면 논갈이 장면이 눈에 그려지면서 이를 둘러싼 소리들이 귀에 들려오고, '푹푹' 힘겹게 숨을 내뿜으며 한 발 한

발 힘써 나아가는 소의 모습이 떠오른다. 소 모는 이의 '어뎌뎌 어뎌뎌뎌 이랴 워워' 하는 소리가 들리고, 쟁깃날에 갈아엎어지는 논흙의 부드러운 질감이 만져질 듯 선명하게 다가오면서 봄 논의 흙내가 맡아진다. 버드나무엔 연둣빛 물이 오르고 봇도랑으로는 '졸졸졸' 물이 흐른다. 여기서 그치지 않고 이 시는 한 해 농사일이 시작될 즈음의 농경사회 이야기 전체를 함축한다고 볼 수 있다. 1930년에 발표된 작품이니 당대의 아이들은 분명 이 시의 이야기를 오감으로 받아들였을 것이다.

봉사나무
씨 하나
꽃밭에 묻고,

하루 해도
다 못 가
파내 보지요.

아침결에
묻은 걸
파내 보지요.

—윤복진, 「씨 하나 묻고」 전문

「논갈이」와 마찬가지로 1930년 작품이다. 쉽게 찾을 수 있는 어린이의 생활 모습을 방정환 이후 유행한 7·5조 가락에 담았다. 어른도 씨앗에 싹

268

이 텄나 얇게 덮인 흙을 살살 헤집어볼 때가 있다. 물론 이 시에 나오는 아이처럼 아침결에 심은 걸 하루 해도 다 못 가 파내보지는 않겠지만 말이다. 이 시에는 모든 생명이 씨앗에서 움튼다는 자연의 단순한 이치를 갓 배우고 이를 모방하는 아이의 기대와 설렘, 기다림과 실망의 심리가 잘 나타나 있다. 읽고 나면 저절로 웃음이 나는 이야기이다.

봉숭아꽃이 예쁘고, 손톱에 들인 봉숭아물 그 붉은 빛이 곱다. 씨앗을 받아 묻고 그 예쁘고 고운 것이 올라오는 모습을 직접 보고 싶다. 그런데 아이는 아직까지 이 작은 생명이 움트는 데 며칠의 시간이 필요하다는 사실을 모른다. 이 시는 얼핏 유년기의 미성숙에서 기인하는 서투름을 드러내어 웃음을 유발하는 듯하지만, 실은 자연의 이치와 경이, 아름다움에 본능적으로 반응해가는 아이의 행위와 마음의 움직임을 보여주어, 이 과정을 거쳐온 독자에게 자신의 지난날을 다시금 겪어보게 한다. 윤복진의 「동리 의원」이나 「바닷가에서」, 정지용의 「해바라기 씨」, 윤석중의 「잠 깰 때」, 김오월의 「무지개」 등이 이 같은 작품이다.

키가 너무 높으면,

까마귀떼 날아와 따 먹을까 봐,

키 작은 땅감나무 되었답니다.

키가 너무 높으면,

아기들 올라가다 떨어질까 봐,

키 작은 땅감나무 되었답니다.

—권태응, 「땅감나무」 전문

'땅감'은 토마토. 가끔가다 어째서 어른 시인이 시를 쓰지 않고 동시를 쓰는지 궁금해질 때가 있다. 권태응의 「땅감나무」는 이 의문을 밝히는 데 한 가지 좋은 힌트를 준다. 이런 의문을 품고 작품을 들여다보면 '땅감'은 곧장 시인이 쓴 '동시'로, '땅감나무'는 어린이를 위해 동시를 쓰는 '시인'으로 읽힌다. 즉 동시란, 어른 또는 어른의 세계("까마귀떼")로부터 어린이의 세계를 지키려는 문학양식이며, 어린이가 어렵지 않게 다가와 즐길 수 있도록 키를 한껏 낮춘 문학양식이라는 말이다.

동시가 있어야 하는 이유, 동시를 쓰는 시인의 마음가짐, 동시의 내용과 형식, 동시 독자의 문제 등에 대해 「땅감나무」는 좋은 암시를 준다. 시는 감나무에 열린 감이고, 동시는 땅감나무에 열린 땅감이다. 감(시)은 어른이 따주어야(해석해주어야) 겨우 알아먹을 수 있지만, 땅감(동시)은 어른의 도움 없이도 얼마든지 어린이가 직접(해석 없이) 따먹을 수 있다. 그렇다면 감과 땅감의 공통점은 무얼까. 그것은 둘 다 모자람 없이(우열을 가릴 수 없이) 사람 몸에 좋은 과채류(문학예술)라는 점이다.

그렇다면 이렇게 물어보는 건 어떨까. 어린이가 읽을 수 있을 정도로 쉬운 시는 다 동시가 되는가? 그렇지는 않은 것 같다. 결정적으로 "아기들"을 향한 땅감나무의 자의식이 빠져 있는, 쉽기만 한 시에는 동시의 자질을 구성하는 한 가지 필수 성분이 들어 있지 않으니 '쉬운 시=동시'라는 등식은 성립되기 어렵다.

넣을 것 없어
걱정이던
호주머니는,

겨울만 되면

주먹 두 개 갑북갑북.

—윤동주, 「호주머니」 전문

아이는 사시사철 가난하여 호주머니에 넣을 게 아무것도 없었다. 딱지며 구슬, 동전이나 과자 따위를 넣고 다니는 동무들 호주머니가 사뭇 부러웠을 것이다. 그러나 추운 겨울이 오면 그 가난한 호주머니에도 주먹 두 개가 "갑북갑북" 따뜻하고 단단하게 쥐어진다. 시인은 가난한 아이를 향해 그 흔한 동정의 포즈를 조금도 취하지 않으면서 아이가 따뜻한 단단함을 쥐고 건강하게 성장해가기를 바란다. 감정의 과장이나 과잉, 언어의 낭비가 조금도 없다. 시인의 세계관(메시지)도 호주머니에 든 주먹만큼이나 "갑북갑북" 잘 갈무리되어 있다. 좋은 동시는 이렇게 아이의 성장을 자연스럽게 옹호하면서 상처받은 내면을 따뜻이 위로해준다.

방공호 문 옆에 따슨 볕 보고
민들레 노오란 꽃이 피었네.

문 밖에 나와서 볕 쬐던 애가
노란 꽃 가만히 만지어 보네.

저 아이 살던 곳은 일본이던가?
독립만세 물결 속에 돌아왔겠지.

바라보면 서울엔 집도 많건만

내 나라 찾아와서 방공호 살이.

"봄이나 왔으면" 기다린 듯이

노란 꽃 가만히 만지어 보네.

—이원수, 「민들레」 전문

이 시는 1947년 작품으로, 당대 현실에 고통받는 아이의 모습이 잘 나타나 있다. 1946년 윤석중이 발표한 시 「독립」(길가에/ 방공호가 하나 남아 있었다./ 집 없는 사람들이 그 속에서/ 거적을 쓰고 살고 있었다.// 그 속에서 아이 하나가/ 제비 새끼처럼 내다보며/ 지나가는 사람에게 물었다./ "독립은 언제 되나요?")에서도 확인할 수 있는 것처럼, 당시에는 이렇게 "방공호 살이"를 하는 이들이 적지 않았던 모양이다. 이원수는 여기에 당대의 서사를 입혀 아이에게 역사적 입체성을 부여한다. "일본"에서 살다가 "독립만세 물결"을 따라 부푼 가슴으로 "내 나라"에 돌아왔으나 힘겨운 "방공호 살이"가 기다리고 있다. 윤석중의 아이가 지나가는 사람에게 "독립은 언제 되나요?" 묻는 것처럼, 이원수의 아이도 "봄이나 왔으면" 하는 바람으로 "민들레" "노란 꽃"을 가만히 만져본다. 같은 소재를 다루면서도 아이가 처한 현실을 그리는 방식이나 전망을 담아내는 정도에서는 차이가 느껴진다. 「민들레」와 「독립」 같은 작품을 읽을 때마다 어린이가 처한 현실을 어떻게 동시로 담아낼 것인가를 생각하게 된다.

『겨레아동문학선집』 9, 10권은 우리 창작동요, 동시가 어떻게 시작되고 전개되었는지, 이 시기 선배 시인, 이론가들의 개별적, 집단적 고민은 무엇이었고, 그것이 당대를 넘어 100년 가까운 세월을 지나는 동안 얼마나 해소되었는지를 돌아보게 한다. 윤석중, 이원수, 윤복진 등 10대 소년문예가들이 '기쁨사' 같은 동인을 만들어 전국에 걸쳐 왕성한 활동을 펼쳤고, 어린이 전문 잡지는 물론이고 신문에서도 동시창작과 비평에 지면을 내주었던 시대, 김소월, 정지용, 오장환, 박목월, 백석, 윤동주 같은 빼어난 시인들이 대거 동시창작에 나섰던 것이 우리 창작동요, 동시가 형성되고 전개된 시기의 잊을 수 없는 풍경이다.

마침 2000년대에 접어들면서 우리 동시는 새로운 중흥의 토대를 마련해가고 있다. 이제 시인들의 동시쓰기가 예외적 일탈로 여겨지지 않는다. 동시단 내부도 차근차근 다져지는 느낌이다. 동시창작과 비평을 전문으로 담아내는 잡지도 생겨났다. 여기에 각 시인마다 자기가 지닌 문제의식을 초점화한다. 곧 오랜 세월 묻혔던 쟁점들이 다시 터져나오면서 쥐죽은 듯 조용했던 동시 동네에 작고 큰 논쟁이 일 것이다. 앞으로 적어도 10년 이상 동시의 르네상스가 펼쳐질 것이라고 생각하면 마음이 벅차다. 이 시기를 좀더 즐겁게 맞고 싶다. 나는 그 방법을 1920~40년대의 선생님들께 여쭙는다. 『겨레아동문학 선집』 9, 10권은 그 시대로 들어가는 문이다.

『열린어린이』 2011년 1월호

제4부

동시집의
뒷자리

더 적게 말하는 것으로 더 많은 것을 전달하는 것이 바로
다른 장르와 구별되는 시만의 특징이자 전략인 셈인데, 이는 우리 동시에 크게 부족한 부분이기도 하다.
너무 많이 말해서 독자의 입을 봉해버리고 껴들고 싶은 욕구를 허용치 않는 것.
시를 읽는다는 건 시인이 남겨둔 여백과 여지에 깃드는 일이기도 하다. 그것이 시 독자의 행복이다.

'밥풀의 상상력'으로
그린

'숨은그림찾기'

—김륭 동시집 『프라이팬을 타고 가는 도둑고양이』

1.

"3학년 8반 교실 앞"에 아까시나무 한 그루가 있다. 어느 봄날, 까치 두 마리가 자리를 잡고 둥지를 틀었다. "아까시나무"는 "까치 부부" 덕에 "날개"를 얻었고, 그 날개를 얻어 타고 "하늘"을 날아다니게 되었다. 좋기는 까치 부부도 마찬가지다. 까치 부부는 아까시나무 덕에 감히 꿈조차 꾸어 본 적 없는 "뿌리"를 얻었고, 맘껏 공 차고 놀 수 있는 "운동장"까지 얻었다. 얼마 지나지 않아 이들이 세상에서 둘도 없는 사이가 되었으리라는 것은 말하나 마나. 그러나 둘도 없는 사이라고 언제까지나 마냥 즐겁기만 할까. 때론 "아빠"를 "지겹다" 하는 "엄마"나 "엄마"를 "지겹다" 하는 "아빠"처럼 싸우는 날도 있을 것이다. 그러나 이들은 서로 만나서 자기와는 다른 세계를 나누어 누리며 이해의 품을 하늘만큼 땅만큼 넓힐 수 있었다. 생명과 생명, 생명과 사물, 사물과 사물이 관계를 맺는다는 것이 이와 다르지 않을 터이다. 마치 숫자 '3'이, 어쩌면 자기와 정반대로 생긴 'ε'을 만나

비로소 원만하고 둥근 '8'의 꼴을 갖게 되듯이. '3'과 'ε'이 만나서 이룬 '8'은, '3'과 'ε'이 그 전까지 온전하지 못한 반쪽이었다는 사실을 말해준다. 시인이 아까시나무와 까치 부부가 만난 장소를 하필이면 "3학년 8반 교실 앞"이라고 특정한 까닭이겠다(「3학년 8반」). 김륭 시인의 동시집에 실린 많은 작품들은 이처럼 서로 성질이 다른 대상들('3', 'ε')을 언어-사물의 유사성에 바탕을 둔 자유로운 상상력으로 이어주면서('8') 그로부터 생겨나는 관계의 아름다움을 개성적인 목소리로 들려준다.

2.

김륭 시인은 「책머리에」에서 "울퉁불퉁 이야기가 있는 동시", "시골 할머니가 입고 있던 빨강내복처럼 몸에 착 달라붙어 있는 관습적인(?) 상상력에서 조금이라도 멀리 달아"난 동시를 써보고 싶었다고 말한다. 시인이 마음먹고 동시집을 낼진대 이만한 각오와 포부 없이 자기만의 동시를 어찌한 쪽인들 펼쳐 보일 수 있을까. 자기만의 동시관을 세우고, 그것을 끝까지 밀어붙이는 자세만큼 소중한 것은 없다. 시에게, "시여, 살아 있다면 힘껏 실패하라"(최정례)고 말할 수 있는 사람만이 새로운 시를 쓸 수 있다. 과연 김륭 시인은 이 동시집에서 '빨강내복의 관습적 상상력'에 맞서 '밥풀의 상상력'을 '새롭게' 펼쳐 보여준다.

밥도 풀이라고 생각할래요
질경이나 패랭이, 원추리 씀바귀 노루귀 같은
예쁜 풀이라고 친구들에게 말해 줄래요

주렁주렁 쌀을 매단 벼처럼 착하게 살래요
밥그릇 싸움 같은 어른들의 말은
배우지 않을래요

말도 풀이라고 생각할래요
며느리배꼽이나 노루귀 같은 예쁜 말만 키워
입 밖으로 내보낼래요

온갖 벌레 울음소리 업어 주는 풀처럼 살래요
어른들이 밥 먹듯이 하는 욕은
배우지 않을래요

치매 걸린 외할머니 밥상에 흘린
밥알도 콕콕 뱁새처럼 쪼지 않을래요
풀씨처럼 보이겠죠

잔소리 많은 엄마는 잎이 많은 풀이겠죠
저기, 앞집 할머니도 호리낭창
예쁜 풀이에요

— 「밥풀의 상상력」 전문

이 동시는 '밥풀'(밥+풀, 밥=풀)이라는 단어에서 착상을 얻어 "밥도 풀
이라고 생각"하겠다는 말로 첫 행을 쓴 뒤, 몇 차례 말의 가지 뻗기를 자

유롭게 수행한 끝에 "엄마"도 "앞집 할머니도" "예쁜 풀"이라는 결론에 이르는 과정을 보여준다. 이는 마치 "밥도 풀이다"가 "쌀을 매단 벼처럼 착하게"로, "착하게"는 다시 "밥그릇 싸움 같은 어른들의 말은/ 배우지 않겠다로, "말도 풀이라"는 단순한 연상적 배치를 보여주는 듯하지만, 이 연상이 빚어낸 전체 그림은 시인이 동시로써 아이들에게 무엇을 보여주고자 하는지를 엿보게 한다. 즉 그 세계란, "밥그릇 싸움 같은 어른들의 말"과 "밥 먹듯이 하는 욕", "치매 걸린 외할머니 밥상에 흘린/ 밥알"을 "뱁새처럼 쪼"는 강퍅함과는 확연히 다른 세계이며, "치매 걸린 외할머니"와 "잔소리 많은 엄마"와 "앞집 할머니" 같은 세상의 "온갖" "울음소리"에 풀처럼 부드러운 등을 내어주겠다는 자기 다짐, 즉 사랑의 세계인 것이다. 이렇듯 김륭 시인의 동시집은 언어-사물의 유사성에서 출발한 시적 발상이 자유연상적 언어놀이 과정을 거치면서 그것이 어떻게 세상의 유약한 존재들을 감싸 안는 사랑으로 완성되는가를 보여준다.

3.
　　604호 코흘리개 새봄이가 엄마를 기다리고 있어요
　　6층에서 1층으로, 1층에서 다시 6층으로 코를 훌쩍거리며
　　엘리베이터를 오르내리고 있어요 훌쩍훌쩍
　　코를 길게 늘어뜨리고 있어요
　　엘리베이터를 비스킷처럼 감아올린
　　코가 길을 잡아당기고 있어요
　　엘리베이터를 오르내리는 사람들 흘깃흘깃 쳐다보지만
　　엄마가 타고 다니는 빨간 티코를 감아올릴 때까지

새봄이 코는 길을 잡아당길 거예요

집으로 오는 모든 차들이 빵빵

새봄이 콧구멍 속으로

빨려들고 있어요

—「코끼리가 사는 아파트」 전문

이 작품은 '엄마를 기다리는 아이'라는, 우리 동시의 전통적인 소재가 김륭의 동시에 와서 얼마나 다르게 표현되고 있는지를 뚜렷이 보여준다. "코흘리개 새봄이"가 엘리베이터를 타고 오르내리며 "엄마를 기다리고 있"다는 것이 이 동시의 상황이다. 아주 낯익은 상황이고 장면이지만, 이 동시에서 그것은 퍽 낯설고도 새로운 방식으로 표현되고 있다. 새봄이의 콧물, 엘리베이터, 코끼리의 코는 "오르내리고", "늘어뜨리고", "잡아당기고" "감아올"린다는 점에서 사물―움직임의 공통된 속성을 갖는다. 시인은 그 점을 붙잡아 이를 유기적으로 결합하고 넓히고 오므려서 자기만의 독특한 아이 캐릭터를 창조해낸다. 시인은 이러한 연결, 즉 관계 맺어주기의 방식을 통해 이와 같은 소재의 동시들이 쉽게 빠질 수 있는 값싼 동정이나 상투성과 같은 '빨강내복의 관습적 상상력'에 맞서면서 '밥풀의 새로운 상상력'으로 반죽한 자기만의 독특한 동시세계를 빚어 보이는 것이다.

여태까지 '엄마를 기다리는 아이'의 가엾고 불쌍한 모습을 표현하는 데 자주 쓰이곤 하였을 "훌쩍훌쩍"이라는 말이 이 시에 와서 집으로 엄마를 강력하게 불러들이는 주술적 운동성을 지닌 말로 새롭게 쓰이고 있음도 주목을 요한다.

이처럼 언어―사물의 유사성에 착안해서 '밥풀의 상상력'을 한껏 밀고 나간 작품들 가운데「바다가 심심해진 꽃게들」「3학년 8반」「나무들도 전화를 한다」「은행나무」「배추벌레」「파란 대문 신발 가게」「숨은그림찾기」「중국집에 간 개구리」「고추잠자리」「수박이 앉았다 가는 자리」「내비게이션」 등은 김륭 동시의 개성적 면모를 한눈에 확인케 한다.

4.

한편 존재들의 관계를 사물-언어의 유사성에 기초해서 낯설게 확장하고, 그럼으로써 기존의 관습적 인식을 흔들어 존재의 위치를 새롭게 재구성하는 독자적인 창작방법은, 동시의 얼개를 비교적 복잡하게 가져가 동시와 어린이 독자 간의 소통에 문제를 일으키는 요소로 작용할 가능성이 없지 않다. 그러나 앞에서 살펴본 바와 같이 김륭 동시가 갖는 이러한 난점들은 시인의 독특한 발화방법을 이해함으로써 해소될 수 있을 것으로 보인다.

예컨대 이 동시집에서 독해의 난이도가 비교적 높다고 볼 수 있는「파란 대문 신발 가게」를 살펴보면, "배"와 "신발"이라는 두 사물 간 유사성에 착안해서 시상이 전개되고 마무리된다는 것을 알 수 있다. 김륭 동시를 이해하기 위해서는 무엇보다 먼저 시의 첫머리에서 시인이 대상과 대상의 관계를 어떻게 설정해놓았는가를 살펴야 한다는 것이다. 즉 "배"와 "신발"의 관계가 파악되면, 어부에게 잡혀 배에 실리는 물고기들을 "뭍으로 올라오기 위해" 신발을 신는 행위의 주체로, 오징어잡이 배를 "오징어 신발"로, 시인이 최초 설정에 따라 주객을 뒤바꾸어 시상을 전개시킨다는 것을 알 수 있다는 뜻이다.

김륭 시인의 동시들은 대체로 '숨은그림찾기'의 그림 형태를 띠는 것이어서, 독자들은 '시인이 숨긴 그림을 찾아서 그것의 전체적 의미를 파악해보라'는 문제지를 받은 듯한 느낌에 줄곧 부닥치게 되는지도 모르겠다. 「숨은그림찾기」란 제목의 작품이 그 사실을 말해주기도 하거니와, 김륭 시인의 대개의 동시들은 사물-언어의 유사성을 빌려 의미망을 부단히 다층적으로 확장해가는 형태를 취한다. 그러니 숨은 그림을 찾는 열쇠는 의외로 손쉬운 자리에 놓여 있다고 볼 수 있다. 그것은 바로, ①시인이 사물-언어의 유사성을 어디에서 발견했는가를 찾아서(최초의 관계 설정) 그 자리에서부터 ②시인이 펼치는 자유 연상의 유기적 경로를 따라 표면적 의미를 파악한 후 ③그것의 심층적 의미를 따져보는 식으로 접근하면 된다는 말이다.

학교에서 영어 학원으로 랄랄라 영어 학원에서 논술 학원으로 랄랄라 태권도장에서 앞차기 한 번 옆차기 두 번 하고 미술 학원 거쳐 피아노 학원으로 랄랄라 나는 착하고 예쁜 고추잠자리 엄마가 쳐놓은 거미줄에 매달려 랄랄라 얼굴이 빨개지도록 랄랄라 노래 불러요 접히지 않는 날개 파닥파닥 하늘 높이 올라가는 계단을 만들어요 랄랄라 춤을 춰요

—「고추잠자리」 전문

①고추잠자리가 날아다니는 것을 관찰해보면 조금 날다가는 멈추어 서서 무언가에 골똘해하다가, 또다시 조금 날다가는 멈추어 서서 무언가에 골똘해하다가를 쉼 없이 반복한다는 것을 알 수 있다. 요즘 아이들 역시 이 학원에서 저 학원으로 이동하고 공부하고, 또다시 이동하고 공부하고를 반복한다. 시적 화자가 "나는" "고추잠자리"라고 말하는 근거가, 시인

이 처음부터 아예 고추잠자리와 나를 동일 관계로 설정해놓은 이유가 여기에 있다. ②시적 화자로 대표되는 요즘 아이들은 대체로 '날고'("학교에서 영어 학원으로" "영어 학원에서 논술 학원으로"……와 같은 '이동'), '멈추기'("랄랄라" "랄랄라"…… 마치 시의 운율처럼 되풀이되는 '공부')를 반복하며 쉼없이 나는 게 일인 고추잠자리 같은 생활을, "엄마가 쳐놓은 거미줄"('스케줄')에 따라 "얼굴이 빨개지도록" 힘겹게 "파닥파닥" 되풀이하며 살아간다. ③시인은 고추잠자리의 비행방식과 요즘 아이들의 생활방식을 동일한 것으로 겹쳐놓음으로써 연약한 날개로 무거운 책가방을 져 나르며 살아가야 하는 요즘 아이들의 고단한 일상을, "랄랄라" "랄랄라" "랄랄라" 즐거운 듯, 그러나 비애롭게 환기한다.

5.

김륭 시인의 동시집은 자신이 생각하는 동시를, 자기 방식대로 끝까지 밀고 나간 작품을 다수 포함하고 있다는 점에서 그 자체로 값지고 귀하다. 또한 그의 동시의 기조가 동시에 대한 일반적 통념, 또는 암묵적 합의에 맞서고 있다는 점에서, 여태까지의 동시 텍스트들이 일찍이 보여준 적이 없었던 자유로운 상상과 풍부한 언어 표현을 담고 있다는 점에서 다양한 층위의 토론 주제를 거느린 실험적 텍스트라고도 할 수 있다. 관습적 상상력에 맞서 밥풀의 상상력을 한껏 밀고 나간 김륭 시인처럼, 앞서 인용했던 최정례 시인의 말을 이렇게 바꾸어 읽는 이들이 우리 동시단에 더욱 많아졌으면 좋겠다.

"동시여, 살아 있다면 힘껏 실패하라!"

기린 아저씨 오신다,

고깔모자 쓰고
목에 방울 달고
　─송찬호 동시집『저녁별』

1.

　송찬호 시인을 만나러 간다. 그의 주소지는 충북 보은군 마로면 관기리 230번지로 되어 있다. 내 주소지인 충북 충주시 교현동 62번지에서 거기까지는 두 시간 삼십 분이 걸린단다. 충주나 보은이나 같은 충북인데 참 어지간히 멀다.

　집 앞 골목을 나서 오른쪽으로 꺾어지자마자 의심이 든다. 그가 정말 그곳에 살고 있을까? 뜬금없다. 방금 전, 점심때쯤 거기서 만나자고 약속까지 하고 나선 길 아닌가. 아마도「호박벌」때문이겠지만, 나는 좀 엉뚱한 이유를 대본다. 모든 시인이 지상의 시인일 필요는 없다고. 지상의 주소를 특정할 수 없는 시인을 한 명쯤 거느릴 수 있다면 시로서도 행복이 아니겠는가고.

　어쨌든 나는 지금 송찬호 시인을 만나러 가는 길이다. 그런데 어째서 종이에 적힌 주소지를 믿고 바람과 나비를 찾아 나선 느낌일까. 바람과 나비에게 지상의 주소가 있을 턱이 없는데 말이다.

      호박벌이

      쌔앵—

      날아와

      나한테 물었다

      관기리 230번지

      호박꽃집이

      어디니?

      거기는 이 골목 끝 집인데

      귀머거리 할머니

      혼자 살고 있어

      거기 갈 땐

      쌔앵—

      날아가지 말고

      할머니가 알아듣게,

      붕—

      붕—

      큰 소리를 내면서

천천히

날아가렴

이 시에 따르면 송찬호 시인의 주소지인 관기리 230번지에는 귀머거리 할머니가 혼자 살고 있다. 골목에서도 끝 집에, 그냥 할머니도 아니고 귀머거리 할머니가, 그것도 혼자서. 시인은 어떤 까닭으로 자기 집 주소에 귀머거리 할머니를 동그마니 앉혔을까. 그런데 이 작품에서 "골목 끝 집"이라는 막다른 곳에 "혼자 살고 있"는 "귀머거리 할머니"(이것은 어느 정도 유폐와 골몰을 특징으로 하는 시인의 존재양식을 환기한다)보다 더 눈길이 가는 것은, 그 집을 가리키는 화자인 "나"다. 물론 "나"를 귀머거리 할머니와 이웃해 사는 아이 정도로 보는 게 무난하겠지만, 내 눈에는 "나"가 자기 집을 귀머거리 할머니의 집으로 바꾸어 가리키는 것으로 읽힌다. 그럴 때 "나"="귀머거리 할머니"가 되며, 그 집을 찾아가는 "호박벌"로서는 결코 그 집의 주인을, 그 집에서는 만날 수 없으리라는 불길한 암시를 준다. 또다시 지상의 주소지를 믿고 바람과 나비를 찾아 나선 느낌이다. 그러니 오늘 나는 관기리 230번지를 찾아가는 한 마리 호박벌로서 관기리 230번지를 가리키는 '행인1'에 주목하지 않으면 안 된다. 오늘만큼은 달보다 달을 가리키는 자를 더 눈여겨볼 것.

하나 더. 호박벌이 찾아가는 것은 관기리 230번지 호박꽃집에 핀 호박꽃인가, 아니면 호박꽃집 주인인 귀머거리 할머니인가. 호박벌이니까 당연히 호박꽃을 찾아갈 테지. 그런데 "나"는 엉뚱하게도 호박꽃이 아닌, 호박꽃집 주인인 귀머거리 할머니를 가리킨다. 이것이 동문서답이 되지 않으려면, 귀머거리 할머니는 사람이 아니어야 한다. 즉 귀머거리 할머니를 사람이 아닌 호박꽃의 의인으로 읽어야 한다는 말이다. 시인은 지금 마당쯤에서 이 꽃 저 꽃 두리번거리며 특정한 꽃을 찾는 듯 "쌔앵—" "붕—" "붕—" 소리를 내며 부산히 돌아다니는 호박벌을 보고 있다. 이러한 호박벌의 동작과 소리는 오토바이를 타고 주소지를 찾아 우편물을 배달하는 우편배달부의 동작과 소리를 연상시킨다. 시인은 호박벌에게서 우편배달부의 모습을 떠올리고, 호박벌이 호박꽃집에 사는 귀머거리 할머니에게 우편물을 전해주러 가는 길이라고 생각한다. 순서를 바꾸어 읽어도 마찬가지다. 시인은 호박벌이 아닌 우편배달부를 먼저 보았고, 우편배달부를 호박벌로 바꾸어 나타낸 것이라고. 그러면 "나"의 자리가 좀더 선명하게 떠오른다.

송찬호 시인의 시가 그런 것처럼 동시 역시 단일한 의미망 안에 갇히는 것을 경계하면서 다양한 해석의 층위와 지점을 독자에게 열어놓고 있다. 시에 견주어 절대적으로 단순할 수밖에 없는 동시가 읽는 시점에 따라, 보는 각도에 따라 여러모로 다른 해석을 가능케 한다는 점은 그 자체로 동시 읽기에 새롭고도 풍성한 재미를 전해주는 것이라고 할 수 있다. 이는 우리 동시가 많은 부분에서 여전히 의미 중심, 의미 과잉 상태에 놓여 있는 현실을 감안할 때 더욱 그러하다.

2.

송찬호 시인은 1989년 첫 시집 『흙은 사각형의 기억을 갖고 있다』(민음사)를 낸 이후 지금까지 『10년 동안의 빈 의자』(문학과지성사, 1994), 『붉은 눈, 동백』(문학과지성사, 2000), 『고양이가 돌아오는 저녁』(문학과지성사,

2009) 등 네 권의 시집을 내면서 자기만의 개성적인 시세계를 펼쳐 보였다. 그의 시는 언어와 세계, 존재의 조건과 양식에 대한 집요한 질문과 탐색, 실험의 시적 구도행(求道行)을 일관되게 보여주면서도 매 시집을 부단히 자기 갱신의 역사로써 제출해왔다. "아빠, 동백은 어떻게 생겼어요./ 곰 아저씨처럼 무서워요?"라는 아이의 질문에 대고 그가 '동백'의 형상을 가져와 가리키는, 시의 가파르고 높은 경지와 그것의 존재양식은 이러하다.

동백은 결코 땅에

항복하지 않는 꽃이란다

거친 땅을 밟고 다니느라

동백의 발바닥은 아주 붉지

그런 부리부리한 동백이

앞발을 번쩍 들고

이만큼 높이에서 피어 있단다

동물원 쇠창살을 찢고

집을 찢고

아버지를 찢고

나뭇가지를 찢고 나와

이렇게

불끈,

—「山經 가는 길」 부분, 『붉은 눈, 동백』

이것을 송찬호 시의 한 가지 형상으로 읽는다면, 다음 작품은 송찬호 동시의 형상이 어떨지를 엿보게 한다.

> 기린이 내게 다가와, 언제 동물원이 쉬는 날 야외로 나가 풀밭의 식사를
> 하자 한다 하지만 오늘은 머리에 고깔모자 쓰고 주렁주렁 목에 풍선 달고 어
> 린이날 재롱 잔치에 정신없이 바쁘단다 아이들 부르는 소리에 다시 경중경중
> 뛰어가는 저 우스꽝스런 기린의 모습을 보아라 최후의 詩의 족장을 보아라
>
> ——「기린」 부분, 『고양이가 돌아오는 저녁』

여기에서 기린은 "최후의 詩의 족장"으로서 머리에는 고깔모자 쓰고 목
에는 풍선 달고 아이들 부르는 소리에 경중경중 뛰어가는 우스꽝스런 모습
으로 그려진다. 이러한 "최후의 詩의 족장"인 기린의 모습에서 나는 아이
들이 읽어줄 동시를 즐거운 마음으로 쓰고 있는 송찬호 시인의 모습을 떠
올린다. 그럴 때면 그만 나도 모르게 웃는 얼굴이 되고 만다. 아닌 게 아니
라 송찬호 동시에는 거의 대부분 웃음의 코드가 들어가 있다.

3.
호박 덩굴 아래 길에서
달팽이를 만난다
둥근 집 등에 지고 오늘 이사 가는구나?
아니요, 학교 가는 길인데요

나팔꽃 아래 길에서도

달팽이를 만난다

학교 가는구나?

아니요, 학원 가는 길인데요

토란잎 아래 길에서

달팽이를 또 만난다

학교 갔다 와서 학원 가는구나?

아니요, 오늘은 이사 가는 길인데요

———「달팽이」 전문

서쪽 하늘에

저녁 일찍

별 하나 떴다

깜깜한 저녁이

어떻게 오나 보려고

집집마다 불이

어떻게 켜지나 보려고

자기가 저녁별인지도 모르고

저녁이 어떻게 오려나 보려고

———「저녁별」 전문

「달팽이」는 각 연이 동일한 시행 구조로 되어 있다. 같은 구조에 조금씩 변화를 가하면서 세 번 반복하는 형식으로 웃음의 압력을 높여갔다. 옛이야기의 세 번 반복, 또는 삼세판 문제 맞히기 놀이 형식으로 되어 있는 이 작품에서 어른인 듯한 화자는 아이인 듯한 달팽이에게 번번이 지고 만다. 어린이 독자라면 "학교 가는 길" "학원 가는 길"이라는 달팽이의 진술에 힘입어 자기와 달팽이를 동일시하면서 짐짓 승자로서의 웃음을 여유롭게 웃게 될 터이다. 반면, 어른 독자라면 화자의 질문을 얄미울 정도로 미끄럽게 빠져나가는 달팽이의 모습에서 어른/아이, 사람/사람, 사람/자연 간 소통의 어려움이나 언어/대상 간 불일치의 코드를 떠올리게 될지도 모른다. 중요한 것은 이 작품이 단순한 형식을 취하면서도 다양한 층위의 해석과 감상을 가능하게 한다는 점이다.

그렇기는 이번 동시집에서 가장 빼어난 작품으로 꼽을 만한 「저녁별」역시 마찬가지이다. 저녁별은 말 그대로 저녁에 뜨는 별이다. 저녁별이 떠서 저녁이 오는 것도 아니고 저녁이 와서 저녁별이 뜨는 것도 아니다. 둘의 관계를 시간의 선후나 사실의 인과로서 파악할 수 없다는 말이다. 그런데 시인은 저녁 일찍 서쪽 하늘에 뜬 별을 보고 그가 그렇게 서둘러 뜬 이유가 "깜깜한 저녁이/ 어떻게 오나 보려고" "집집마다 불이/ 어떻게 켜지나 보려고"라고 말한다. 저녁별을 이렇게 읽는 순간 독자는 머릿속에 하늘의 저녁별을 떠올리는 한편으로, 자신이 마치 저녁별이 된 것 같은 착각 속에 빠져들면서 그 어느 높은 데에 올라 자기 눈으로 저녁이 오는 모습과 집집마다 불이 켜지는 모습을 바라보고 있다고 느끼게 된다. 그럴 때 독자는 이미 저녁별, "자기가 저녁별인지도 모르"는 저녁별이 되어 저녁이 오는 모습을, 집집마다 불이 켜지는 모습을 얼마쯤 그윽하거나 글썽이는 눈빛으로 바라보게 되는 것이다. 그러면서 또한 얼굴에 슬몃 웃음이 그려지는 것을 피할 수 없다. "자기가 저녁별인지도 모르고/ 저녁이 어떻게 오려나 보려고" 서쪽 하늘에 저녁 일찍 떠서 고개를 한껏 늘어뜨리고 지상을 굽어보는 별(이 별은 분명 '어린이 별'일 거다!)의 천진한 마음과 표정을 떠올릴 때.

앞서 살펴본 대로 송찬호 동시는 독자에게 다양한 해석의 층위를 제공하면서 송찬호라서, 송찬호만이 쓸 수 있는 동시세계를 유감없이 보여준다. 그것은 의미의 비의미화(비의미의 의미화), 사실의 비사실화(비사실의 사실화), 현실의 비현실화(비현실의 현실화, 또는 판타지), 사실의 사실화(이 계열에 드는 작품으로는, 주로 어린이 시 기법을 차용한 「제비꽃」「제비가 돌아왔다」「거짓말」「개 밥그릇 물그릇」 등을 들 수 있다)를 주된 방법으로 하여 다양한 형태로 이루어진다. 요컨대 송찬호 동시는 "최후의 詩의 족장"이 어린이 앞에 가장 낮으면서도 높고, 깊으면서도 찰방찰방한 시의 표정을 보여준다고 할 수 있다.

4.

관기리 230번지를 10킬로미터쯤 앞둔 곳에 속리산 휴게소가 있다. 이제 조금만 더 가면 「호박벌」의 "귀머거리 할머니"가 아닌 그곳의 진짜 주인인 송찬호 시인을 만난다. 시인의 집과 그 집을 둘러싼 산과 들과 길의 배치와 마을 전체의 모습은 어떨지, 나는 조바심으로 설렌다. 이럴 땐 정말 내가 저녁별이면 좋겠다. 그러면 사철 관기리 230번지를 멀뚱멀뚱, 구석구석, 글썽글썽 비추어볼 수 있을 텐데.

시인 내외가 수고스럽게 점심밥을 준비하면 어쩌나 싶어 간단히 끼니를 때우고 갈 요량으로 휴게소로 들어갔다. 마침 전화가 온다. 관기리는 아직

구제역 청정 지역이라 외부인의 방문을 마을 사람들이 극도로 꺼려한다는 것. 사정이 이렇다니 달리 어떻게 고집을 피울 수 없다. 달을 꼭 보았으면 했는데 달을 가리키는 사람에게 꼼짝없이 붙잡히고 말았다. 아니다. 어쩌면 그가 달이고 관기리 230번지는 달을 가리키는 손가락에 불과할지도. 다시 한번 종이에 적힌 주소지를 믿고 바람과 나비를 찾아 나선 느낌. 그새 깜빡 잊고 있었다. 모든 시인이 지상의 시인일 필요는 없단 사실을.

휴게소를 나와 송찬호 시인이 기다리고 있다는 관기리 버스 정류장으로 차를 몬다. 관기리는 면소재지 동네인 듯하다. 한눈에도 시장의 꼴이 제법 심심하지 않게 갖추어져 있다.

그가 저 앞에 서 있다. 그 모습이 영락없는 "최후의 詩의 족장"을 닮았다. 그의 동시는 "최후의 詩의 족장"이 아이들에게 내는 시 숙제다. 이 책을 읽는 어른과 어린이 모두 즐거운 마음으로 시 숙제를 하면서 사슴뿔처럼 쑥쑥 자라나시기를!

사슴을 그리다가
뿔을 잘못 그려
지우개로 지웠다

뿔을 다시 그리면서
사슴에게
내는 숙제

너에게 꼭 맞는

작은 뿔을 그려줄 테니까

앞으로 네가 튼튼하고 크게 키워

—「사슴뿔 숙제」 전문

종심(從心)의 눈으로
바라본

시의 세계

—강정규 동시집『목욕탕에서 선생님을 만났다』

1.

　강정규 선생님은 1975년『현대문학』에 소설이 추천 완료되어 등단한 이래 줄곧 동화를 중심으로 마흔 권 가까운 산문을 내신, 문단의 원로 작가다. 그러니까 동시는, 작가생활 35년 동안 선생님과 서먹한 관계였다. 그런 선생님이 어느 날 갑자기 동시를 쓰셨으니 거기에는 무언가 특별한 이유가 있었겠다. 따르릉 따르르르릉. 안부도 여쭐 겸 전화를 건다.(큰따옴표 안의 작은 글씨는 선생님의 육성이다)

　"재작년 겨울(2010년) 눈이 오던 날이었는데, 손녀가 태어났다는 연락을 받고 병원으로 달려갔어요. 눈 떨고 소독하고 4층으로 올라가니까 유리벽이 있더라구요. 그 앞에서 조금 기다리니까 작은 베개를 수건으로 뚤뚤 말은 것 같은 걸 간호사가 들고 와서 보여주는데, 숨이 턱 막힐 지경이었어요. 시에 쓴 대로, 어제까지 없던 게 있는 거예요. 세상에! 그야말로 눈도 있고 코도 있고 손도 있고. 눈을 맞으며 전철역으로 오는데, 기분이 아주 묘했어요. 전철 타고 부천까지 돌아오는 중에 메모를 했죠. 그게 제가 처음 쓴 동시예요."

이 작품(「갓난아기」)이 『동시마중』 2011년 3·4월호에 발표되고 며칠 지났는데, 문학동네 편집부에서 전화가 왔더란다. 문학동네 동시집 기획위원을 맡고 있는 안도현 시인이, 선생님께 연락을 넣어 동시를 한 권 분량 조금 더 되게 써주십사 청하라고 했다는 것이다.

"그때가 작년 추석 사나흘 전이었어요. 계약금 100만 원을 받아서 생전처음으로 마누라한테 인세를 주었죠. 그동안은 잡지(『시와 동화』) 만드느라고 인세가 다 그쪽으로 들어가서 전혀 집에 줄 수가 없었어요. 그 무렵 두세 달 동안 한 구십 편을 썼을 거예요. 그러고는 통 못 썼어요. 그냥 그때 시가 다 쏟아져버리고 만 것 같아요. 주우러 다녔어요, 그때는."

강력한 시귀(詩鬼)가 찾아든 것이 분명하다. 그래도 그렇지, 두세 달 동안 90편이라니! 세 달로 늘려 잡아도 날마다 빠짐없이 시가 찾아왔다는 것인데, 햐아, 얼마나 행복하셨을까. 동시 공부를 따로 하셨던 걸까?

"저 나름대로 생각을 해봤는데, 우리 잡지 『시와 동화』 표지에 매호 제목을 달잖아요. 그 짓을 한 10여 년 하다보니까 음률에 대해서 나도 모르게 생각을 해온 것 같아요. 그게 보탬이 되었지 싶어요."

아, 그 일을 선생님이 직접 챙겨오셨구나. 2011년 겨울호부터 1년 동안

표지에 붙은 제목을 읽어본다. "깊은 겨울 속에서/ 새봄은 움터온다" "노랑나비 흰나비/ 이리 날아오너라" "하얀 꽃 찔레꽃/ 순박한 꽃 찔레꽃" "처음 마음 그대로/ 어느새 환갑 나이" 계절과 상황(『시와 동화』는 2012년 가을호로 통권 61호, 환갑을 맞았다)에 어울리는 표현을 생각하고 또 입에 올려 굴려보면서 자연스레 시의 호흡과 언어를 익혀오셨다는 말씀이다. 『시와 동화』를 1997년에 창간하셨으니 장장 15년 세월이다. 시귀(詩鬼)가 제집인 줄 알고 찾아들 만하다.

　　"잡지 이름이 『시와 동화』지만, 실은 시에 대해서는 꿈도 못 꾸었거든요. 어떤 사람은 내가 동화를 쓰니까 '동화와 시' 그러지 왜 잡지 제목을 '시와 동화'라고 하느냐 그러더라고요. 그 당시에는 동시가 동화보다 약했기 때문에 시를 좀 북돋아줘야 된다는 생각이 있었고, 그래서 앞에다 내세워야 된다는 생각을 했어요. 그리고 운율도 생각했어요. '동시와 동화'도 안 맞고, '동화와 시'는 더군다나 안 맞고. '시와 동화' 하니까 흐름이 자연스러워요. 또 한 가지 이유는, 저는 동화보다 시가 위라고 생각하거든요. 소설이 맨 아래고. 남의 장르를 아래다 위다 얘기할 수는 없죠. 근데 나는 그 말을 할 수 있다고 생각해요. 소설로 등단을 했기 때문에. 소설이 잡스럽다는 의미가 아니라, 소설은 모든 걸 다 이야기한다는 거예요. 더이상 설명할 것 없을 때까지 다 말해줘야 한다는 것은 예술로서는 좀 떨어지는 개념으로 생각이 되거든요. 근데 동화는 훨씬 적게 이야기해요. 상징과 비유도 많이 활용하는 편이고요. 근데 시는 그보다 더 위잖아요. 더 압축해야 되고, 더 적게 말해야 되고. 더 적게 말하는 것으로 더 많은 것을 전달해야 하기 때문에 시가 훨씬 더 고급문학이라고 생각해요. 시는 제가 존경하는 장르기 때문에, 어렵고 고급이고 그래서 나와는 멀다고 생각해왔기 때문에, 내가 시를 쓴다는 생각을 한 번도 해본 적이 없어요."

옳은 말씀이다. "더 적게 말하는 것으로 더 많은 것을 전달"하는 것이 바로 다른 장르와 구별되는 시만의 특징이자 전략인 셈인데, 이는 우리 동시에 크게 부족한 부분이기도 하다. 너무 많이 말해서 독자의 입을 봉해버리고, 껴들고 싶은 욕구를 허용치 않는 것. 평소 이런 생각을 지니셨으니 선생님 동시에 여백과 여지가 많은 건 당연하다. 시를 읽는다는 건 이렇게 시인이 남겨둔 여백과 여지에 깃드는 일이기도 하다. 그것이 시 독자의 행복이다. 선생님은 그 행복을 아는 분이다.

2.
동시로 데뷔하는 자리에 「갓난아기」와 함께 소개된 작품은 「까치집」 「호박」 「파뿌리」 「망설이다가」 등 다섯 편. 어떤 것을 읽더라도 원숙한 시(인)의 품이 느껴지지만, 나는 특히 「갓난아기」와 「까치집」이 좋았다.

어제까지
없었는데
오늘
있다

눈도 있고
코도 있고
손톱도

작다

　　　　　　　　　　　　　　　　　　—「갓난아기」 전문

빈집 있으면
고쳐 살고
알도 낳고

살 집 없으면
나뭇가지로
새집 짓고

오순도순
새끼랑 살다
그냥 이사 가고

팔고 사지 않아
비싼 집도 없고
셋집도 없고

　　　　　　　　　　　　　　　　　　—「까치집」 전문

「갓난아기」에는 시의 눈이 두 군데 있다. "있다"와 "작다"인데, 특히 마지막 행에 놓인 "작다"는 시와 비시를 가를 정도로 중요하다. 만약 "없었는데"–"있다"//"있고"–"있고"–"작다"로 전개하지 않고, "없었는데"–"있다"//"있고"–"있고"–'있다'로 마무리했다면 얼마나 싱거울까. '있다'가 아닌 "작다"로 마무리되는 순간, 갓난아기는 당장이라도 울음을 터뜨릴 것만 같은 구체적 실물로 살아난다. 그 작은 것이 눈 아니고 코 아니고 손톱인 것도 핵심이다. 갓난아기의 눈이나 코가 작다고 말하는 것은 실감이 덜하다. 손톱이 작다고 말해야 꼼지락꼼지락 살아 있는 실감이 된다. 또한 갓난아기라는 시적 대상에 맞는 최소한의 언어 운용(스물다섯 글자)도 내용과 형식의 조화라는 측면에서 눈길을 끈다.

「까치집」은 일흔 살, 종심(從心)의 경지가 어떤 것인지를 보여준다. '무소유국(無所有國)에 대한 지향'과도 같은 강렬한 메시지를 품고 있으면서도, 그것이 억센 주장으로 덮쳐오지 않는다. 그렇기는커녕 부러워하며 따라 살고 싶어지는, 아름다운 세상의 모습으로 다가온다. 어쩌면 이 시는 선생님이 「갓난아기」의 부모인, 당신의 아들과 며느리를 살림 내실 때 하신 말씀인지도 모른다. "있으면" 있는 대로, "없으면" 없는 대로, "새끼랑" "오순도순", 잠깐 빌려 살다 놓고 간다는 마음으로 살면 되느니.

동시를 일컬어 어떤 이는 '동심의 눈으로 바라본 시의 세계'라고 했거니와, 선생님의 동시를 되풀이해 읽으며 나는 그 '동심'이라는 것과 나이 일흔을 가리키는 '종심'이라는 말 사이에 어떤 친연의 관계가 있지 않나 생각해보았다. '어린아이의 마음'인 동심과 '마음 가는 대로 해도 도리에 어긋나지 않는다'는 뜻의 종심은, 인생의 처음과 끝에 가질 수 있는 마음의 어떤 비슷한 지경을 가리키는 것이 아닌가 싶기 때문이다. 다만 동심보다 한참 나중에나 지니게 될 종심은 동심을 깊이 품어 안으면서도 그것을 삶의 폭넓은 경륜과 깊이와 지혜로써 무르익힌 마음의 어떤 상태를 말함일 터이다. 이렇게 보면 종심이야말로 동시를 쓰기에 최적의 조건일 수 있고, 인생의 늘그막에 이르러서야 복되게 얻어 가질 수 있는 새로운 바라봄의 눈이라고 하겠다. 가령, 이런 세계.

송홧가루 날아가
청솔 방울 열리고

솔방울 떨어진 자리
아기 소나무 났어요.

10년
100년 자라면
새들도 날아오겠죠

—「소나무」 전문

1연은 봄에서 여름까지의 일이고, 2연은 겨울에서 봄까지의 일이다. 꽃 피고 씨앗 앉고 씨앗 떨어진 자리에서 새싹 올라오는 과정을 극히 간결하게 처리한 다음, 반점으로 시간을 훌쩍 "10년/ 100년" 뒤로 열어놓고 짐짓 물러나 미래의 시간에서 날아오는 새를 앞당겨 바라본다. 당신 가신 뒤라도 누군가 보게 되겠거니, 뒷날의 새 소식까지 그려 보이는 마음이리라. 새를 곧장 불러 맞지 않고, 이렇게 "10년/ 100년" 소나무가 자라기를 기다려 아득히 불러보고 그려보고 길러보는 마음. 선생님에 견주어 아직 '어린' 나로서는 이런 마음이 혹 종심의 지경이 아닐까 짚어볼 따름이다.

단순화의 위험이 있긴 하지만, 동심이 현재에 생동하는 마음 상태라면
(「목욕탕에서」), 종심은 현재를 오랜 삶의 경륜과 지혜로써 비추어볼 수 있
는 마음 상태다(「개미」). 동심이 대상 대 의미를 일대일의 관계로 바라본다
면(「엄마는 무서워」「사춘기」), 종심은 그것을 일 대 다(多)의 관계로 바라본
다(「종교에 대하여」「전기」). 삶이 그런 것처럼, 종심의 시는 다양한 해석의
지점을 향해 열려 있다. 서로 다른 시각, 해석에 따라 대상의 가치와 의미
가 달라질 수 있기 때문이다. 여러 겹이 있고 주름이 있어 들여다보고 펼
쳐볼수록 보이는 면이 늘어난다(「맹인」, 「자전거」 연작). 그러므로 단번에 이
해되어 일회적으로 소비되지 않고, 반추할수록 다양한 의미 생성이 가능
하도록 배치돼 있다. 심지어 앞서 살펴본 「갓난아기」에도 더 뜯어볼 구석
이 아직 많이 남아 있는 것이다!

3.
　　아랫니에 이어
　　윗니 두 개 나왔다

　　그러더니 어느 날 우뚝
　　연우가 일어섰다

　　천장이,
　　아니 하늘이 그만치
　　내려왔다

　　　　　　　　　　　　　　　　　　　　　　—「연우」 전문

「갓난아기」는 「연우」에 와서 벌써, "아랫니에 이어/ 윗니 두 개 나왔"고, "어느 날 우뚝" "일어섰다"! 선생님은 하루가 다른 연우의 성장을 "천장이,/ 아니 하늘이 그만치/ 내려왔다"고 놀라워하며 축복한다. 그러나 연우가 살아갈 세상은 만만치 않다. 언제 닥칠지 모를 생태적 위기(「걱정거리」)는 너무 큰 나머지 오히려 비현실로 느껴질 정도다. 그보다는 일상적 경쟁의 굴레(「종교에 대하여」「개똥」「책상」)와 획일적인 삶의 양식(「똑같구나, 똑같애」 연작) 속에서 이 어린 목숨이 어떻게 온전한 인간으로 자라날 것인가가 눈앞의 걱정으로 다가온다. 더군다나 전통적인 삶의 기술과 지혜를 지닌 세대(「눈과 손의 대화」「할머니」)는 이미 늙고 병들어, 모두 무대 뒤로 사라져가게 생겼다(「파뿌리」).

이런 마당에 선생님은 연우(를 포함한 어린이들)에게 생명에 대한 감수성(「침」「낚시」「개미」「고양이 엄마」「망설이다가」), 웃음(「사춘기」「목욕탕에서」「악기」), 응원과 위로(「처음처럼」「잘 안 돼」), 세상에 내한 호기심과 삶의 지혜(「참 이상도 하지」 연작, 「배 맛」「만물상자」), 세대 전승에 대한 믿음(「호박」)을 시로써 들려주고 싶어하신 것 같다. 그리고 인생에 대한 시적 아포리즘(「자전거」 연작)까지.

> 뒷바퀴가
> 끈질기게
> 쫓아온다

—「자전거 1」 전문

달리지

않으면

쓰러진다

—「자전거 2」 전문

쓰러지는 쪽으로

쓰러지면

일어선다

—「자전거 3」 전문

　자전거에 대해서만 말하는 것이 아니라는 것을 독자들도 눈치챘을 것이다. 이렇듯 너무도 당연한 이야기는, 오히려 더욱 적극적인 해석을, 독자에게 시인이 요구하고 있다는 증거다. 자전거는 말 그대로 운전자 스스로(自) 페달을 밟아 바퀴를 굴림(轉)으로써 앞으로 나가는 차(車)다. 인생에 대한 "상징과 비유"인 것이다. "끈질기게/ 쫓아"오는 "뒷바퀴"는 삶에서 주체의 의지와 상관없이 맺어진, 떼어내려 해도 떼어지지 않는 어떤 관계성(그것이 부정적인 것이든 긍정적인 것이든)을, 「자전거 2」는 어떻게든 애써 살아가지 않으면 조금도 살아지지 않는 인생을, 「자전거 3」은 씨앗 떨어진 바로 그 자리에서 새싹이 올라오는 것과 같은 생의 역설적 이치를, 각각 상징한 것으로 볼 수 있다. 한마디로 연우가 살아갈 삶에 대한 응원의 메시지가 아니고 무엇일까. 앞으로 연우를 끈질기게 쫓아올 뒷바퀴 중 하나는 바로 할아버지의 이 시들일 것이다. 또한 이 연작은 열두 글자, 열 글자, 열다섯 글자의 최소 언어를 사용해, 표현되지 않은 언어의 여백(모호성까지 포함해서)을 극대화하는 전략을 택했다. "더 적게 말하는 것으로 더 많은 것을 전달"하려는 시적 태도를 실험적으로 보여준 것이다. 형식에 대한 고민도 눈길을 끈다. 시인은 이 짧은 시를 한 줄이 아닌 세 줄로 배치함으로써 두 바퀴와 하나의 주체를 각각, 그러나 협동체로서 나란히 드러내고 싶었을 것이다. 또한 이 시를 한 줄로 놓는 것은 자전거로 대표되는 적정기술의 호흡과 어울리지 않는다고 생각했을 수 있다. 선생님의 동시가 편안하면서도 신선하고, 안정돼 보이면서도 실험적으로 다가오는 것은, 이렇게 작품 곳곳에 배어 있는 고심의 결과이겠다.

4.

끝으로 한 말씀만 더 들어보자. 앞서 살펴본 것처럼 선생님의 동시가 결코 가볍지 않은 주제들을 다루면서도 독자에게 부담으로 다가오지 않는 것은 왜일까.

"그때는(아들을 낳았을 때는) 내가 젊었기 때문에 어떤 대상을 '저만치' 놓고 바라보지를 못했어요. 내가 그 앞에 바짝 다가가 있기 때문에 대상이 제대로 보이지 않던 것 같아요. 관계라는 건 거리를 전제로 하잖아요. 근데 이제 할아버지가 되니까 정말 저만치 놓고 보는 거죠. 소월이 「산유화」에서 노래하듯이 "저만치" 놓고 바라봐야 하는 건데. 그 때문에 옛날 어른들이 할머니 할아버지한테 손자 손녀를 맡겼던 것 같아요. 사랑한다고 하는 게 열정만 갖고 되는 게 아니라 경륜이 있어야 하는 것이고, 또 객관화시켜서 바라볼 수 있어야 세상을 제대로 바라볼 수 있는 거잖아요. 그러니까 품에 안고 내 안에 있을 때는 보이지 않는 거예요. 그걸 사랑으로 착각하는 게 부모와 자식 간이 아닌가 싶고. 시는 할아버지와 손주의 관계처럼, 대상과 보는 사람과의 거리를 중간에 적절하게 두는 게 아닌가 하는 생각이 들더라고요."

비결은 대상과의 적절한 거리 두기에 있다는 말씀. 그것을 나는 '종심의 눈으로 바라보기'라고 말하고 싶다. 쉽게, 부담 없이, 잔소리 아니게, 시적으로, 독자에게 그대로 스미어들게. 그러므로 선생님 동시는 동심을 품은 종심의 관계론이자 시론이기도 하다. 2012년 11월 13일, 나는 이렇게 들었다.

반성과 소망,
순정의 시

―안진영 동시집 『맨날맨날 착하기는 힘들어』

1.

나훈아가 부른 〈부모〉는 이렇게 시작한다. "낙엽이 우수수 떨어질 때 겨울의 기나긴 밤 어머님하고 둘이 앉아 옛이야기 들어라 나는 어쩌면 생겨나와 이 이야기 듣는가." 정말 나는 어쩌면 생겨나와 이렇게 이야기를 시작하고 있는 것일까? '어쩌다'도 아니고 "어쩌면"이라니. 사전을 찾아보니 "¹확실하지 아니하지만 짐작하건대. ²도대체 어떻게 하여서."로 나와 있다. 문맥상 두번째 풀이, "도대체 어떻게 하여서"의 뜻이겠다. 정말 나는 도대체 어떻게 하여서 이 세상에 더도 덜도 아닌 요 모양으로 생겨나왔을까? 태초의 원인은 "빛이 생겨라." 하신 하느님께 있겠지만, 그건 너무 먼 말씀이라 나 같은 마구설기에게는 실감으로 다가오지 않는다.

네가 나를 불렀어
내가 너를 불렀어

308

서로서로 간절히 불렀어

—「인연」전문

한결 쉽게 납득이 된다. "네(ヽ)가 나(丿)를" 부르고 "내(丿)가 너(ヽ)를" 불러서 이렇게 우리(人)가 되었다. "서로서로 간절히" 부른(呼) 만큼 우리는 서로에게 깊이 등을 내주면서 살지 않으면 안 되는 존재(人)가 된 것이다. 그렇다. 이 세계는 간절한 부름과 부름이 원인이 되어 탄생했으며, 그 간절한 부름과 부름 사이의 밀고 당김의 차이로 너와 내가 갈렸고, 그 간절한 부름과 부름 사이의 어떤 기우뚱한 불균형이 새로운 연(緣)을 낳아 이렇게 다시 만나는 것인지도 모른다. 오죽하면 강낭콩조차 세상 밖으로 나오며 "야호, 이야호!"(「떡잎」) 서로를 부르겠는가. 낳고 만나고 갈라지고 다시 만나고 하는 일체가 간절하지 않을 수 없다. 안진영 동시가 자주 반성과 소망, 순정의 목소리를 띠게 되는 것은 이러한 세계 인식 때문이다.

죽을, 힘을 다해

뿌리 내리고

줄기 뻗고

이파리 내고

꽃 피우고

푸짐하게 열매 맺는다

이게 처음이다, 이게 마지막이다, 오로지 한 번뿐이다, 하면서.

—「한해살이풀」전문

누나(女)가 넘어지면

아프다는 곳을 남동생(子)이

호, 불어 주고

남동생이 넘어지면

아픈 곳 더듬어 누나가

호(好), 호(好) 불어 준다

—「오누이-좋을 호(好)」 전문

　하루를 살든, 한 해를 살든, 백년을 살든, 일생(一生)을 살다가기는 모두 마찬가지다. 하루살이가 일생을 다해 하루를 사는 것처럼, 한해살이풀도 일생을 다하여 한 해를 산다. 이들보다 훨씬 더 길긴 하지만, 사람도 일생을 살기는 마찬가지다. 안진영은 사람의 일생을 한해살이풀의 한 해로 축소하여(대략 80분의 1) 자신의 생을 "처음"이자 "마지막", "오로지 한 번뿐"인 것, 간절한 부름에 대한 응답으로 살리라 다짐한다. 이렇게 절박한 마음으로 살면서 다른 사람을 만나는데 어찌 그 관계가 살갑지 않을 수 있을까. '좋을 호(好)'는 '부를 호(呼)'이기도 하다. 간절한 부름 속에 '오누이'로 만난 두 아이가 서로의 상처를 보듬으며 호(好)-호(呼) 서로를 "불어" 주고, 불러준다.

　"집을 나서기 전에/ 거울을" 보는데, 그 까닭이 독자를 숙연하게 한다. 맵시를 다듬기 위해서가 아니고, 자기 이마에 있는 흉터를 보려는 것, "다른 사람 흉보기 전에/ 내 흉 먼저 보고 집을 나"서려는 것(「흉터」)이라니, 나로서는 감히 생각조차 할 수 없는 노릇이다. 그렇기는 비질과 걸레질로 마음 바닥을 "처음 그대로"의 "맨바닥"으로 "쓸어 내고" "닦아"낸다는 「마음」에서도 마찬가지다. 나아가 시인은 "동네 뒷산 아래" 있는 "둥근 연못"의 눈을 닮고자 한다. "아득히 깊고 맑은 눈./ 한 번 깜빡거리지도 않고/ 한 점 부끄럼 없이/ 그윽하게 하늘을" 보는, 그 연못의 둥근 눈처럼 살고 싶어한다. 그런데 이 시의 제목이 「바람 없는 날」인 것은 주목을 요한다. '나'의 평온은 '나'의 주관만으로 유지될 수 없다. 그것은 "바람"이라는 외부 조건의 영향에 거의 무방비로 노출되어 있다. '나'만 평화로운 척, 아무일도 없는 척 가장한다고 해서, 마음공부만으로 객관적인 사실이 없어지는 것은 아니다. 어쩌면, 반성과 소망과 다짐의 배후엔 「하회탈」의 생존 전략이 놓여 있는지도 모른다.

속마음을 감추고 몇백 년 동안
웃으면서 살아왔다

—「하회탈」 전문

여기서 하회탈은 여러 하회탈 가운데서 '이매', 그러니까 선비의 하인이 쓰는 탈을 가리킨다고 보아야 할 것이다. 말하자면 약자가 살아남기 위해 어쩔 수 없이 채택한 생존 전략. 그래서 언제나 스스로를 다독여 참고 양보하고 웃으며 사는 삶에서 더는 못 참고 불쑥 이런 「고백」이 올라오기도 하는 것은 아닌지.

착하다
착하다

자꾸 그러지 마세요

위, 아래, 오른쪽, 왼쪽 꽉 막힐 때도 있는걸요

좋은 마음이 빠져나올 틈

없을 때도 많다구요

맨날맨날 착하기는 힘들어요

—「고백」 전문

　사정이 이러한 데는, 어린 시절의 불우와 상처, 좀더 멀게는 4·3으로 대
표되는 가족사의 비극(「밥」)이 심층적으로 작용하고 있을지도 모르지만,
세상의 간절한 부름으로 태어난 이 순정한 생명은, "기어코 죽지 않고 속
속 자라나" 자기에게 상처를 준 "집 두 채 끼고" 자기 "그늘 아래" 그들을
품어주고 싶어한다(「팽나무」). 안진영은 "당근을 먹으면 당근빛 똥/ 배추를
먹으면 배추빛 똥"을 누어, "도대체가 제가 한 일을/ 숨길 수가 없"는 사람
이다(「달팽이」). 그러니 다음의 시를 시인의 반성과 소망, 순정이 투영된 것
으로 읽지 않을 도리가 없다.

　아침에 봉오리를 펼치며, 오늘 하루 행복할 거야

　저녁에 봉오리를 오므리며, 오늘 하루 행복했어

—「민들레꽃의 하루」 전문

　2.

　해 질 무렵이면

312

서쪽 하늘에 해가 하나 발그레

바다에도 해가 하나 발그레

수평선 하나를

사이에 두고

—「응」 전문

　"해 질 무렵" "수평선 하나를/ 사이에 두고" 너(○)와 내(○)가 만난다. 간
절한 부름에 대한 응답이다. 우리는 이제부터 이렇게 간절한 부름에 대한
응답이 이루어지기 직전의 시간을 '응'이라고 말해야 할 것 같다. 이윽고 너
(○)와 나(○), 나(○)와 너(○)는 경계의 수평선을 지우며 하나가 된다. 실상
안진영 동시집의 많은 시편은 이러한 부름과 부름 사이에 놓인 관계의 노
래로 이루어져 있다.

강아지가 더워서

헥헥거리는 걸 보고

아기도

혀를 맬록맬록

아기가

아이스크림 먹고 파래진

혓바닥을 내보이는 걸 보고

강아지도

혀를 맬록맬록

—「강아지랑 아기랑」 전문

우리 집 강아지 콩콩이가

오늘 또 앞집 미남이 병문안 갔다

날마다 놀러 오던 미남이가

열흘 전 뒷집 사냥개한테 물려 꼼짝 못 하니

이제는 콩콩이가 미남이네 집 간다

미남이네 현관에 턱을 턱 걸치고 엎드려

눈알만 이리 굴리고 저리 굴리며

열흘째 그렇게 미남이 병문안하고 있다

—「병문안」 전문

강아지와 아기가, 강아지와 강아지가 「옹」에서와 마찬가지로 서로 영향을 주고받으면서 마주해 있음을 알 수 있다. 너희는 어쩌면 이렇게 생겨나와 이 이야기의 주인공이 되었다니, 글쎄! 이러한 관계성은 사물과 사물에까지 확장되어 제주 돌담(「제주 돌담—등뼈 려(呂)」)의 이미지로도 그려지는데, "등뼈 려" 자의 형상이 "呂" 이렇게 생겨서 흡사 「옹」의 육지 버전이 아닌가 싶을 정도로 절묘하다. 게다가 "옹"에서는 둘을 나누었던 '一'의 경계가 "呂"에 오면서 기우뚱 기울어 'ノ' 이렇게 서로를 이어주고 있지 않은가. 「옹」이 제주 바다에서 얻은 관계의 이미지라면, 「제주 돌담—등뼈 려

314

(呂)」는 제주 땅에서 찾아낸 관계의 이미지라고 하겠다. 그럼, 세상을 이런 간절한 호명과 관계 맺음의 "인연"으로 파악하는 교사에게 배우는 아이들의 모습은 어떨까.

> 학년이 올라가면서
> 짝꿍과 나는 반이 갈렸다
> 나는 동쪽 끝 반
> 짝꿍은 서쪽 끝 반
>
> 쉬는 시간 종이 울리면
> 나는 짝꿍이 있는 쪽으로 뛰고
> 짝꿍은 내가 있는 쪽으로 뛰고
>
> 우리는 날마다 견우직녀가 된다
> 쉬는 시간이 우리에겐 칠월 칠석이다
> 복도가 우리에겐 오작교다
>
> ─「3월」 전문

과연 그 선생에 그 아이들이다. 서로가 서로를 간절히 부르며 살아가는 "인연"의 아이들임을 한눈에 알 수 있다.

3.
안진영 동시는 자연스럽다. 신인임에도 작품 대부분이 동시 문법에 충실하여 안정되어 있으며, 시의 발화점을 정확히 찾아내어 한 편의 시로 가꾸어내는 솜씨도 뛰어나다. 감정의 과잉이 없고, 언어 운용에도 허튼 낭비가 없다. 게다가 앞서 살펴본 것처럼, 동시를 쓰는 사람에게 가장 중요한 덕목으로 꼽을 만한 사람의 바탕이 순정하여 든든하고 미덥다. 무엇보다 어린이인 척하는 데서 오는 오글거림이 눈에 띄지 않는다. 특히 이 동시집의 한 축을 구성하는, 한자의 뜻과 모양을 이용한 파자시(破字詩, 한자의 자획을 풀어 나누어 쓴 시) 실험은 동시 감상에 새로운 맛을 더한다. 아이들의 교육 환경을 둘러싼 건강한 비판의식도 엿보인다. 그만큼 많은 동시 자산을 가졌다는 뜻이다. 그런데 어떤 한 가지 인상에 좀더 집중되지 못한 것에는 아쉬움이 남는다. 애초에 많은 분량으로 기획한 한자 동시를 덜어낸 것이 한 이유이겠다. 다음 동시집에서는 「이상하지 않은 편지」나 「소풍 가는 길에서」와 같은, '문법' 혹은 '제도'로부터의 일탈을 보여주는 작품을 더 많이 만날 수 있으면 좋겠다.

끝으로, 세상의 간절한 부름으로 이 세상에 나온 아기 고양이처럼, 이 동시집이 설레는 마음으로 독자와 만나게 되기를 소망한다. 아, 그런데 어째서 이 시인에게는 함박눈마저 "말 잘 듣는 아이처럼" "고분고분 내려앉"는다냐, 글쎄!

말 잘 듣는 아이처럼 함박눈이

고분고분 내려앉은 날

제 꼬리를 쫓아 뱅뱅 돌던 아기 고양이

쌓인 눈을 조심조심 앞발로 만져 보다가

발에 묻은 눈을 탈탈 떨어 내다가

내리는 눈을 고요히 바라보다가

이내 눈밭으로 달려 나갑니다

—「첫 경험」전문

인용 시 출처

제1부 │ 다 같이 돌자, 동시 한 바퀴

오늘 이 밤엔,　　　　　장영복, 「좋아 세 마리」, 『울 애기 예쁘지』, 푸른사상, 2012년
어떤 동시를 읽을까　　정유경, 「까만 밤」, 『까만 밤』, 창비, 2013년

웃음팡을 터뜨려라,　　신민규, 「Z교시」, 『Z교시』, 문학동네, 2017년
팡팡!　　　　　　　　이창숙, 「깨알 같은 잘못」, 『동시마중』 2012년 3·4월호

시를 줍다　　　　　　이대흠, 「아름다운 위반」, 『귀가 서럽다』, 창비, 2010년
　　　　　　　　　　김환영, 「스타」, 『작가들』, 인천작가회의, 2012년 봄호
　　　　　　　　　　김사인, 「다리를 외롭게 하는 사람」, 『가만히 좋아하는』, 창비, 2006년

잣나무 씨, 안녕?　　　유강희, 「나물 캐기」 「반딧불」, 『오리 발에 불났다』, 문학동네, 2010년

어떤 말들이 노래가 되나　송선미, 「어떤 말들이 노래가 되나」 「한 아이」,
　　　　　　　　　　　　『옷장 위 배낭을 꺼낼 만큼 키가 크면』, 문학동네, 2016년

가자, 브레멘으로!　　　송진권, 「딸레」 「브레멘으로」, 『자라는 돌』, 창비, 2011년
　　　　　　　　　　　정지용, 「딸레」, 『정지용 전집 1』, 민음사, 1988년
　　　　　　　　　　　송진권, 「강아지풀 수염 아저씨랑 바랭이풀 우산 아줌마랑」,
　　　　　　　　　　　『새 그리는 방법』, 문학동네, 2014년

귀향인의 노래　　　　　장동이, 「달그림자 밟고서요」 「윤경임 할매」 「지동 할매」 「내 친구, 정삼이」,
　　　　　　　　　　　『엄마 몰래』, 문학동네, 2016년

동시조의 세계　　　　　정완영, 「염소」 「바다」, 『가랑비 가랑가랑 가랑파 가랑가랑』, 사계절, 2007년
　　　　　　　　　　　정완영, 「귀뚜라미 울음소리」, 『사비약 사비약 사비약눈』, 문학동네, 2011년

성적 금기에 도전하다   강정규, 「사춘기 1」, 『목욕탕에서 선생님을 만났다』, 문학동네, 2013년
                      이재흠, 「내 자지」, 『일하는 아이들』, 이오덕 엮음, 보리, 2002년
                      박성우, 「텔레비전」, 『불량 꽃게』, 문학동네, 2008년
                      김창완, 「할아버지 불알」, 『무지개가 꿘 방이봉방방』, 문학동네, 2019년

더 많은 틈이 필요해   안진영, 「소풍 가는 길에서」, 『맨날맨날 착하기는 힘들어』, 문학동네, 2013년
                      주미경, 「놀이터에서」, 『나 쌀벌레야』, 문학동네, 2015년

도미노의   김유진, 「보라색 머리핀 하나 사고 싶었는데」, 『뽀뽀의 힘』, 창비, 2014년
첫 팻말을 건드리다

똥개도 백 마리면   김응, 「똥개가 잘 사는 법」, 『똥개가 잘 사는 법』, 창비, 2012년
범을 잡는다

바보야, 문제는 속도야!   남호섭, 「아무리」, 『벌에 쏘였다』, 창비, 2012년

온몸으로 쓰는 동시   김륭, 「개미는 여덟 살」, 『삐뽀삐뽀 눈물이 달려온다』, 문학동네, 2012년
양파를 기다리며   로버트 프랜시스, 「투수」, 『국어시간에 세계 시 읽기』, 전국국어교사모임 엮음,
                          나라말, 2010년
                      비스와바 심보르스카, 「양파」, 『국어시간에 세계 시 읽기』,
                          전국국어교사모임 엮음, 나라말, 2010년
                      송찬호, 「달팽이」, 『저녁별』, 문학동네, 2011년

동시성에서   남호섭, 「설날 오후」, 『시와 동화』 2012년 봄호
비동시성으로   남호섭, 「축구」, 『동시마중』 2012년 5·6월호

제2부 | 경계의 안과 밖

경계를 넘어
또 다른 시로 태어나는

정용주, 「집 앞」, 『인디언의 女子』, 실천문학사, 2007년
김환영, 「운명」, 『깜장 꽃』, 창비, 2010년
조형희, 「어떤 말들이 노래가 되나」, 『동시마중』 2011년 5·6월호
남호섭, 「동주와 몽규」, 『어린이와 문학』 2010년 4월호
정유경, 「비밀」, 『까불고 싶은 날』, 창비, 2010년
성명진, 「실눈이」, 『축구부에 들고 싶다』, 창비, 2011년

존재의 형식을 탐구하다

김환영, 「울 곳」, 『글과그림』 2013년 7월호
김사인, 「코스모스」, 『가만히 좋아하는』, 창비, 2006년
박철, 「낙서2」, 『설라므네 할아버지의 그래설라므네』, 문학동네, 2018년
박성우, 「강냉이, 너!」, 『시와 동화』 2013년 여름호
유강희, 「삼례장날」 '이슬」, 『손바닥 동시』, 창비, 2018년
박월선, 「둥글다는 것」, 『동시마중』 2013년 7·8월호
김창완, 「잃어버린 신발」, 『무지개가 꿘 방이봉방방』, 문학동네, 2019년
조하연, 「이해」, 『동시마중』 2013년 7·8월호

달팽이를
그리는 방법 5+1

김장연, 「달팽이」, 『어린이』 1927년 1월호
권태응, 「달팽이」, 1950년 작, 『감자꽃』, 창비, 1995년
윤석중, 「달팽이」, 『노래 동산』, 1956년
권정생, 「달팽이 3」, 『어머니 사시는 그 나라에는』, 지식산업사, 1988년
김환영, 「달팽이 집」, 『깜장 꽃』, 창비, 2010년
최승호, 「달팽이」, 『말놀이 동시집 5』, 비룡소, 2010년
박성우, 「달팽이」, 『불량 꽃게』, 문학동네, 2008년
권정생, 「달팽이 2」, 『어머니 사시는 그 나라에는』, 지식산업사, 1988년
이정록, 「달팽이 학교」, 『콧구멍만 바쁘다』, 창비, 2009년
송찬호, 「달팽이」, 『저녁별』, 문학동네, 2011년
함민복, 「집게」, 『바닷물 에고, 짜다』, 비룡소, 2009년

조화로운 삶   서정홍, 「봄이 오면」 「이름 짓기」, 『밥 한 숟가락에 기대어』, 보리, 2012년
              김용택, 「우리 동네 이야기·하나」 「설」, 『할머니의 힘』, 문학동네, 2012년
              민경정, 「쯧쯧쯧」 「봄」 「저녁에」, 『엄마 계시냐』, 창비, 2012년

풍경과 서사   안도현, 「기쁜 날」 「농촌 아이의 달력」 「쇠똥구리가 남긴 마지막 한마디」,
                     『나무 잎사귀 뒤쪽 마을』, 실천문학사, 2007년
              김명수, 「겨울날」, 『산속 어린 새』, 창비, 2005년
              남호섭, 「귀신 할매」, 『놀아요 선생님』, 창비, 2007년
              윤보영, 「산골 마을에」, 『어린이와 문학』 2009년 11월호
              신경림, 「달라서 좋은 내 짝꿍」, 『동시마중』 2010년 7·8월호
              김은영, 「모깃불」, 『빼앗긴 이름 한 글자』, 창비, 1994년
              김용택, 「장날」 「희창이」, 『내 똥 내 밥』, 실천문학사, 2005년
              최종득, 「모내기」, 『쫀드기 쌤 찐드기 쌤』, 문학동네, 2009년

주목할 만한 시선   정유경, 「하루살이」, 『까만 밤』, 창비, 2013년
              주미경, 「벚나무 발목」, 『나 쌀벌레야』, 문학동네, 2015년
              장세정, 「살구나무」, 『어린이와 문학』 2012년 4월호
              송진권, 「새 그리는 방법」, 『새 그리는 방법』, 문학동네, 2014년
              윤제림, 「누가 더 섭섭했을까」, 『거북이는 오늘도 지각이다』, 문학동네, 2018년
              이면우, 「고마운 일」, 『동시마중』 2012년 7·8월호
              김륭, 「풍선껌」, 『삐뽀삐뽀 눈물이 달려온다』, 문학동네, 2012년
              백창우, 「니 맘대로 써」, 『동시마중』 2012년 5·6월호

제3부 | 천착과 전망

안 잊히는 동시집　　　　　김오월, 「논갈이」, 『겨레아동문학선집』 9·10권, 겨레아동문학연구회 엮음,
　　　　　　　　　　　　　　　 보리, 1999년
　　　　　　　　　　　　　윤복진, 「씨 하나 묻고」, 『겨레아동문학선집』 9·10권, 겨레아동문학연구회 엮음,
　　　　　　　　　　　　　　　 보리, 1999년
　　　　　　　　　　　　　권태응, 「땅감나무」, 『겨레아동문학선집』 9·10권, 겨레아동문학연구회 엮음,
　　　　　　　　　　　　　　　 보리, 1999년
　　　　　　　　　　　　　윤동주, 「호주머니」, 『겨레아동문학선집』 9·10권, 겨레아동문학연구회 엮음,
　　　　　　　　　　　　　　　 보리, 1999년
　　　　　　　　　　　　　이원수, 「민들레」, 『겨레아동문학선집』 9·10권, 겨레아동문학연구회 엮음,
　　　　　　　　　　　　　　　 보리, 1999년

제4부 | 동시집의 뒷자리

'밥풀의 상상력'으로 그린　　 김륭, 「밥풀의 상상력」 「코끼리가 사는 아파트」 「고추잠자리」,
'숨은그림찾기'　　　　　　　　 『프라이팬을 타고 가는 도둑고양이』, 문학동네, 2009년.

기린 아저씨 오신다,　　　　 송찬호, 「호박벌」 「달팽이」 「저녁별」 「사슴뿔 숙제」, 『저녁별』, 문학동네, 2011년
고깔모자 쓰고　　　　　　　 송찬호, 「山經 가는 길」, 『붉은 눈, 동백』, 문학과지성사, 2000년
목에 방울 달고　　　　　　　 송찬호, 「기린」, 『고양이가 돌아오는 저녁』, 문학과지성사, 2009년

종심(從心)의　　　　　　　　 강정규, 「갓난아기」 「까치집」 「소나무」 「연우」 「자전거 1」 「자전거 2」 「자전거 3」,
눈으로 바라본 시의 세계　　　 『목욕탕에서 선생님을 만났다』, 문학동네, 2013년

반성과 소망, 순정의 시　　　 안진영, 「인연」 「한해살이풀」 「오누이 - 좋을 호(好)」 「하회탈」 「고백」
　　　　　　　　　　　　　　 「민들레꽃의 하루」 「응」 「강아지랑 아기랑」 「병문안」 「3월」 「첫 경험」,
　　　　　　　　　　　　　　 『맨날맨날 착하기는 힘들어』, 문학동네, 2013년

다 같이 돌자 동시 한 바퀴
ⓒ 이안, 2014

1판 1쇄 2014년 5월 9일
1판 4쇄 2024년 7월 18일

지은이 이안
책임편집 남지은
편집 이복희
디자인 이지선
마케팅 정민호 서지화 한민아 이민경 안남영 왕지경 정경주 김수인 김혜원 김하연 김예진
브랜딩 함유지 함근아 고보미 박민재 김희숙 박다솔 조다현 정승민 배진성
저작권 박지영 형소진 최은진 오서영
제작 강신은 김동욱 이순호
제작처 영신사

펴낸곳 (주)문학동네
펴낸이 김소영
출판등록 1993년 10월 22일 제2003-000045호
주소 10881 경기도 파주시 회동길 210
전자우편 kids@munhak.com
홈페이지 www.munhak.com
카페 cafe.naver.com/mhdn
트위터 @kidsmunhak
인스타그램 @kidsmunhak
북클럽 bookclubmunhak.com
대표전화 (031)955-8888
팩스 (031)955-8855
문의전화 (031)955-3576(마케팅) (02)3144-3237(편집)

ISBN 978-89-546-2479-4   03810
잘못된 책은 구입하신 서점에서 교환해 드립니다. 기타 교환 문의: (031)955-2661, 3580